FOLIO SCIENCE-FICTION

Thomas Day

Du sel sous les paupières

Gallimard

Né en 1971, Thomas Day s'est imposé en quelques années comme l'un des auteurs les plus passionnants de l'imaginaire francophone, au fil d'une cinquantaine de nouvelles et d'une douzaine de romans qui tous se caractérisent par une propension avouée au mélange des genres : *L'école des assassins* et *Le double corps du roi*, écrits en collaboration avec Ugo Bellagamba, *L'instinct de l'équarrisseur*, *La voie du Sabre* (prix Julia Verlanger 2003) et sa suite *L'homme qui voulait tuer l'empereur*, *La cité des crânes*, *Le trône d'ébène* (prix Imaginales 2008), *Dæmone*, *La maison aux fenêtres de papier* et, dernier en date, *Du sel sous les paupières*.

Pour Judicaël qui aime tant les robots,
ce livre gris, rouge et noir, puis vert,
en espérant qu'il te plaira.

(Patience, Akira,
le tien sera plein de dragons,
et c'est sans doute sous les draps,
à la lampe torche, que tu le liras.)

« Selaouit, marc hoch'h eur c'hoant
Setu aman eur gaozic koant
Ha na euz en-hi netra gaou,
Mès, marteze eur gir pe daou. »

« Écoutez, si vous voulez,
Voici un joli conte,
Dans lequel il n'y a pas de mensonge,
Si ce n'est, peut-être un mot ou deux. »

LUZEL, *Contes*.

Prologue

Cork, mardi 26 avril 1921

Tout en traits fins, comme les portraits gravés sur les pièces de monnaie, six visages veillaient ce soir-là sur les rues de Cork : Michael « Big Fellow » Collins, Cathal Brugha, Joe O'Reilly, Harry Bolland, Robert Barton et Pierce Beasley — tous hauts dirigeants du Sinn Fein ou de l'I.R.A., tous condamnés à mort par la justice de l'Empire, pour meurtre et activités séditieuses. Ne manquait à cette galerie de portraits qu'Eamon De Valera, le président du Dail Eireann, « réfugié » aux États-Unis depuis la mi-mai 1919.

Toute la journée, sans doute pour célébrer le cinquième anniversaire de l'insurrection de Pâques et la naissance de l'Armée républicaine irlandaise, les soldats anglais, notamment les Black and Tans coiffés de leur fameux béret noir, avaient collé des affiches de mise à prix sur les murs de brique ou blanchis à la chaux, les hautes portes des bâtiments consacrés, les troncs des plus gros arbres et sur certaines vitrines. Ces affiches, que personne n'avait envie de déchirer puisque d'une certaine façon elles célébraient des héros nationaux, promettaient dix mille livres pour Collins, mort de préférence ; cinq cents seulement pour Beasley, mort ou vif. Les autres *valaient* deux mille livres — une fortune pour un paysan irlandais, de quoi changer sa vie et celle de ses proches.

Après avoir arrêté sa bicyclette non loin de chez son oncle et contemplé longtemps chacun de ces visages sépia imprimés sur papier épais, Patrick Dolan se remit en route, à une allure modérée, à cause des patrouilles mais aussi de la fine pluie qui lui frappait les joues et le front telles des échardes de glace.

Arrivé devant le pub Dícheall, il freina trop brusquement car l'endroit bondé grouillait de Black and Tans, puis il suivit les instructions de son oncle Sean — qu'il avait apprises par cœur. Il s'engagea dans la première ruelle après le pub, gara sa bicyclette dans une grange déserte et chercha dans l'imparfaite obscurité du crépuscule le soupirail à tourbe aux doubles portes gravées de la formule amoureuse « M + J = ♥ », M sur le vantail de gauche, J sur l'autre. Le signe égal et le cœur gravés sur les deux vantaux.

Le cœur à cheval.

Patrick se faufila à l'intérieur, jambes en premier, le ventre au contact du toboggan de métal. Après avoir fermé derrière lui, il se laissa glisser sur le plan incliné qui, bien que destiné aux pains de tourbe, était propre comme un penny tout juste frappé. En bout de chute, ses talons écartèrent des rideaux épais, sans doute placés là pour occulter les sources lumineuses de la planque, et il se retrouva le cul planté dans une montagne de chiffons sales. Un rien déboussolé.

Tout en s'époussetant, davantage par réflexe que nécessité, il se releva sous le regard amusé d'une demi-douzaine d'hommes, parmi lesquels il reconnut Michael Collins et le meilleur ami de celui-ci, Joe O'Reilly. Les autres personnes présentes lui étaient inconnues et ne portaient pas d'uniforme d'officier, juste l'uniforme simple des soldats de l'I.R.A. ; l'un d'eux, au long visage de rongeur inquiet, était même en civil. Assis à une grande table couverte de verres, de cendriers, de journaux de la veille et de victuailles, le colonel Collins nettoyait et préparait des poireaux. À sa droite, O'Reilly tirait des pintes de Guinness. Derrière eux, plusieurs photos encadrées avaient été alignées sur une étagère, chacune éclairée par un de ces lumignons en verre rouge que l'on trouve dans les églises.

« Patrick Dolan ? demanda Michael Collins.

— Oui, monsieur. »

L'homme en uniforme de colonel de l'I.R.A., moins grand que Patrick ne l'avait imaginé, plaça les poireaux qu'il avait préparés dans le grand plat en fonte qui se trouvait devant lui. Il mouilla le contenu du plat avec une pinte de Guinness, posa un couvercle dessus et glissa l'ensemble dans le four à pain de la cave dont il ferma la porte à l'aide d'un torchon à moitié brûlé.

« Alors comme ça tu jettes des cailloux sur les vitraux de ta paroisse ?

— Oui, monsieur.

— Pourquoi ?

— J'veux plus y mettre les pieds, monsieur.

— Ça ne répond pas à la question. »

Patrick se racla la gorge. Il avait honte de ce qu'il

allait raconter, mais devait en passer par là ; oncle Sean l'avait prévenu.

« Il y a trois nuits de cela, j'ai entendu du bruit dans la chambre de ma mère, un drôle de bruit de raclement. J'ai pensé que quelqu'un s'était faufilé là pour la voler, non pas qu'elle possède grand-chose, enfin… quand je suis entré dans sa chambre, en silence pour surprendre le voleur, il y avait une petite lampe posée sur la coiffeuse et j'ai à peine distingué ma mère assise sur son pot et devant elle le prêtre de ma paroisse debout, la tête rejetée en arrière, ses deux mains accompagnant les mouvements de tête de ma mère. Ils étaient nus et… bon, une seconde plus tard j'avais fermé la porte. Inutile d'en dire plus, c'est déjà assez gênant comme ça. » O'Reilly cracha la Guinness qu'il avait dans la bouche. « Le lendemain, continua Patrick, j'étais en colère, comme jamais de ma vie. Je suis allé jeter des pierres sur l'église ; j'étais tellement en colère que je me suis trompé d'église. Des soldats anglais m'ont vu et m'ont lancé de la monnaie. Juste après, mes copains d'enfance sont venus me rouer de coups, et ce n'est pas pour me vanter mais je leur ai mis une bonne raclée. Je sais où frapper pour envoyer quelqu'un au tapis d'un seul coup. Ensuite, je me suis réfugié chez mon oncle Sean. Comme il n'a pas vraiment les moyens de me nourrir et qu'il avait peur de me mettre en danger… les meubles de son appartement sont remplis de dynamite, de poudre noire et de nitroglycérine… Il a fini par m'envoyer ici. »

Collins fit signe à O'Reilly de servir deux bières. « Tu sais qui sont ces hommes, sur ce mur ?

— À part le lord-maire MacSwimey, le dernier à droite : non, monsieur.

— Le premier, c'est le poète Padraic Pearse, un des meneurs de l'insurrection de Pâques, fusillé le 3 mai 1916. À côté, c'est Thomas Mac Donagh, fusillé le même jour. Le vieux là, c'est Tom Clarke, fusillé lui aussi le 3 mai 1916. Là, Joseph Plunkett, fusillé le lendemain. Là, Eamon Caennt, fusillé le 8 mai. Là, James Connolly, l'homme sans qui je ne serais pas ici, fusillé le 12 mai, assis sur une chaise car la gangrène lui rongeait la jambe. Et enfin Terence MacSwimey, mort au terme d'une longue grève de la faim, le 25 octobre 1920. »

Tous les hommes présents, sauf Patrick, levèrent leur pinte et dirent d'une voix déterminée « Morts pour l'Irlande », d'abord en anglais — la langue de l'occupant —, puis en gaélique.

« J'ai une mission pour toi, Patrick, annonça Michael Collins de nouveau assis derrière la table. Tu veux aller en mission pour nous ? Pour l'Irlande.

— Oui, monsieur. En tout cas, je veux partir d'ici.

— Bien. »

Collins fit signe au jeune homme d'approcher et lui donna une des deux pintes de bière que venait de tirer O'Reilly.

« Quand deux hommes boivent une bière ensemble, un coup de *poteen*, ou un whiskey, qu'ils font ça les yeux dans les yeux, il y a quelque chose de sacré dans cet acte. » Patrick tiqua en entendant le mot sacré. « Je n'ai pas dit religieux, continua Collins, j'ai dit sacré. Ce n'est pas la même chose. Bois avec moi. On dit des alcools distillés qu'ils sont des spiritueux, esprit du vin ou du grain, qu'ils lient les esprits entre eux... ou à autre chose quand on boit seul. Les ténèbres très souvent. Un homme, un vrai, ne boit jamais seul.

— Mon oncle Sean dit que Dieu a inventé l'alcool pour que les Irlandais ne dominent pas le monde. Puis la nitroglycérine pour essayer de réparer son erreur. »

Collins laissa échapper un sourire et ils burent la moitié de leur bière. Le colonel de l'I.R.A. posa son verre sur la table. Il se tourna, fit quelques pas et décrocha un manteau du mur.

« Donne-moi ta veste ; elle est trop petite », dit-il à Patrick.

Le jeune homme donna son vêtement après en avoir vidé les poches et récupéra le manteau. Il y avait une enveloppe épaisse dans la poche intérieure.

« Un laissez-passer à ton nom et de l'argent. Un gamin peut sortir de cette pièce ; mais ça peut tout aussi bien être un homme. Si tu veux sortir d'ici en adulte respecté, Patrick Dolan, tu vas enfiler ce manteau, prendre ton vélo et rouler jusqu'à Killarney, dans le Kerry. Là, tu chercheras du travail et quand tu en auras trouvé, tu iras te promener en forêt le dimanche, puisque tu n'aimes guère les églises.

— Et ?

— Rien d'autre. Trouve un honnête travail, va visiter la forêt de Killarney et surtout ne pose aucune question "irlandaise" à qui que ce soit. Et ne parle jamais de cette soirée ou de cet endroit, même si je doute que nous le réutilisions un jour. On se comprend ? Si tu dois t'intéresser à quelque chose en dehors de la forêt, intéresse-toi aux filles. Tu aimes les filles, Patrick Dolan ?

— Beaucoup, monsieur.

— Au moins ta mère ne t'a pas dégoûté de tout, c'est déjà ça. »

Collins sourit et termina sa bière. Patrick l'imita. Un des soldats présents plaqua une échelle contre le sommet du toboggan à tourbe.

« Maintenant rentre chez ton oncle. Discrètement. Cork grouille de soldats ennemis cette nuit.

— Mais...

— On te contactera, le moment venu. Peut-être dans quelques jours, peut-être dans quelques années.

— J'oublierai jamais ce que vous avez fait pour moi, monsieur Collins.

— Allez, va-t'en, petit, avant que je te reprenne ce manteau et ce qu'il contient.

— J'ai pas un serment à prononcer, un truc de ce genre ?

— Non. Je n'ai pas envie d'aller voir ta mère, et son prêtre, pour leur dire que tu as été fusillé par les Black and Tans. Fais ce que je dis, c'est tout. Trouve du travail à Killarney, danse avec des filles et balade-toi en forêt ; tu y verras des arbres admirables. Et si tu peux emmener une des filles du coin au pied d'un de ces arbres, surtout ne t'en prive pas. »

Quand Patrick eut refermé les deux vantaux de la cave, Ned Broy, l'homme en civil, s'approcha de Michael Collins.

« Pourquoi envoyer ce gamin à Killarney ?

— Permets-moi de te répondre par une question.

Que font le field-marshal French et deux mille soldats anglais d'élite à Killarney, alors que ce héros de la Grande Guerre est revenu d'Allemagne avec le casque du Kaiser ? Pourquoi Lloyd George et Churchill l'ont-ils envoyé là-bas, alors que l'I.R.A. a concentré ses forces à Dublin, Cork et Kilkenny ? Certains de ces hommes se sont battus sept ans, dans la Somme, à Verdun, à Aix-la-Chapelle, en Allemagne, en Irak, au Soudan et même en Russie. Que font-ils dans le Kerry, à part baiser nos moutons ? Une plaisanterie campagnarde qui doit coûter trois ou quatre mille livres par jour à la Couronne.

— Je ne sais pas, Michael, personne ne le sait au Château. Par contre, on parle d'un traître qui renseignerait French… et pas n'importe lequel.

— J'ai entendu parler de ça mais, pour le moment, je réserve mon jugement. Et ça ne change rien au problème : que fait French dans le Kerry ? Il n'a pas besoin de deux mille hommes pour surveiller la ferme de mon père. Padraic Pearse aurait pu me répondre, j'en suis convaincu.

— Padraic t'aurait parlé d'elfes des bois, de korrigans, d'arbres admirables, du Roi des Aulnes et de Cú Chulainn.

— De l'Irlande, oui, tu as raison, il m'aurait parlé de l'Irlande, pas de la guerre sur le continent. »

PREMIÈRE PARTIE

SAINT-MALO

1

Saint-Malo, jeudi 12 janvier 1922

Assis sur un pas de porte de la rue d'Estrées, sa pile d'illustrés posée sur ses cuisses serrées pour lutter contre le froid, Judicaël s'intéressa à l'état de ses chaussures en grimaçant. Il pouvait voir sa chaussette de laine à travers la semelle de la droite ; le devant de la gauche béait comme une bouche édentée et tenait avec de la ficelle — si usée qu'elle n'allait pas tarder à lâcher.

Il saisit ses illustrés, se leva. Tout en tapant du pied tous les trois ou quatre pas, il marcha jusqu'aux portes de l'école Chateaubriand en évitant les congères de neige sale, jaunies par de l'urine animale, les flaques gelées, percées par des boules brunes de crottin. Il regarda l'heure à sa montre en argent. Bientôt six heures. La nuit était tombée depuis plus d'une heure, le froid traversait tous ses vêtements, usés jusqu'à la trame. Une fois de plus, il se pencha sur l'état lamentable de ses chaussures. Il aurait fallu qu'il vendît des centaines d'illustrés pour pouvoir s'en payer des neuves.

Mais pourquoi prendre sur l'arbre la pomme qui attise la faim ?

Pour Judicaël, habitué à obéir à la loi de la rue, occupé à frapper du pied pour lutter contre le froid, la pomme soustraite au panier avait meilleur goût que celle qui provenait du verger. Mais il avait conscience qu'il allait prendre un bien grand risque, susceptible de lui coûter très cher.

Il aurait aussi pu mettre la montre du Papé au clou, mais il y était trop attaché, comme on s'attache aux rares choses qui vous sont offertes.

Les grandes portes de l'école Chateaubriand s'ouvrirent sur la rue d'Estrées. Judicaël savait qu'il n'aurait pas d'autre occasion avant le lendemain. Du coin de l'œil, il observa le brigadier à cheval qui se trouvait à vingt mètres de là, au niveau du carrefour des rues d'Estrées et de Dinan. L'homme considérait d'un œil distrait la sortie des classes. Judicaël connaissait bien ce vilain. On pouvait parier un franc-or que son regard aurait été plus sûr s'il eût surveillé les abords du pensionnat Sainte-Thérèse — un établissement pour jeunes filles.

Judicaël observa les enfants qui sortaient de l'école, beaucoup de parents les attendaient. Il cria : « Illustrés à vingt centimes. *Les nouveaux voyages extraordinaires*. Illustrés à vingt centimes ! »

Un des enfants joua des coudes pour s'extraire de la presse et commença à remonter la rue vers les remparts. Judicaël abandonna sa criée infructueuse, allongea le pas pour rejoindre ce client isolé.

« J'ai une image qui va sûrement t'intéresser… Tu veux pas voir ? »

Judicaël se mit à la hauteur de l'enfant qu'il

venait d'apostropher. Ce dernier portait l'uniforme de l'école et par-dessus un beau manteau. Il serrait dans sa main gantée de laine la poignée d'un cartable de cuir sombre. Ses chaussures brillaient tellement qu'elles devaient sortir de chez le cordonnier.

Judicaël calqua son pas sur celui de l'enfant. Il compara.

Même taille. Au pire, une demi-pointure de moins.

« On t'a dit de ne pas adresser la parole à un inconnu. J'suis pas un inconnu, j'suis le petit vendeur d'illustrés, Roland Thuard, tu m'as déjà croisé de nombreuses fois. Je vends aussi *Le Salut*, le mardi et le vendredi. J'ai des choses que t'as jamais vues, des choses que t'as jamais lues.

— Quel genre ? » demanda l'enfant qui avait cessé d'avancer pour poser son cartable sur un pas de porte déneigé et propre.

Il avait déjà mué. L'accent et la diction de la bonne société flottaient dans sa voix, lui conférant un léger parfum hautain.

Un vrai gosse de riche.

Judicaël sourit.

Le bourgeois modèle réduit se frotta les mains, maintenant libres, pour en chasser le froid.

Judicaël remit en arrière les longs cheveux sales qui couvraient en partie son visage et replaça sur ses oreilles le bandeau rouge qui lui avait valu son surnom : l'Apache. Un trait de couleur dans la cité grise de Saint-Malo. Un trait de sang sous la brume de guerre.

C'est vrai qu'il fait un froid de tombe ; j'ai les oreilles en carton, les orteils en glaçons. Ne perdons pas de temps, ce serait suspect par un temps pareil.

« J'ai des photos de femmes nues, murmura Judicaël.

— Tu mens.

— Sûr, c'est bien mon genre. »

L'Apache sortit une photo de la poche intérieure de son manteau troué. Un monochrome sépia légèrement flou. On y voyait une femme bien en chair occupée à faire sa toilette : de trois quarts dos, debout dans un baquet de bois cerclé de fer.

Le sang colora les joues du gamin aux belles chaussures.

« Celle-là est très laide, annonça Judicaël, le cul aussi mou que de la crème fouettée, certaines vaches normandes ont plus de charme, d'accord, mais j'ai aussi des photos de jolies Américaines. Je les ai achetées à leurs soldats, échangées contre du calva. Il y a quelques négresses dans le lot : le cheveu très court, mais d'une beauté à t'en descendre les pantalons sur les mollets. »

Le gamin aux chaussures neuves tendit la main vers la photo. Pour lui, laide ou pas, cette femme nue (la première de sa vie ?) venait d'illuminer sa journée. Judicaël l'autorisa à prendre le tirage sépia, après avoir fait semblant d'hésiter.

« Elle est grosse, mais elle a un joli visage. T'en as d'autres où on voit… »

Le regard de Judicaël s'éclaira. Il s'approcha plus près du gosse.

« Où on voit tout ? Le devant ?

— Oui. »

Judicaël tourna la tête pour regarder si le brigadier était toujours fier sur son cheval, occupé à ne pas regarder la sortie des classes. La voie semblait libre.

« Pas ici, si le brigadier nous surprend, j'ose pas imaginer la couleur de mon fessier. C'est interdit de vendre des photos de ce genre… »

Judicaël tira le gosse jusqu'à la rue du Connétable, au pied de la chapelle Saint-Sauveur. Comme des feux côtiers cherchant à percer une nuit à naufrages, les yeux des gargouilles de pierre s'illuminèrent de larmes de sang — une illusion fugitive à laquelle l'Apache n'accorda guère d'importance. Ce genre de visions, d'hallucinations, était courant sous la brume de guerre, seuls les aveugles comme le Papé y échappaient.

Assuré d'être à l'abri des regards indiscrets, Judicaël, du bout du doigt, désigna la façade de la chapelle.

« Waoh, les gargouilles nous ont foudroyés du regard. T'as vu ça ? »

L'écolier leva la tête. Il regarda le démon ricanant, qui ne semblait guère gêné par la couche de suie, le dépôt industriel et sans doute organique, qui étouffait sa peau pétrifiée. Judicaël assena un violent coup de coude au gosse de riche, juste sous l'œil, puis accompagna le corps inerte jusqu'au sol.

À cause du bruit provoqué par l'impact, l'Apache craignit d'avoir frappé trop fort. Voleur, oui ; assassin, sûrement pas. Il prit le pouls de sa victime, puis, rassuré, lui déroba son beau manteau et ses belles chaussures.

Le manteau ça va ; mais les chaussures sont trop

petites. Il s'en faut de peu ; suffit sans doute d'en assouplir le bout avec un marteau recouvert d'un chiffon et de repousser légèrement le cuir du talon avec une forme de cordonnier.

Il laissa dans la poche d'uniforme de sa victime la photo écornée ainsi qu'un illustré à vingt centimes. Il n'avait pas fini de lacer les chaussures qu'il entendit du bruit. Sans même réfléchir, il abandonna sa victime, son vieux manteau et ses vieilles chaussures si usées qu'on devinait à peine qu'il s'agissait de bottines en cuir de second choix.

Dans un verger on cueille une pomme sur l'arbre, dans la rue on n'achète pas les chaussures chez un cordonnier, qui valent de quatre-vingts à cent soixante-quinze francs, selon la qualité. Comment gagner autant d'argent en vendant des illustrés à vingt centimes et *Le Salut* deux fois par semaine. Il est préférable de prendre les belles chaussures sur l'idiot qui les a payées une fortune et qui a souffert assez pour les *casser*.

En fait, pas assez. Quand elles sont trop grandes, tu peux mettre deux paires de chaussettes, quand elles sont trop petites, tu souffres jusqu'à les avoir suffisamment agrandies et assouplies.

Avec son Opinel, dont il avait soudé la virole, et qu'il portait à toute heure du jour et de la nuit dans un étui à la cheville, Judicaël retira les boutons dorés du manteau qu'il venait de dérober — de vrais miroirs de bordel —, les compta et les jeta dans une bouche d'égout. Il se rendit ensuite à la mercerie de la grosse Marthe pour acheter dix boutons de marin, en bois non vernis, décorés d'un voilier grossièrement taillé, qu'il glissa dans sa poche en attendant de pouvoir les coudre.

Au zinc de la rue de Rethondes, l'Apache lâcha quelques pièces pour avoir son habituel ballon de rouge — *le rubis de fin de soirée.* Il avait recouvert ses nouveaux souliers de boue et de crottin afin de ne pas attirer l'attention. Il regrettait pour le gamin, mais il avait trop besoin de bonnes chaussures, lui qui passait sa journée debout, dans le froid. Il ne pouvait se permettre de tomber malade, à cause du Papé, à qui il devait apporter chaque soir à manger et à boire. Et du calva, quand c'était possible.

Il s'installa dans un coin sous une belle gravure de voilier. Il sortit de sa veste un illustré et commença à le lire en sirotant son rouge. Un mouvement près du zinc attira son regard, un gendarme qui avait probablement fini sa journée écartait la populace pour accéder au comptoir. Judicaël s'éclipsa en profitant de sa petite taille, non sans avoir d'abord sifflé son verre jusqu'à la dernière goutte.

Comme le pont roulant qui reliait l'extrémité du quai de la Bourse au petit port de Saint-Servan ne fonctionnait plus à cette heure tardive, Judicaël était obligé de suivre les quais du port pour rejoindre le bateau sous lequel il dormait avec le Papé. Dix bonnes minutes de marche, ni plus ni moins.

Il trouva le vieil homme allongé sous le bateau démâté, retourné et maintenu à quarante-cinq degrés par des cales. Comme d'habitude, le Papé ne semblait pas avoir bougé de la journée. Judicaël ne lui en voulait même pas : le vieux, aveugle, vivait la plupart du temps dans le passé, se remémorant, encore et encore, ses vieilles histoires de pêche à la morue, d'îles tropicales, de négresses ou d'Annamites. Judicaël sortit de ses vêtements une miche de pain.

« C'est à cette heure-ci que tu rentres ? grogna le vieux.

— Le soleil vient juste de se coucher.

— Tu mens !

— À cette saison, avec la brume de guerre, c'est dur à savoir. Si moi je peux pas, alors toi… Je suis juste allé m'envoyer un rubis. Un seul, je jure.

— Tu bois ta paie.

— C'est le Normand roulé sous la table qui se moque du Breton vautré tête la première dans l'abreuvoir à cochons. »

Allongé sous ses couvertures, le vieux se tourna, chercha quelque chose et tendit une bouteille de calva à l'Apache. Judicaël but une bonne rasade de brûle-gorge pour se réchauffer. Jamais il n'avait bu calva aussi infect, au subtil goût de pommes véreuses.

« Tu devrais rentrer avant la nuit, p'tit.

— Pourquoi ?

— À cause du Rémouleur, pardieu !

— C'est juste une invention des parents pour effrayer leurs idiots de gamins.

— Depuis la fin de la guerre, il disparaît un gosse presque chaque semaine, des vagabonds comme toi, des mousses en attente d'un bateau, des vendeurs, des cireurs de chaussures. Et les

Malouins qui vivent *extra-muros*, les pauvres si tu préfères, ils entendent des bruits. Dans le Sillon, à Saint-Servan, à Solidor. Comme le raclement d'une lame sur la pierre à aiguiser. C'est de là que vient le nom de ce tueur d'enfants. Certains l'ont même vu, mais ils ne parlent pas, ils ont peur que personne ne les croie. Et les rares fois où ils parlent, ils disent que c'est un géant avec un masque de cuir et des yeux vides. Une créature sans vie, mais massive, tout le contraire d'un fantôme. Tu imagines ça, un géant avec un masque de cuir et des yeux morts ?

— T'y crois autant qu'aux korrigans… Tu ferais mieux de manger, Papé. Plutôt que d'essayer de me faire peur. Je préfère tes histoires de putains, de rhum et de tempêtes. T'as vécu la fin de la pêche à la morue, mais si t'étais né à l'époque de Surcouf ou de Dugay-Trouin, t'aurais des histoires de corsaires à raconter. La tête pleine de trésors. Crochets et jambes de bois ! Crânes et tibias ! À l'abordage, chiens des mers ! Violez la duègne, tenez-moi la fille ! »

Le Papé avait été énocteur, vidant douze heures par jour les poches de sang des morues ébréguées — c'est ainsi qu'on appelle les poissons dont on a enlevé les viscères. Ses yeux blancs ne vivaient plus que pour pleurer cette mer qu'il avait tant aimée, dont il connaissait presque tous les secrets. En un peu moins de trente ans, il avait fait plus de vingt campagnes sur les bancs de morues de Terre-Neuve, d'avril à août. À cette époque-là, avant la Grande Guerre, c'était à Saint-Malo que se produisaient les plus grandes marées d'Europe — quatorze mètres ! Et puis, ces étranges usines avaient été construites sur la Rance, puis un barrage… Et tout ça avait détraqué les marées.

Quand le Papé n'était pas à la morue, il naviguait jusqu'aux colonies, Sénégal, Indochine, Caraïbes et même la Nouvelle-Calédonie, une fois. Il y avait vu la tombe de Louise Michel, à Nouméa, et aimait évoquer ce souvenir, l'accompagnant toujours d'une tirade de haine à destination des versaillais.

Judicaël se déshabilla pour faire ses exercices de musculation. Il y passait au moins une heure chaque soir afin de s'endormir plus facilement et de muscler son corps, le sculpter. Quand on est de petite taille, guère plus d'un mètre cinquante-cinq, et qu'on gagne sa vie dans la rue, il faut être en mesure de se défendre. À tout moment, en toutes circonstances. Et, le cas échéant, il est bon de pouvoir courir plus vite que le vent.

« Parle-moi de la mer, Papé… »

Comme à son habitude, le vieil homme parla de bancs de morues, de tempêtes, des maladies du grand large, des icebergs, de la peur, des pantalons raides de chiasse. Mais aussi des ports d'Europe du Nord, de leur nourriture infecte et de leurs bières délicieuses. De sa voix abîmée par une vie trop dure, le tabac et l'abus d'alcool, le Papé évoquait cette lointaine époque où il était jeune, où son couteau crevait les poches de sang des poissons, sans jamais faillir. *J'étais le meilleur, petit, qu'il pleuve ou qu'il vente, plein de rhum ou sobre, jamais Saint-Malo n'a connu de meilleur énocteur que moi. Ni avant ni après.*

Rarement il évoquait sa défunte épouse, avec qui

il n'avait jamais vraiment vécu. Il ne parlait jamais de sa fille, la mère de Judicaël, emportée par la tuberculose en 1909. L'Apache n'avait que quatre ans. Quant à son soldat de gendre, il n'en avait parlé qu'une fois depuis la guerre, la voix chargée de mépris et de tristesse.

« Qu'on t'appelle pour les trois ans du service militaire obligatoire et que tu sois bien obligé d'y aller, au moins pour ta famille et son honneur, ça je peux comprendre… Mais qu'on choisisse d'être soldat de métier, de porter un uniforme, d'obéir à des ordres idiots toute la journée en espérant qu'une guerre va bientôt se déclarer, c'est pas humain pareille chose. Et d'ailleurs, la guerre, la Grande Guerre comme ils la surnomment, l'a bien montré. Elle n'a de grand que son nombre de victimes et l'ampleur de ses destructions. Moi, je ne vois que des hommes dans la boue des tranchées, vivant avec les rats, pissant et chiant dans leur casque avant de tout balancer par-dessus bord. Tués par la mitraille, les gaz, les obus, les maladies, la balle de leur meilleur ami. Certains rongés par la gangrène. Joli pas vers le progrès, cette ypérite. Oh oui, c'est beau tout ça, ces millions de morts, et je te rajoute encore quelques millions avec la grippe espagnole, car jamais je ne croirai qu'elle aurait fait tant de victimes sans la guerre qui lui a servi de terreau. La guerre ? C'est plus beau que la mer, les remparts de Saint-Malo, le coucher de soleil derrière Cézembre, les bateaux de pêche qui partent au petit matin, le sourire d'une fille un peu grosse ? Tu verras la première fois qu'une fille se déshabillera pour toi, le monde te semblera d'or pur, léger et doux comme une plume de poussin. Tous des imbéciles, des criminels, ces officiers hautains. Je te les mettrais avec des gants de boxe, dans une fosse pleine de boue et de rats, ceux qui nous gouvernent et ceux qui possèdent tout, et là la guerre deviendrait un sport franchement réjouissant. Les pauvres payeraient alors leur place pour aller voir cet angliche, Churchill, coller des raclées à tout le monde. Ce serait drôle pour une fois. »

Judicaël arrêta ses exercices après y avoir passé une heure et quart. Il épongea sa sueur, hésita à laver ses cheveux qui en avaient bien besoin, mais décida plutôt de passer chez le barbier dans les jours à venir ; là, on ne le rendrait pas à la rue avec les cheveux mouillés. De nouveau chaudement habillé, il sortit du fil et des aiguilles du baluchon qui contenait toutes ses affaires et commença à coudre les boutons de bois de son nouveau manteau. Il essaya de se souvenir de sa mère, mais elle était tombée malade alors qu'il n'avait que trois ans et aucun visage maternel n'arrivait à se former dans ses pensées. Après sa mort (il se souvenait bien de l'enterrement) et jusqu'à ses neuf ans, il avait vécu avec son père à la caserne de Cesson-Sévigné, martyrisé par les autres enfants de soldat qui se moquaient de sa petite taille et détestaient sa vitesse et son adresse hors du commun. Puis la guerre avait éclaté, et le Papé l'avait alors récupéré afin qu'il échappât à l'internat. Un vieil homme qui perdait la vue et n'allait bientôt plus pouvoir travailler. Il lui avait appris à pêcher, à braconner, à monter à cheval et, puisque ça ne suffisait pas, à vivre dans de bonnes conditions, à voler ceux qui ne manquent de rien.

Une mère emportée par la maladie ; un père tombé à Aix-la-Chapelle, et qui n'avait écrit qu'une lettre en cinq ans de guerre. Au tout début. Une lettre sans amour où il ne parlait que de lui. Un jour, Judicaël avait brûlé le courrier, maudit son père absent depuis trop longtemps. La semaine suivante, la mitraille allemande fauchait Paul Valès.

De cette famille maudite, il ne restait à Judicaël que la montre en argent du Papé, l'Opinel que lui avait offert son père pour ses huit ans. Et le Papé, évidemment. Justinien Laënnec, aveugle, presque impotent, mais toujours là.

« Y a plus de calva, petit. Tu m'en rapporteras une bouteille, demain. »

Quand on pense au loup, on en entend le cri...

Plus de calva ! Plus de calva, petit !

« Va falloir que j'en vole...

— Et alors, gamin, t'attends peut-être que le vieux Justinien te réprimande pour les nouvelles chaussures, le nouveau manteau ?

— Comment tu sais ça, t'es aveugle ?

— Le bruit... Le bruit que faisaient tes chaussures quand tu es arrivé, les autres battaient de la semelle, celles-ci te font un peu mal.

— C'est vrai, elles sont trop petites, mais juste de l'épaisseur d'une bonne chaussette. Je vais cogner dessus pour les vieillir et les assouplir.

— Et je n'ai pas reconnu le bruit de ton manteau quand tu l'as enlevé. Celui-ci est plus lourd, de meilleure qualité. »

Judicaël sourit. Décidément, le Papé n'avait de cesse de le surprendre.

Alors que l'Apache cherchait à s'endormir contre le vieux, à la recherche d'un peu de chaleur, il pensa à la guerre…

Sans la guerre, sa vie aurait été différente, son père serait toujours vivant (encore que… vivre dans une caserne…) et il n'y aurait pas cette brume permanente, encore chargée de gaz militaires, qui avait offert le monde aux rats, dévoré les couleurs et abaissé le ciel, tué bien des arbres et presque toutes les fleurs. La guerre avait pris fin, mais pas la rivalité entre la France et l'Allemagne.

Cela dit, la guerre n'avait pas eu que des mauvais côtés. Grâce à elle, il avait été engagé par les gens du *Salut*, le journal bihebdomadaire de l'arrondissement de Saint-Malo qui paraissait le mardi et le vendredi. La guerre terminée, il avait gardé son poste de vendeur car la plupart des jeunes engagés étaient tombés au front. Leurs noms, gravés sur une grande pierre au pied des remparts nord, rappelaient combien le conflit avait été meurtrier. Quant à ceux revenus sur leurs deux jambes, il n'existait que deux cas de figure : ils étaient soit bons pour l'asile, soit considérés comme des héros. Les premiers étaient internés ou chassés des villes, les seconds bénéficiaient d'un emploi réservé, relativement bien payé.

Dans son rêve de la nuit, Judicaël lutte à mort contre le Rémouleur — un gigantesque boucher au crâne rasé, au tablier en cotte de mailles gluant de sang. Le Rémouleur a un masque de cuir sur le visage. Ses yeux sont vides : deux billes de néant. Ni blanc, ni iris, ni pupille. Il porte un large ceinturon duquel pendent tous ses instruments : couteaux et hachoir, crocs, fusils pour aiguiser les lames. Un crâne humain sans mâchoire décore chacune de ses épaules. Presque toutes ses dents sont pourries, jusqu'à en être noires, sauf les canines, longues et en or.

Tachées de sang.

À la pointe.

Seulement.

2

Saint-Malo, vendredi 13 janvier 1922

Comme tous les vendredis, Judicaël se leva vers cinq heures pour aller chercher deux liasses du *Salut*. Il devait traverser presque toute la ville de Saint-Malo afin de se rendre à l'entrepôt. La ville s'était terriblement étendue depuis la construction du barrage militaire qui enjambait la Rance et l'installation d'un immense complexe juste à côté, zone interdite aux civils, gardée en permanence, qui comportait de nombreux bâtiments, des baraquements, une gare et même une piste d'atterrissage.

Les bureaux du *Salut* se trouvaient rue des Lauriers, *extra-muros*. Comme la nuit pesait de toutes ses ténèbres, de toute son opacité industrielle, Judicaël, qui n'avait aucune envie de tomber nez à nez avec le Rémouleur, préféra les grands axes aux petits raccourcis qu'il empruntait d'habitude.

Merci, Papé, maintenant je redoute le Rémouleur et je rêve de lui.

Au niveau du bassin Vauban, Judicaël fit attention à se déplacer dans le plus grand silence. Malgré les efforts des gendarmes, une bande de marins polonais traînait parfois dans le coin, mais la nuit uniquement ; ils étaient arrivés quelques mois auparavant sur un bateau au nom anglais le *Wall Stone Craft*. Ce rafiot était un des plus grands mystères de la ville de Saint-Malo. Faussement enregistré à Portsmouth (un journaliste de Paris avait cru reconnaître le *Lorelei*, un navire-école originellement enregistré à Lübeck), le trois-mâts, long de quarante-six mètres, gisait dans les jupes d'écume de l'île de Cézembre, côté falaises, invisible depuis les remparts et le quartier du Sillon. Au lendemain de la guerre, il s'était échoué par une nuit de tempête et avait déchaîné immédiatement bien des passions. D'abord, il y avait ses marins survivants qui dévalisaient les voyageurs nocturnes, tout le long de la baie de Solidor et du Sillon, parfois jusqu'au bassin Vauban — mais jamais *intra-muros*. Nul ne savait vraiment où ils vivaient, probablement dans un des nombreux taudis de la baie — toutes ces maisons laissées vacantes par la guerre et la grippe espagnole. Et puis il y avait eu la disparition des deux gendarmes et des gens de la capitainerie qui étaient allés inspecter l'épave. Ni leur bateau ni leurs corps n'avaient été retrouvés. On avait mis ces morts sur le dos des Polonais, on avait accusé le Rémouleur, mais aussi une mer déchaînée ce jour-là. Certains pensaient que les Polonais vivaient sur la vedette de la capitainerie, maquillée, à l'ancre quelque part où elle n'attirait pas l'attention. Une hypothèse de plus.

On disait volontiers le *Wall Stone Craft* hanté, maudit, dangereux, piégé, recelant de terribles secrets, des monstres ou des maladies inconnues. Tout le monde avait sa petite théorie sur le sujet.

Personne ne s'en approchait ; d'autant plus que les militaires du Fort national avaient délimité une zone interdite avec d'énormes bouées jaunes, toutes surmontées d'une petite cloche en cuivre et d'un drapeau arborant les armes des fusiliers marins. Saint-Malo restait une ville d'histoires, de rumeurs et de légendes. La guerre n'y avait rien changé. Et il était fort probable que la disparition de la brume de guerre et une paix durable n'y changeraient rien. Avec ses remparts, ses bateaux et ses fameux corsaires, Saint-Malo faisait rêver depuis des siècles et attirait dans ses filets, avec une facilité déconcertante, les êtres d'exception.

Judicaël avait beau ne rien y connaître en politique, il savait que le conflit qui venait d'opposer Français, Angliches, Belges et autres cow-boys aux casques à pointe du Kaiser, était le pire de toute l'histoire humaine. Presque sept années de boucherie. Des dizaines de millions de morts. Par conséquent, un faux bateau anglais à l'équipage venu de Pologne, un pays qui se trouvait *derrière* l'Allemagne et ne possédait pas une grande tradition maritime, il y avait de quoi s'interroger. Et si ce bateau était vraiment le *Lorelei*, enregistré dans le port de Lübeck, alors il ne pouvait s'agir que d'une affaire d'espionnage.

Les Polonais rôdaient aussi à proximité d'un zinc construit par une pauvre famille irlandaise qui, pendant la seconde famine de la pomme de terre, avait voulu émigrer aux États-Unis d'Amérique. De bien piètres marins, comme aurait dit le Papé, car ils s'étaient retrouvés à Saint-Malo avant guerre où ils avaient fini par construire une *public house* (c'est ainsi qu'ils appelaient leur établissement) avec des bois et des voiles de récupération : Le Cunningham. L'établissement, qui n'avait eu de cesse de se rendre davantage présentable d'une année sur l'autre et dont l'intérieur avait fini par ressembler à un musée de la marine, connaissait maintenant un certain succès chez les nombreux officiers en poste à Saint-Malo et les petits-bourgeois. Les voiles qui l'avaient longtemps fait ressembler à un chapiteau de cirque avaient disparu jusqu'à la dernière, pour laisser place à de nombreux pans de toit et d'avant-toit couverts d'ardoise de Bretagne.

Judicaël entra dans l'entrepôt du *Salut*, désert à l'exception du gros Mimile qui s'affairait derrière son comptoir couvert de paquets de journaux. L'Apache vérifia discrètement qu'il avait son Opinel à la cheville.

« Faut que je change de coin, annonça-t-il au gros Mimile.

— T'aurais pas volé une paire de chaussures neuves par hasard, et un gros manteau, signant ton crime d'un illustré à vingt centimes ?

— Sûr que non, qui t'a encore fadaisé de la sorte ? C'est à cause de l'emplacement. Je vends pas de journaux dans le coin des écoles. Les gamins préfèrent les photos de filles nues, ça, c'est juteux. Il faut que je puisse vendre un peu, donne-moi la statue de Surcouf. Tu donneras mon périmètre à un crétin en retard. Ça manque pas les crétins en retard dans c'te tôle.

— Mais pour qui tu te prends ?

— J'suis l'Apache, Mimile, un putain de sauvage.

— Ouais... Montre ton fric... »

Judicaël sortit ses pièces — il en avait trop sorti et se mordit l'intérieur de la joue. Mimile compta et lui donna deux grosses piles de journaux. Vingt journaux à dix centimes pour un franc, une marge de cent pour cent.

« J'vais jamais vendre tout ça, se plaignit Judicaël.

— Alors tu ne changes pas de *périmètre* ! »

Bien obligé d'obéir, Judicaël prit les piles de journaux et se dirigea doucement vers Saint-Malo *intra-muros*. Vendredi, c'était jour de marché place Chateaubriand. Les bandagistes, les vendeurs de remèdes, de marrons chauds, de morue panée, de soupe. Tous s'installaient.

Comme convenu avec le gros Mimile, Judicaël s'installa près de la statue de Surcouf. De là, il pouvait haranguer presque tous les badauds du marché. Il pouvait aussi observer les méthodes de vente des autres marchands. Il y avait ceux qui criaient :

« Achetez le thé célèbre de la maison rouge de Dinard ! »

« ... Jouvence de l'abbé Soury ! Jouvence de l'abbé Soury ! »

« ... Ils sont beaux mes gants de peau, ils sont beaux, 22 francs seulement, pas un sou de plus ! »

Il y avait ceux qui avaient des pancartes :

« La célèbre poudre Montavon guérit en quelques jours avec une constance qui tient du prodige l'ivrognerie. »

« L'encre et la rouille disparaissent avec l'antirouille AC. »

« Baume Tue-nerf Miriga, guérison, infaillible, instantanée, radicale, des maux de dents. »

Judicaël peina à vendre ses journaux (et il devait les vendre car Mimile reprenait les invendus un centime pièce, une misère). Quand il eut fini, vers onze heures, il décida de ne pas retourner à l'entrepôt où le gros Mimile lui prendrait tout son argent et lui donnerait à la place une montagne de journaux à écouler qui, au final, lui resterait sur les bras.

Alors qu'il cherchait quelque chose à ramener au Papé, un plat goûteux que le vieux aux dents foutues pût manger plutôt que du pain de ferme avec une grosse croûte noire, une vendeuse attira son regard.

Ses mains serraient deux bouquets de fleurs… en plein mois de janvier. Il s'approcha d'elle, affronta son regard triste, éteint, mais d'une couleur étonnante, oubliée. Elle semblait avoir du mal à bouger, probablement était-elle transie de froid. Rien de surprenant, ses vêtements paraissant très légers. Elle devait avoir le même âge que lui — seize ans, peut-être dix-sept. Il lui rendait dix bons centimètres. Il s'approcha, contournant un panneau qui proclamait : « Bandages pour hernies, ceintures abdominales, bas à varices. Exécution sur ordre de MM. les médecins. »

Il évita une carriole dont il caressa la jument énervée. Subjugué par la jeune fille aux fleurs blanches, il manqua glisser sur du crottin. Quand il se trouva en face d'elle, séparé par moins d'un mètre, il se sentit ridicule. Les fleurs qu'elle vendait étaient découpées dans de vieux illustrés, plus jaunâtres que blanches. L'une d'elles avait été fabriquée à l'aide de gravures de voiliers. Superbe.

« Tu veux m'acheter une fleur ? »

Il regarda la jeune fille dans les yeux, rougit et s'éloigna sans lui répondre. En faisant le tour des diverses carrioles de bonimenteurs, des échoppes, il l'observa. Elle ne vendait rien et parfois une fleur s'échappait de ses mains engourdies aux doigts tordus, comme déformées. Elle semblait souffrir, de faim et du froid. Il voulait connaître son prénom, il voulait lui parler, mais quand elle lui avait adressé la parole, il était parti. Et pourquoi, d'ailleurs ?

Oh non pas ça... Pitié !

Pas cette émotion bizarre...

Judicaël avait lu une ou deux histoires d'amour dans les illustrés. Mais il n'avait vu l'amour qu'une fois ou deux à Saint-Malo — l'été, après la tombée de la nuit, certains jeunes couples se retrouvaient sur la plage pour s'y enlacer. D'habitude ça finissait mal, le garçon voulant ardemment quelque chose que la jeune fille n'était jamais pressée d'offrir. L'Apache acheta de la brioche chaude et retourna voir la jeune vendeuse. Elle avait un joli visage ovale, encadré de cheveux châtain clair, fins jusqu'à la transparence, qui, séparés par une raie au milieu, descendaient jusqu'à ses épaules en bouclant légèrement. Sa peau, piquée de taches de son, était si claire qu'un coup de soleil l'aurait enflammée comme une torche.

« Tu as faim ? demanda-t-il.

— Oui. »

Il lui donna un morceau de brioche et lui demanda à combien étaient les fleurs.

« Cinq sous… merci pour la brioche. »

Il chercha dans ses poches et rassembla un franc :

« J'en veux vingt.

— Vingt fleurs ?

— Oui.

— Que vas-tu faire d'autant de fleurs en papier ?

— Les planter. »

Elle rougit et lui sourit.

« Garde ton argent, tu en as autant besoin que moi, la brioche suffit… Je m'appelle Mädchen, d'habitude je dis que je m'appelle Isabelle et que je viens de l'est de la France, mais tu n'es pas du genre à te soucier des origines de mon prénom ni des miennes. Et toi, quel est ton prénom ?

— Judicaël, mais tout le monde m'appelle l'Apache à cause d'un soldat américain qui m'a appelé comme ça… un jour. J'espère qu'on se reverra…

— Si tu peux m'échanger un de tes journaux contre deux de mes fleurs, ça me plairait bien. Il y a un feuilleton dans le journal : *L'espion du Kaiser*. Je ne trouve pas toujours de journal abandonné pour suivre l'histoire.

— Tu sais lire ?

— Oui, et j'aime ça, est-ce si étonnant ?

— Je ne sais pas, je ne fréquente pas beaucoup de jeunes filles… Tu seras là demain ?

— Demain ? C'est samedi. Oui, je serai *intra-muros* toute la matinée…

— Je t'apporterai un journal, demain. Promis. »

Et il s'éloigna, les jambes un peu molles, les joues brûlantes, le ventre noué.

Surtout ne te retourne pas, surtout ne te retourne

pas, n'agis pas comme si demain te semblait hors de portée.

En chemin, il s'arrêta chez le barbier. À peine était-il rentré dans la boutique que le commerçant le regarda des pieds à la tête.

« J'veux pas de vauriens dans ton genre chez moi.

— J'ai de quoi payer. Combien pour la barbe et les cheveux ?

— Un franc.

— Un franc !

— Tu pues comme une vespasienne, j'aurai encore des nausées demain, c'est à prendre ou à laisser. »

Judicaël sortit du magasin et se rendit aux bains publics. Là il se lava pour une somme dérisoire, puis il retourna chez le barbier.

« Et maintenant ?

— Oh toi, quand tu as une idée derrière la tête… Allez, installe-toi. Tu peux être sûr qu'elle ne va pas te reconnaître.

— Qui ?

— Quand un vaurien dans ton genre s'assoit sur mon fauteuil, c'est toujours à cause d'une fille. On laisse la moustache ?

— Non.

— Ça te ferait paraître plus vieux.

— Je veux pas paraître plus vieux ! »

Une fois rasé, les cheveux coupés, mais pas trop, coiffés, Judicaël commença à compter ses pièces pour rassembler un franc. Le barbier lui prit dix sous et lui ordonna de déguerpir.

« Va plutôt lui acheter un cadeau, gamin.

— Merci, monsieur. Et bonne soirée. »

Judicaël décida d'attendre le lendemain pour récupérer à l'entrepôt l'exemplaire du *Salut* qu'il avait promis à Mädchen. Il ne tenait guère à revoir Mimile, trônant sûrement au milieu de ses invendus, bien décidé à s'en débarrasser par liasses entières. Il acheta un bon morceau de brioche, une fine tranche de jambon pour le Papé et vola dans un cabas une bouteille de calva au bouchon clos à la cire rouge.

Quand il se glissa sous le bateau, le Papé ne broncha pas.

Comme il était rentré beaucoup plus tôt que d'habitude, Judicaël rassembla ses illustrés préférés — une histoire d'île perdue en quatre épisodes, avec de très belles illustrations d'archéoptéryx anthropophages et de diplodocus attaquant une immense baleine à cornes, deux sur le sommet de la tête, identiques à la défense de narval exposée dans le musée de la Marine de Saint-Malo.

Il posa la bouteille de calva à côté du vieux, décida de ne pas le réveiller et commença à lire sous la barque à la lumière du jour mourant. Bientôt, il alluma la lampe-tempête afin de poursuivre sa lecture. À la fin du quatrième et dernier épisode du feuilleton, le professeur Berthier, sa fille (une vraie cruche !) et l'aventurier américain Sullivan (l'équivalent masculin d'une cruche, un broc ?) quittaient l'île des monstres en ballon. Judicaël feuilleta à nouveau les quatre illustrés pour se replonger dans leurs dessins fabuleux.

Sacrée aventure.

Aussitôt, cette pensée lui fit honte, car dans le coffre en bois où il rangeait ses illustrés se trouvaient aussi les cahiers sur lesquels il avait scrupuleusement consigné toutes les histoires du Papé, des aventures où il était principalement question de tempêtes, de morues, de scorbut, d'icebergs, d'indigènes de Terre-Neuve et du Groenland. Aucun serpent de mer, aucun archéoptéryx anthropophage, juste des mois de pêche, des ports, des putes affublées d'un défaut physique quelconque ou « plombées jusqu'à la moelle ». Rien que la triste vie des hommes de mer de la génération du Papé. Quelques histoires se déroulaient aussi dans les mers chaudes, Sénégal, Caraïbes, Madagascar, baie d'Along, Nouvelle-Calédonie… mais elles étaient plus rares et, étrangement, il s'agissait des moins intéressantes.

Allez, expie ton crime, l'Apache, c'est l'heure de tes exercices physiques.

Il y passa moins d'une heure, vaincu par les douleurs dans ses bras. Effectuant d'ultimes élongations, il épongea la sueur qui le couvrait et demanda au Papé, qui de toute façon allait bien devoir manger à un moment ou un autre, s'il avait déjà vu des monstres marins.

Le vieil homme ne réagit pas.

Un marin qui n'a jamais vu de monstre marin, c'est un peu comme un soldat qui n'a jamais vu l'ennemi, non ?

« Papé ? Je t'ai amené de la brioche… et du calva, pour te réchauffer. C'est du bon, si tu savais où je l'ai volé, tu me tuerais. C'est les réserves spéciales du Rémouleur. »

Le Papé ne bougea pas. La blague était mauvaise, mais pas à ce point.

Judicaël s'approcha du vieux, lui secoua légèrement l'épaule. Le corps du Papé était froid et raide.

« Non ! Non ! »

Les larmes aux yeux, il secoua à nouveau le Papé pour le réveiller. Il le maltraita comme un prunier de la plaine, sans succès. Il sortit son Opinel et lui piqua une fesse.

« T'as cassé ta pipe, marin ? Tu m'as abandonné ? Je te déteste ! »

Judicaël assena un violent coup de poing sur l'épaule du Papé, espérant ainsi le réveiller, le ramener à la vie.

Alors, c'est ici que se finit notre histoire ? Je rencontre une fille et tu meurs. Je fais un pas vers l'âge adulte et tu m'y pousses d'un bon coup de pied au cul. En mourant.

Tu sais que j'ai jamais été doué pour grandir. Tu pensais à quoi en cassant ta pipe ? Qu'en me laissant seul, j'allais prendre dix ans et dix centimètres d'un coup ?

Mais je ne veux pas vieillir, ni grandir, je veux que tout reste comme avant.

Moi l'Apache.

Toi le Papé.

Nous contre le monde entier.

… Et Mädchen ?

Judicaël se glissa hors de l'abri, bouteille de calva à la main, et s'en alla rejoindre la solitude des remparts où nul n'irait le déranger en cette froide nuit de janvier. Ses yeux se perdirent dans la brume de guerre qui recouvrait Saint-Malo depuis plus de trois ans maintenant.

La guerre contre l'Allemagne s'était terminée en décembre 1920, mais d'autres guerres continuaient, aux quatre coins du monde, dans des pays lointains — Irak, Soudan, Russie, Éthiopie —, des pays dont Judicaël ne connaissait que le nom, ignorant tout de leurs habitants. Que mangeaient-ils ? Quels dieux priaient-ils ? À quoi ressemblaient leurs maisons ?

Sur les remparts, le vent de la nuit semblait venir des pôles ou de Terre-Neuve tant il tranchait dans les chairs.

Judicaël empocha la bouteille de calva dont il avait sifflé un tiers et se lança dans les rues de Saint-Malo, grisé par l'alcool, bien décidé à en découdre avec le Rémouleur, à lui arracher les boyaux pour en faire des chambres à air. Mais son errance dans la ville déserte, nocturne, ne le jeta qu'un peu plus vers les zincs qui ne fermaient pas la nuit où, après le rubis de fin de soirée, on buvait le premier café du matin, allongé de gnôle bon marché, où de grosses filles puantes vous détroussaient, où des ivrognes éclataient de colères terribles à en faire tinter les bouteilles sur les étagères.

Mauvaises filles. Mauvais hommes.

Je fais partie de ce monde.

Je l'aime autant que je le déteste.

Debout près de la statue de Surcouf, Judicaël regarda le corsaire et le harangua.

« Tu ferais quoi toi qui as de si beaux habits si t'étais à ma place ? »

Aucune réponse.

Évidemment.

De beaux habits ?

Je suis sûr que le Papé aurait adoré avoir d'aussi beaux habits que les tiens, maître corsaire sur son socle perché.

D'un coup de coude, Judicaël brisa la vitre d'une des fenêtres du Musée municipal. Il passa la main entre les mâchoires de verre brisé, guillotine dessous, guillotine dessus, se contorsionna pour tourner la poignée sans se couper. Une fois dans le bâtiment, il sortit son Opinel au cas où le gardien aurait entendu quelque chose et progressa sans faire de bruit. Essoufflé, il s'adossa au mur, à la limite d'une flaque de lumière prodiguée par le plus proche réverbère.

Sa respiration apaisée, couteau à la main, il se promena dans les différentes salles du musée et s'arrêta devant une gravure ; on y voyait un *clipper* aux voiles gonflées qui longeait les courbes d'un immense serpent de mer.

« Je savais bien que les monstres des illustrés existent. J'avais raison, Papé. Et toi, le nez dans une morue, trop occupé à y traquer les poches de sang, tu as toujours été aveugle aux trois anses de Monsieur Serpent. »

Du bout du doigt, Judicaël dessina dans l'air la silhouette d'un serpent de mer puis reprit sa promenade. Il s'intéressa à d'autres gravures, d'autres tableaux : il les décrocha du mur afin de les approcher des fenêtres éclairées par les réverbères de Saint-Malo. Il caressa les vahinées des antipodes, si petites au bout de ses doigts calleux, de ses ongles noirs d'encre d'imprimerie. Il caressa les palmiers sous verre, les huttes encadrées, la chaleur de plages inaccessibles.

Il sourit.

Après avoir localisé le garde qui ronflait à côté de son litre de rouge à ouvriers, Judicaël trouva enfin la salle d'exposition consacrée à l'époque révolue des corsaires. Là, il déshabilla le mannequin censé représenter Surcouf. Il lui enleva son beau gilet rouge et or, son extravagante chemise, ses pantalons amples, sa belle ceinture, son sabre émoussé. Il passa chacun des vêtements trop grands pour lui au-dessus de ceux qu'il portait déjà, puis retroussa bas de pantalon et manches pour ne pas être trop gêné dans ses mouvements. Ensuite, il serra la ceinture sur ses hanches, passa la tête et un bras dans le baudrier du sabre d'abordage. Tant qu'il y était, il déroba une autre ceinture, pour lui. Elle était large, de couleur noire, et son cuir usé en imposait sans pour autant verser dans le tape-à-l'œil.

L'Apache s'emmitoufla dans son manteau. Pour mieux cacher son larcin, il boutonna le vêtement de la mi-cuisse au menton. Quittant le musée par la fenêtre brisée, il manqua se rompre le cou — toutes ces couches de vêtements lui donnaient l'agilité d'une saucisse fumée. Une fois dans la rue, il se mit à boitiller à bon rythme, les dents serrées, une soupe de jurons dans la tête — il s'était tordu la cheville en tombant. En sueur, malgré le froid mordant, grimaçant car cette pute de cheville lui faisait un mal de chien, il retourna à son abri.

Pute de pute de pute.

Tu ne perds rien pour attendre.

Le corps du Papé était si raide du mariage du froid et de la mort que Judicaël dut découdre les vêtements pour pouvoir les passer, morceau par morceau. Il se jeta un coup de calva sous la langue avant de recoudre les vêtements avec beaucoup d'attention, puis il boucla la ceinture de Surcouf sur les hanches du vieux après en avoir raccourci le cuir sombre à l'aide de son Opinel.

« T'es beau, Papé, le plus beau des énocteurs de la cité malouine… »

Dans le petit port de pêche, il mit à l'eau une barque pourrie et y enroula une chaîne dévorée par la rouille, lourde d'au moins quarante livres. Il allongea le corps du vieux dans la barque, passa la chaîne dans la ceinture volée, deux fois afin que ce lest fît correctement son office. Il tira ensuite ce cercueil de fortune jusqu'à une autre barque en parfait état, quasiment neuve, reposant à moitié sur le sable. Ce qui n'allait pas durer puisque la marée montait. Il alla récupérer une paire de rames qu'il passa dans les dames de nage, puis attendit tranquillement que la marée l'eût rattrapé. Une fois la barque arrachée au sable, il la détacha et commença à souquer vers la sortie du port.

Face au grand large, il resta au beau milieu de la passe où la pêche était interdite et où aucun pêcheur ne risquait de remonter le Papé dans ses filets.

« Je sais que tu te foutais de la Bible comme de ta première chiée, et je t'en remercie grandement, Papé, alors j'ai pris ton livre préféré : *L'île au trésor* de Robert Louis Stevenson. Tu avais l'habitude de dire que tous les capitaines sont fous et que Long John Silver n'était pas le pire, loin de là. Je vais donc te relire pour la dernière fois le début de ce chef-d'œuvre. »

Judicaël alluma sa lampe-tempête et commença à lire à voix haute, avec beaucoup de sérieux, beaucoup de concentration.

« Je me le rappelle, comme si c'était d'hier. Il arriva d'un pas lourd à la porte de l'auberge, suivi de sa cantine charriée sur une brouette. C'était un grand gaillard solide, aux cheveux très bruns tordus en une queue poisseuse qui retombait sur le collet d'un habit bleu malpropre ; il avait les mains couturées de cicatrices, les ongles noirs et déchiquetés, et la balafre du coup de sabre, d'un blanc sale et livide, s'étalait en travers de sa joue. Tout en sifflotant, il parcourut la crique du regard, puis de sa vieille voix stridente et chevrotante qu'avaient rythmée et cassée les manœuvres du cabestan, il entonna cette antique rengaine de matelot qu'il devait nous chanter si souvent par la suite… »

Lire ce passage, c'était sa façon de remercier le Papé de lui avoir appris à bien lire. Le vieil homme avait appris d'un capitaine alors qu'il était un jeune mousse d'une douzaine d'années. Judicaël avait du mal à imaginer le Papé enfant ou même jeune homme. Il aurait aimé avoir des photos de cette époque, mais il n'en possédait pas, et ne savait même pas si la photographie existait déjà cinquante ou soixante ans plus tôt.

Sa lecture finie, l'Apache frappa de plusieurs coups de rame l'embarcation pourrie, la regarda prendre l'eau et la détacha. Une fois l'embarcation disparue dans les flots, ses joues trempées de larmes et sa lèvre supérieure recouverte d'une morve pareille à du blanc d'œuf cru, Judicaël regagna le port. Il se moucha dans la paume de la main gauche, s'essuya le visage avec cette même main mouillée d'eau de mer, glacée, puis attacha la barque à son amarre avant de ramener les rames là où il les avait prises.

3

Saint-Malo, samedi 14 janvier 1922

Judicaël leva les yeux au ciel, se tourna vers l'est : le jour n'était pas encore levé. Sans montre, comment savoir l'heure qu'il était avec cette maudite brume de guerre ? Quelques heures, au pire, le séparaient de ses retrouvailles avec Mädchen.

Ayant besoin de dormir, ignorant s'il allait y parvenir, Judicaël prit le chemin de son bateau retourné. Il n'en était qu'à une quinzaine de mètres quand une voix qu'il connaissait lui fit éteindre sa lampe-tempête. Il s'arrêta. Tendit l'oreille.

Je connais cette voix…

L'homme parla à nouveau : il avait pris soin de recouvrir d'une bonne couche de miel crémeux sa tessiture d'habitude plus méchante — porte récalcitrante, ferraille qui grince.

Mimile…

Je te trouve bien disposé ce matin, comme si tu parlais à ton patron adoré.

L'Apache se glissa sous un bateau en cale sèche, posa sa lampe-tempête dans un coin et rampa pour pouvoir observer sa planque et les alentours. Des gendarmes fouillaient l'endroit. Mimile leur montrait le chemin.

Judas !

Je vais te crever le ventre, le vider de ses étrons et te le farcir de trente galets.

« C'est là qu'il dort, que je vous dis ! Et il faut que je rentre à l'entrepôt pour les invendus, les vendeurs vont pas être contents, le patron va me retirer de la paie. Je risque même mon emploi, qui sait…

— L'adjudant Devenne va vous ramener en automobile. Ne vous inquiétez pas pour votre patron, il est au courant. Vous dites que vous avez vu ce vaurien avec des chaussures neuves et un manteau neuf.

— Sûr.

— Un manteau avec des boutons dorés ?

— J'crois pas, pour les boutons dorés, plutôt un vêtement de marin avec de grossiers boutons en bois, c'est davantage son genre… Et pourquoi tant de raffut pour une paire de godasses et un manteau ?

— Il a dévalisé le fils du notaire, il l'a frappé si fort que l'enfant a perdu connaissance. L'enflure lui fermait toujours l'œil, hier soir. Un joli beurre noir, la raie en moins. Heureusement, il y a eu plus de peur que de mal. Le problème en ce qui nous concerne, c'est que le notaire, monsieur le maire, le Colonel et le préfet dînent ensemble une fois par semaine, alors ils se succèdent au téléphone pour que le voleur soit retrouvé… Nous avons ordre d'attraper ce gamin pour le rosser un peu et le remettre au Colonel s'il survit à la bastonnade qui l'attend. Vous avez dit qu'il s'appelait comment ?

— Tout le monde l'appelle l'Apache.

— Et son vrai nom ? Sur le registre du personnel, peut-être… »

Mimile avala sa salive.

« Roland… Roland Buvard, un nom comme ça. Je vais essayer de vous trouver ça. »

Le gros monta dans l'automobile, ce qui manqua faire rire Judicaël tant les ressorts à lames du véhicule se creusèrent en protestant.

Le brigadier regarda les affaires de Judicaël et du Papé rassemblées en un petit tas devant le bateau retourné. Il n'y avait presque rien : quelques illustrés, quelques vêtements, deux ou trois souvenirs de pays lointains où le Papé était allé, la montre en argent de ce dernier.

« Qu'est-ce qu'on fait de tout ça ? demanda un des gendarmes.

— Remettez tout à sa place, et surveillez discrètement l'endroit. S'il voit que quelque chose a changé, il risque bien de nous échapper.

— Même cette montre ? Y a aucun nom de gravé dessus… »

Pas la montre en argent ! Laissez-moi sa montre en argent. Elle est gravée d'un superbe ketch, penché, voiles au vent. C'est une femme de la haute qui l'avait offerte au Papé — un amour impossible. Du moins c'est ce qu'il disait. Mais comme il a jamais vu le moindre serpent de mer, il est permis de douter de cette histoire et de toutes les autres.

« Quelle montre ? » demanda le brigadier en souriant.

Les gendarmes s'en allèrent et ne resta que celui qui avait gardé la montre. Judicaël chercha sous les étals déserts des poissonniers l'outil qui lui faisait défaut et le trouva sans mal : une matraque pour les anguilles.

Hé oui, il faut sacrément tabasser ces bestioles avant de pouvoir les vider. La queue d'abord… la tête, pour finir.

Judicaël fit le tour d'un tas d'ordures — tous ces objets improbables que les pêcheurs remontaient dans leurs filets — et tapa sur un bidon vide. Il recommença, plus fort, ce qui fit venir le gendarme dans sa direction. L'homme manquait de discrétion. De jugeote aussi.

On est sûr d'être le plus malin, d'être le plus fort, eh ben, on va voir ça.

Comme le gendarme venait de droite, Judicaël commença à contourner le tas d'ordures par la gauche, à pas de loup, sans faire le moindre bruit. Il aperçut l'épaule du gendarme par une trouée dans les ordures, puis son dos. Il s'approcha encore davantage de l'homme en uniforme. Trois pas. *Ne te retourne pas.* Deux pas. *Ne te retourne pas.* Un pas. L'Apache s'élança et frappa l'homme avec la matraque à anguille. Touché à l'arrière de la tête, le gendarme s'écroula, inconscient.

La tête d'abord et la queue… pour finir.

Judicaël écrasa l'entrejambe du militaire d'un coup de talon. Il récupéra la montre du Papé, prit l'argent du gendarme, lui enleva son arme et la jeta dans la vase du port. Aussitôt, il regretta son geste.

Ils vont penser que je suis armé et ça leur donnera le droit de me tirer dessus à vue. J'aurais dû me contenter de jeter les balles.

Une fois au bateau renversé, il se hâta de récupérer tous les cahiers d'histoires du Papé et ses rares souvenirs. Il enfourna le tout dans son sac de marin, il regarda une dernière fois ce qui fut six années durant son foyer et sut que plus jamais il ne pourrait y revenir.

Adieu bateau, adieu château.

Conscient qu'il devait se faire oublier pour un moment, Judicaël résista à l'envie de retrouver Mädchen près de la statue de Surcouf. Sac sur l'épaule, il marcha jusqu'au quartier des usines et se planta dans un coin du Jaurès, un zinc d'ouvriers désert à cette heure de la matinée, où il ne s'était rendu qu'une fois ou deux auparavant.

Il commanda un ballon de rouge, le paya, mais n'y toucha pas. Il regretta de ne pas avoir commandé un bon bol de café noir allongé au calva.

Il voulait revoir Mädchen.

Il voulait partir.

Il voulait se venger de Mimile.

Il voulait mettre en lieu sûr toutes les histoires du Papé.

Il devait réfléchir à tout ça. Et trouver dans quel ordre il allait agir.

« T'as des soucis, petit ? demanda le patron depuis son comptoir où il essuyait les verres.

— J'ai besoin de laisser mon sac quelque part.

— C'est une bombe ? T'es un anarchiste ?

— Non. Ce ne sont que des histoires de marin et les souvenirs de mon grand-père. Un bout d'os de morse sculpté, une petite pipe indienne, un rhinocéros taillé dans un morceau d'ébène. Il est mort hier, je n'avais que lui, j'ai beaucoup de choses à faire et je ne sais pas trop par où commencer.

— Mon père était marin… Tu me montres ?

— Si vous voulez… »

Judicaël trempa ses lèvres dans le mauvais vin, se leva et s'approcha du patron à qui il n'avait guère fait attention jusque-là. L'homme à l'épaisse chevelure poivre et sel et au menton en pointe d'enclume paraissait avoir une cinquantaine d'années. Il inspirait confiance, et respect, d'une certaine façon.

Comme s'il lisait dans les pensées, le patron servit un grand bol de café à l'Apache. Il laissa couler dans le liquide noir et fumant un long trait de lait concentré sucré américain. Après s'être essuyé les mains très consciencieusement, il prit un des cahiers, l'ouvrit et commença à lire. La première histoire terminée, il reposa le cahier.

« Il t'a dicté ces histoires et tu les as écrites ?

— Pour la plupart, monsieur. Il a écrit tout seul les quatre ou cinq premières. Sur la fin, il était aveugle, alors il me dictait, et j'essayais de faire des phrases bien tournées. Au début c'est beaucoup raturé, après ça va mieux. J'en ai réécrit certaines, au propre, mais je n'ai pas eu le temps de toutes les faire, parce que quand je les réécris j'essaie de tourner les phrases encore mieux.

— Avant guerre, il y avait une bibliothèque à Saint-Pierre-Port, sur l'île de Guernesey, qui achetait à bon prix ce genre de témoignages. Mon frère y a vendu les souvenirs de notre père. Quasiment plus personne ne vit au sud-est de Guernesey depuis que cette bibliothèque a racheté les terrains, les maisons. Elle s'est étendue comme un feu de forêt et occupait quasiment tout le quart sud-est de l'île au moment du conflit. Les Anglais ont même construit un mur, qui va de la côte est à la côte ouest, histoire de l'isoler du reste de l'île et de mettre fin à son expansion. J'y suis jamais allé, mais c'est que ce racontent les ouvriers de l'imprimerie Verdier. Des écrivains du monde entier y venaient pour leurs travaux de recherches. Des traducteurs y travaillaient à temps plein. Maintenant que la guerre est finie, cette incroyable bibliothèque va peut-être rouvrir, qui sait ? La brume de guerre enveloppe Guernesey et la fait ressembler à une île fantôme. L'armée britannique a sabordé des bateaux pour condamner l'accès à Saint-Pierre-Port. C'est à Saint-Sampson, maintenant, qu'accostent les bateaux venus de Jersey, Weymouth, Poole et Portsmouth. Les gens qui approchent du sud de l'île parlent d'étranges créatures, de danger, mais on sait que la brume de guerre provoque volontiers des hallucinations…

— Alors vous pouvez garder mon sac quelques jours ?

— Bien sûr.

— Je vous paierai.

— Pas la peine, j'suis toujours content d'aider. Si c'était pas le cas, je n'aurais pas appelé mon bar Le Jaurès. Et maintenant, qu'est-ce que tu vas faire ?

— J'ai une petite visite à faire à un ami, il y a une jeune fille qu'il faut que je retrouve et après je partirai, avec ou sans elle… pour Guernesey, pourquoi pas. Ce serait bien que toutes ces histoires finissent dans une bibliothèque.

— Une visite à un ami, une fille à retrouver, des histoires à enregistrer à Guernesey… Vaste programme.

— Sans doute. Mais en prenant les tâches dans l'ordre, l'une après l'autre, je devrais y arriver. »

Le patron du Jaurès se replongea dans l'une des histoires du vieux, sa dernière campagne à Terre-Neuve où tous les marins avaient joué leur âme au tarot, ayant précédemment perdu tout le reste contre le capitaine du navire. À la fin, les hommes d'équipage perdaient leurs âmes aussi, l'un après l'autre, et finalement le capitaine, surnommé le Diable, leur rendait leurs biens, de la façon la plus équitable possible.

C'était un sacré capitaine, le Diable. Il était énorme, barbu, tout voûté, et ne buvait pas une goutte d'alcool. Jamais. Toujours lucide, prêt à se réveiller en une seconde, de bonne humeur, cheveux gris ébouriffés comme ceux d'un esprit de la forêt, une divinité du chêne. Il fumait la pipe, du tabac d'Amsterdam, et à chaque escale épuisait tant les filles qu'il en faisait toujours monter deux dans sa cabine. Bien plus que ses cheveux gris en bataille et sa longue barbe de neige et de cendre, c'est sa virilité de bouc qui lui avait valu son surnom. On raconte qu'il a fini raide à La Nouvelle-Orléans, tué d'une balle dans le ventre, à une table de poker. L'assassin cherchait encore et encore des cartes cachées dans les poches et les manches du Diable, à l'agonie, quand un adjoint au shérif l'a abattu sans sommation. Évidemment, le Diable n'avait aucun as dans les manches ou les poches. Il n'avait jamais eu besoin de tricher pour gagner.

Le Diable avait pris les âmes des marins, y compris celle du Papé, et était mort avant lui, dans d'atroces souffrances. Si tel était vraiment le cas, à quoi bon gagner ? Mais peu importait, le Papé n'avait jamais cru à l'existence de l'âme, préférant de loin celle, concrète, du calva, du tabac des Antilles et des filles de là-bas. Et d'ailleurs.

« Hé, l'Apache, appela le patron du bar en rangeant l'histoire dans sa sacoche.

— Vous connaissez mon surnom ?

— Tout le monde connaît l'Apache par ici... Fais très attention à toi. Je t'aiderai le moment venu, pour Guernesey ou ailleurs.

— Pourquoi ? J'suis qu'un gosse des rues...

— Repose-moi cette question plus tard ; j'aurai alors sans doute une réponse dans laquelle Jaurès n'intervient pas.

— Il aimait pas un peu trop les patrons, Jaurès ?

— Au cas où tu ne l'aurais pas remarqué, je suis patron, gamin. Pauvre, mais patron quand même. »

Judicaël attendit qu'après y avoir déposé leur stock d'invendus et récupéré un peu de monnaie, les derniers vendeurs de journaux eussent quitté l'entrepôt du *Salut*. Il entra et referma la porte derrière lui sans faire de bruit. Avec la plus grande discrétion possible, il se faufila dans les allées dessinées par les montagnes d'invendus — liassés en paquets entassés les uns sur les autres. Mimile se trouvait dans sa guérite, occupé à... *piquer dans la caisse* ? Judicaël sortit sa matraque à anguilles ; il avait cousu un anneau de tissu au-dessus de la poche intérieure de son manteau afin de pouvoir y glisser sa nouvelle arme.

La tête dans la poche, la queue dans l'anneau.

Les lèvres tendues par la joie, il frappa de toutes ses forces la grande vitre de la guérite. Le verre explosa et se dispersa à terre.

J'ai toujours rêvé de faire ça.

« Nom de Dieu ! » hurla Mimile en renversant la caisse.

Pièces et billets se répandirent sur le sol mouillé de boue brune.

Mimile précipita sa graisse vers une armoire, lança ses mains affolées sur un de ses tiroirs. Plus rapide, Judicaël le frappa au poignet droit, de toutes ses forces. Il fit tourner la matraque dans sa main et frappa Mimile à nouveau, au visage cette fois-ci.

Les doigts tendus, bien écartés, le gros posa les mains sur ses yeux, en geignant. Il essaya ensuite d'éponger avec sa manche le sang qui inondait son regard mais n'y parvint pas vraiment. Alors ses grosses pognes commencèrent à fouetter l'air à la recherche d'une gorge à saisir, d'oreilles à arracher.

Judicaël rangea sa matraque ; il ouvrit le tiroir qui intéressait tant Mimile et y trouva un revolver et une boîte de cartouches. L'arme n'était pas chargée. Judicaël y remédia puis referma le revolver d'un geste sec, basculant canon et barillet vers l'arrière.

Ayant entendu le claquement métallique, Mimile se rua dans la bonne direction. Judicaël se déplaça de quelques centimètres pour lui crocher le pied. Le gros homme tomba dans les bris de verre et s'y ouvrit paumes et bras.

« Non seulement tu me dénonces à la gendarmerie, mais en plus tu essaies de me tuer !

— Je voulais juste te faire peur, petite merde !

— Petite merde ? »

La crosse du revolver en avant, Judicaël frappa Mimile au visage, lui ouvrant la narine sur un bon centimètre. Il recommença alors que ce dernier se trouvait à terre, bien démuni, gêné par la masse de son corps, coincé entre le bureau et des armoires métalliques. Judicaël le frappa une troisième et dernière fois avec la crosse du revolver. Des larmes se mélangeaient au sang. Mimile implora qu'on lui laissât la vie sauve et commença à prier le « petit Jésus ».

Pathétique.

Judicaël roua sa victime de coups de pied jusqu'à lui faire perdre connaissance.

Bien fait.

Décidé à ne pas moisir dans les parages, l'Apache attrapa la sacoche du gros Mimile, la vida des papiers et photos salaces qu'elle contenait. Il mit dedans le revolver, les munitions, tout l'argent qu'il put trouver, un exemplaire du *Salut*, plié en deux. Pour Mädchen. Il se pencha sur sa victime, lui vida les poches. Le portefeuille du gros homme était étonnamment bien garni.

« Ça gagne beaucoup un type qui passe son temps à dévaliser les gosses. Mais ne t'en fais pas, tu vas le perdre ton boulot, ce coup-ci... Je te promets qu'ils vont te foutre dehors, les couilles en médaille. D'abord tu perds la recette de la journée, ensuite l'entrepôt prend feu... Y a des jours, rien ne va... Tu sais ce que le mot *incompétence* veut dire ? »

Judicaël trouva un bidon de pétrole sur une des étagères de la guérite. Il arrosa les piles d'invendus avec son contenu, puis craqua une allumette.

Arrivé au coin de la rue, l'Apache s'arrêta et se tourna vers l'entrepôt en flammes.

Il ne sort pas.

Il ne peut pas sortir.

J'y suis allé trop fort.

J'suis un gosse des rues, ça, c'est sûr, faut pas me chercher, un voleur et un entôleur aussi, mais je ne suis pas un assassin.

Non, jamais je serai un assassin.

Après avoir caché la sacoche dans un amas de détritus, sous des planches, des briques et le cadavre raide d'un chat efflanqué, Judicaël courut aussi vite que possible vers l'entrepôt. Le quartier était désert, tôt le samedi matin, mais des badauds, les pompiers et la gendarmerie n'allaient pas tarder à arriver.

Une vague de flammes l'accueillit quand il ouvrit la petite porte en se brûlant les doigts. Il baissa la tête et s'enfonça dans l'incendie à quatre pattes, là où il y avait le moins de fumée, là où l'enfer était moins dense.

Le sauver ou mourir.

Pas une seconde à perdre.

Il attrapa Mimile, toujours inconscient, par le bras et le tira de toutes ses forces en dehors de la guérite, à travers la rivière de verre brisé, autant de lames de couteau, de coupures douloureuses… La vision des traînées de sang laissées par le gros homme le fit frissonner ; son corps se rebiffa jusqu'à la nausée.

Après avoir fermé les yeux un instant, *une éternité*, il se reprit. Il approcha son visage du sol pour respirer de l'air plus froid, moins chargé de fumée. Il reprit son souffle aussi vite que possible et tira Mimile jusqu'à la rue. Il s'était blessé aux genoux et aux mains sur le verre brisé, mais le froid de la rue le saisit, engourdit ses chairs et l'empêcha de trop souffrir.

Il fuyait, les talons au cul, dans une direction où ne se trouvait aucun badaud, quand il entendit les sabots des chevaux de la gendarmerie, la cloche de la voiture des pompiers.

Il récupéra la sacoche là où il l'avait cachée, puis banda ses mains avec des linges volés sur un étendoir, à l'abri d'un auvent (des taies qui, de toute façon, n'auraient jamais séché à cause de l'air saturé d'eau salée et de la brume de guerre). Maintenant qu'il s'était vengé de Mimile, qu'il avait assez d'argent pour quitter la grisaille éternelle de Saint-Malo, que le Papé était mort, ses histoires momentanément à l'abri, il n'avait plus qu'une idée en tête : retrouver Mädchen, revoir ses yeux, de la couleur perdue.

Le bruit d'un rideau métallique, ou d'une porte de prison, arracha Judicaël à l'ivresse de ses pensées. Il regarda la colonne de fumée de l'entrepôt qu'il venait d'incendier rejoindre le ciel, se mêler à lui. Il observa les épousailles des destructions passées et présentes et, à leur aplomb, les usines de brique sale, les poutrelles amoncelées, les tas de sable, les gravats mélangés dans une étrange écriture qui annonçait la fin du monde.

Il existe forcément d'autres paysages.

Dans lesquels aucune couleur n'a été délavée ou perdue.

Bleu ?

Non, je ne crois pas que les yeux de Mädchen soient bleus.

Je me souviens des cieux de mon enfance, d'un bleu intense qui aujourd'hui me serait sans doute douloureux.

En début d'après-midi, de retour dans Saint-Malo *intra-muros*, il chercha Mädchen près de la statue de Surcouf, puis dans les proches alentours. Il ne la vit nulle part. Il parcourut le marché, fit le tour des étalages que l'on démontait. Il questionna, soupçonna qu'on lui mentait, qu'on lui cachait des choses importantes, mais ne menaça personne, de peur de trop se faire remarquer.

Il entra dans une boulangerie. Il avait vu de l'extérieur un vase garni de fleurs en papier.

« Je cherche la jeune fille qui vous les a vendues ?

— Vendues ? Elle me les a échangées contre du pain, mais ça fait un moment que je l'ai pas vue.

— Vous savez où elle habite ?

— Non, m'est avis que tu devrais chercher dans les taudis de Solidor, sous les ponts, ou dans le repaire du Rémouleur. »

La boulangère s'esclaffa. Judicaël eut envie de sortir son arme de sa sacoche et de lui loger une balle entre les deux yeux. Mais il préféra cracher son impulsion par terre, s'essuyer la bouche et regagner la populace frigorifiée de la rue. Il continua à chercher, il demanda dans les zincs, dans les magasins. Sans trop insister. Beaucoup voyaient de qui il parlait, mais peu connaissaient ne serait-ce que son prénom.

Je m'appelle Mädchen, d'habitude je dis que je m'appelle Isabelle et que je viens de l'est de la France, mais tu n'es pas du genre à te soucier des origines de mon prénom ni des miennes.

Il était exténué. Il n'avait pas dormi depuis si longtemps, mais il continua…

« Je vous dis qu'elle se prénomme Isabelle, elle fabrique des fleurs en papier à partir d'illustrés, de journaux… »

La bonne sœur de l'hospice de nuit le regarda dans les yeux. Un regard suspicieux de garde-chiourme. Et sous le nez blanc pointu, qui ne semblait jamais avoir connu le soleil, deux lèvres sèches, exsangues, réprobatrices. Que lui reprochait-elle ? Sans doute tout ce qu'il était, faisait, pensait. La pensée et la chair.

La religieuse se tenait dans la courette derrière la porte entrouverte, comme pour se protéger de Judicaël.

« Tu veux vraiment la retrouver, mon petit ?

— Oui.

— Elle vient dormir parfois ici. Cette enfant n'a personne, c'est une orpheline, elle n'est pas venue cette nuit. Elle doit être morte de froid quelque part, ou pire. Ses affaires sont toujours là.

— Je refuse de croire que le Rémouleur l'a tuée. On ne retrouve jamais leurs corps, je ne sais pas ce qu'il leur fait, mais il ne les tue pas.

— Le Rémouleur n'est qu'un personnage de conte… Que Dieu te garde, petit. Je te souhaite de la revoir. Si elle vient ce soir, je lui dirai que tu la cherchais. Je te le promets.

— M'ci m'dame… Je veux dire : merci, ma sœur.

— Tu ne veux pas entrer, te mettre au chaud? On a de la bonne soupe, du pain dur mais qu'on peut tremper dedans. Tu pourrais l'attendre ici. S'il fait très froid, elle viendra et vous pourrez vous parler au déjeuner du matin. À distance acceptable, cela s'entend. »

Judicaël observa à nouveau la bonne sœur.

Il n'avait aucune envie d'être prisonnier d'un établissement comme celui-ci. Et il devait retrouver Mädchen. D'un autre côté, il avait froid et il lui faudrait bien, tôt ou tard, dénicher un endroit où dormir.

Mais où ?

S'il descendait à l'hôtel des Voyageurs ou à celui de la Gare, leur personnel avertirait immédiatement les gendarmes. Un garçon aux mains égratignées, qui sent la fumée.

« Non merci, ma sœur, demain peut-être. »

Rien ne m'oblige à dormir ici ou à l'hôtel.

J'avais un endroit où dormir à moi, je vais en retrouver un.

Anéanti par la mort du Papé et la disparition de Mädchen, Judicaël s'assit dans les ombres, sous les remparts. Il avait tenu jusque-là, mais à quoi bon? D'une main tremblante, il sortit le revolver de sa sacoche, enleva toutes les balles à l'exception d'une et fit tourner le barillet.

Il ne les tue pas. Si le percuteur frappe dans le vide, c'est qu'il ne les tue pas.

Tu crois au destin, maintenant, l'Apache ?

Il faut bien se raccrocher à quelque chose... le Papé ressassait ses histoires de mers froides et de filles chaudes, de rhum, de whisky, de morues ébréguées et de plages de sable rose. Un monde de courbes : troncs de palmiers, coques, voiles gonflées, instruments de cuivre, hanches, poitrines de négresses, vagues, verres à whisky, fourneaux de pipes.

Dieu n'existe pas, mais d'autres forces gouvernent ce monde… Il y a mille et une façons d'attirer leur attention.

Judicaël posa le canon contre sa tempe.

Il ne les tue pas, Mädchen est vivante, quelque part.

Il attendit que ses mains arrêtent de trembler.

Ou la chance est avec moi et ça vaut le coup de continuer ou…

La bouche froide et sombre de l'acier ne semblait pas décidée à le mordre.

Un monde de courbes : gueule du canon, formes de la crosse, arrondi de la balle, virgule du doigt chatouillant la mort.

Il pressa la queue de détente. Qu'avait-il à perdre ?

Un tout qui ne valait rien.

Clic.

Il ne les tue pas.

Il ne les tue pas !

Destin, mon frère, je crois que nous allons devenir bons amis !

Judicaël ouvrit le revolver pour accéder au barillet et manqua s'étrangler. La cartouche avait été percutée, mais le coup n'était pas parti. Il prit la cartouche défectueuse et la glissa dans sa poche, puis il rechargea le revolver. Il pleurait. Maintenant il lui fallait trouver un endroit où dormir cette nuit, pas l'hospice des bonnes sœurs, là où les gendarmes le chercheraient en premier, ni l'hôtel.

Quant à compter sur l'asile de l'Église, il y a fort à parier qu'un don conséquent et inattendu du notaire m'en priverait.

Prenant la direction des taudis de Solidor, il passa par la rue de Dinan. Il avait oublié que c'était l'heure de la sortie des classes. Il flâna, regarda les produits dans les vitrines, les affiches, dévisagea les gens qui attendaient chez le barbier. Dans le jeu des miroirs, il croisa le regard de l'homme qui se faisait raser.

« Merde ! »

Une petite vengeance, Dame Fortune ? Comme c'est mesquin.

L'Apache se mit à courir à toute vitesse, poursuivi par le gendarme qui s'était extrait de la boutique du barbier en bousculant plusieurs personnes. L'adolescent se retourna alors que le militaire, une joue couverte de mousse à raser, l'autre inondée de sang, lui ordonnait de s'arrêter. Le gendarme utilisa son sifflet et un brigadier à cheval apparut aussitôt droit devant, au niveau du premier croisement. Judicaël se refusa à sortir son arme. Il n'avait jamais tiré sur une cible ou une boîte de conserve, et pourrait tuer ou blesser quelqu'un — les rues étaient pleines de passants et de gosses qui sortaient de l'école.

La sacoche en bandoulière, il se rua vers les escaliers abrupts qui montaient aux remparts. Là, le brigadier à cheval ne pourrait pas le suivre. Il aperçut le pont roulant qui s'apprêtait à quitter le quai de la Bourse en direction de Saint-Servan. Il courut à se briser les pieds, redescendit jusqu'à la plate-forme de départ du pont — maintenant en route vers l'autre côté.

Quatre mètres ?

Il s'élança au-dessus des flots, de la vase. Il s'accrocha tant bien que mal au bastingage, manquant renverser l'étonnante construction. À marée basse, on pouvait l'apercevoir dans sa totalité : il s'agissait d'une plate-forme montée sur roues, de quatre mètres sur deux, surmontée d'un toit décoré de frises. Haut de sept mètres, le véhicule roulait sur le sable tassé du détroit, mû par un petit moteur quatre temps. De loin, lorsque la mer s'était retirée, le pont roulant évoquait une tonnelle sur échasses. À marée haute, il ressemblait à un étrange bac à bourgeois — le voyage était payant. Le bon grain sur le pont roulant, l'ivraie à pied.

Judicaël se hissa sur le plateau où se trouvaient quelques notables offusqués.

Sur le quai, proche, le brigadier ordonna au conducteur d'arrêter le pont roulant, d'inverser le sens de la marche. Judicaël produisit son arme, attrapa une jeune fille présente, bien mise. Il en profita pour poser sa main gauche sur ses seins tandis que le canon du revolver appuyait sur la tempe de son otage qui ne luttait guère.

« Si ce pont s'arrête… »

L'Apache se racla la gorge et recommença sa phrase, plus fort :

« Si ce pont pourri s'arrête, les poissons vont avoir à bouffer ce soir. Et toi, le papa à sa fifille, tu ne bouges pas, tu ne tentes rien, sinon je t'éclabousse les pieds avec sa cervelle. »

Le pont roulant continua sa course. Serrant la fille tétanisée contre lui, Judicaël fit signe aux rares passagers de se masser à l'arrière. Elle semblait avoir du mal à respirer. L'Apache s'approcha du conducteur :

« Tu t'arrêtes à un mètre du quai, tu vas pas jusqu'au bout. On se comprend. »

L'homme hocha la tête. Mais déjà Judicaël apercevait le brigadier à cheval qui progressait au galop, le long de la baie, disparaissant sans cesse derrière les constructions, les arbres, réapparaissant toujours plus proche. Il se trouvait presque à mi-chemin entre Saint-Malo et Saint-Servan, à la hauteur du zinc irlandais, Le Cunningham.

« Plus vite ! cria Judicaël au conducteur du pont.

— Il n'y a qu'une vitesse, et elle dépend du poids emporté… »

Judicaël sourit. Il mit en joue les notables en costume.

« Et c'est l'heure du bain hebdomadaire, tout le monde saute par-dessus bord !

— M'enfin, jeune homme ! L'eau est glacée ! »

Judicaël tira un coup de feu en l'air et, dans une série de sauts bruyants, toute la bourgeoisie en transit vers Saint-Servan finit à l'eau. Du quai, des gens jetèrent des bouées rouge et blanc. L'Apache serra un peu plus son otage contre lui, lui murmura « t'as vraiment de grosses miches, on te l'a déjà dit ? » et la fille devint toute molle, le souffle coupé à cause de la peur et de son corset.

Judicaël jeta un coup d'œil au brigadier à cheval qui arrivait au grand galop, ce qui n'allait guère lui laisser de temps pour s'enfuir.

« Ce fut un plaisir ! » annonça l'Apache en sautant sur le quai de Saint-Servan.

Il se fit un chemin au milieu des badauds. Un homme corpulent tenta de le saisir, il lui cassa le nez d'un coup de crosse. Il s'empara d'une carriole de foin en menaçant son conducteur. L'homme, très âgé, recula en levant les mains.

Judicaël remisa son arme dans sa sacoche et lança au vieux quelques pièces volées au gros Mimile « pour les dégâts ». Il emballa les chevaux et s'engouffra dans l'une des rues les plus pentues et les plus étroites de Saint-Servan. Deux coups de feu claquèrent derrière lui. Tête rentrée dans les épaules, il se retourna pour chercher du regard le brigadier à cheval. Le gendarme se trouvait très près, quelques mètres à peine derrière la carriole. L'Apache sauta sur le cheval de droite, s'empara de son Opinel. Il frappa la jument avec les rennes pour l'empêcher de ralentir, puis coupa les attaches de cuir qui liaient l'animal à la barre d'attelage. Derrière lui, la carriole de foin se mit en travers de la rue étroite, se renversa.

Le brigadier voulut sauter au-dessus, mais son cheval refusa l'obstacle et l'envoya cul par-dessus tête dans le chargement répandu.

Maintenant hors de vue du brigadier, Judicaël, qui n'avait pas volé son surnom d'Apache, se mit debout sur sa monture et s'accrocha à un balcon au passage. Le choc lui coupa presque le souffle et il faillit lâcher. Une fois que la douleur dans ses mains blessées et ses bras eut reflué, il se hissa sur le balcon et utilisa une gouttière pour gagner les toits. Là, il se cacha, bien emmitouflé dans son manteau. Il ne lui restait plus qu'à attendre la nuit noire pour trouver un endroit moins frais où passer la nuit.

Plus bas, dans les rues de Saint-Servan, les gendarmes cherchaient, questionnaient. Mais dès que les rues furent désertes, tous les ouvriers rentrés chez eux, porte verrouillée, les militaires abandonnèrent les recherches. Sans doute craignaient-ils le Rémouleur ou la bande de marins polonais. Difficile de dire laquelle de ces rencontres était la plus dangereuse.

4

Saint-Malo, lundi 16 janvier 1922

Depuis le deuxième étage du pigeonnier abandonné dans lequel il avait trouvé refuge deux jours plus tôt, la pointe des pieds effleurant le plancher qui branlait, grinçait et menaçait à tout moment de céder, les mains accrochées au rebord d'une petite fenêtre ronde au carreau brisé, Judicaël pouvait voir l'île de Cézembre, mais pas le *Wall Stone Craft*, échoué côté falaises. Il voyait parfaitement les plages de sable blond qui avaient fait, jusqu'à la guerre, la célébrité de la petite île de dix-huit hectares. En plissant les yeux, il discernait les masses sombres des bâtiments militaires abandonnés, à moitié dévorés par la brume de guerre. Mais rien d'autre. Durant les trois dernières années du conflit, une petite colonie pénitentiaire belge s'était installée à Cézembre et, depuis son démantèlement au printemps 1921, plus personne n'était revenu se baigner sur les plages de l'île, sans doute à cause du voilier naufragé cet été-là et de tous les drames qui entouraient son apparition dans la région.

Le Wall Stone Craft…

Et si c'était la clé du mystère ?

Supposant que les gendarmes le cherchaient de l'autre côté de la ville, à Saint-Servan, à Solidor, là où il avait vécu avec le Papé, Judicaël s'était mis en quête d'une cachette dans le quartier du Sillon, à l'est de Saint-Malo *intra-muros* et était tombé sur le pigeonnier, vide, en ruine, mais aux charpente et couverture saines. Dans ce bâtiment déserté par les oiseaux, tout en hauteur, il se sentait à l'abri — il avait donné un bon coup de balai, monté un matelas de récupération sur le plancher du premier étage, bien plus résistant que celui du second. Il avait aussi dérobé une bonne couverture militaire dans la blanchisserie de l'hôpital.

L'adolescent ferma les yeux : les ténèbres avalèrent les vagues, l'écume, les silhouettes écrasées des bâtiments militaires et le sable blond de Cézembre. Il se concentra et imagina le voilier échoué, ses mâts et cordages enchevêtrés, sa proue brisée, accrochée aux rochers comme une main, sa poupe légèrement trop basse. Il avait toujours rêvé de naviguer sur un bateau de ce genre, tout noir, à l'exception des cuivres et de quelques boiseries peintes en jaune pour la décoration.

Judicaël n'aurait pas été étonné d'apprendre que le Rémouleur vivait caché dans l'épave du voilier. Ce qui n'était guère crédible : à la nage, la distance était importante, même pour un très bon nageur, sans parler des courants, dangereux dans ce coin-là ; plusieurs épaves englouties, dont les squelettes n'étaient visibles qu'à marée basse, l'attestaient.

Peut-être garde-t-il Mädchen et une toute petite embarcation dans l'épave du bateau. Je suis armé.

Pourquoi avoir peur ? Ce n'est qu'un homme, avec une patte folle, à ce qu'on dit. Et le temps presse.

Il hésita à descendre de sa cachette et à se rendre à la plage. Là, il n'aurait qu'à *emprunter* un des bateaux de pêche restés à l'ancre afin de rejoindre le *Wall Stone Craft*. Ce qui n'était pas sans risque à marée haute. Et impossible à marée basse…

Attendons la nuit.

Le prochain changement de marée.

Une fois l'hypothèse Wall Stone Craft *éliminée, quand j'aurai embrassé du regard et fouillé son épave, je pourrai vraiment commencer à chercher Mädchen. Interroger les commerçants ne sert à rien. Il me faudra plutôt secouer les voyous et les putains occasionnelles, la chercher dans les deux maisons closes de la ville, celle de la gare et* La Belle Malouine, intra-muros. *Et si tout ça ne donne rien, il me faudra mettre la main sur un de ces fameux bandits polonais, lui casser les genoux, puis les dents, jusqu'à lui faire cracher toute la vérité. Enfin, les doigts plutôt que les dents… ce sera plus efficace.*

La mer avait commencé à monter deux heures plus tôt et Judicaël n'était qu'à une centaine de mètres des plus proches barques encore collées au sable. Il remontait la chaussée empruntée par les rares automobiles qui se rendaient bassin Vauban ou *intra-muros* depuis la route de Rothéneuf.

Il venait de s'arrêter pour chercher du regard la barque la plus appropriée à la mission qu'il s'était fixée quand un projectile, une pierre sans doute, le frappa à la tête, juste au-dessus de l'œil droit. À moitié sonné, titubant, il sortit le revolver de sa sacoche mais, aveuglé par le sang que pissait son arcade sourcilière, il n'osa tirer, de peur de blesser un innocent à sa fenêtre ou un ouvrier qui rentrait chez lui après quelques heures supplémentaires. Il repensa à Mimile qu'il avait frappé jusqu'à lui faire perdre connaissance et se sentit coupable — une culpabilité d'une violence qui lui fit aussi mal, si ce n'était davantage, que la pierre qu'il venait de prendre en pleine poire.

Un coup assené avec un bout de bois, sans doute un manche de pioche, lui fit lâcher son arme qui glissa sur la chaussée et disparut dans la bouche noire d'un groupe de rochers. Le touchant derrière les genoux, la frappe suivante le jeta à terre. Il n'arrêtait pas de penser à Mimile, à l'entrepôt en flammes.

Mais putain, l'Apache, défends-toi.

C'est pas le moment de te cogner le crâne contre les erreurs du passé.

Attaque ! Défends-toi ! Réagis !

T'en as vu d'autres, t'en verras d'autres.

Attaque !

Alors qu'il commençait à se ressaisir, à retrouver de la tonicité dans les muscles, un peu de souffle dans la poitrine, il entendit des mots inconnus — sûrement du polonais. Il se releva, serra contre son ventre sa sacoche qui contenait toute sa fortune, sa seule chance de quitter Saint-Malo dans de bonnes conditions. On essaya de la lui arracher des mains. Il résista de toutes ses forces, *Attaque !*, frappa du poing en y mettant toute sa rage. Il sentit un os céder sous ses jointures — une pommette ou une mâchoire, peut-être une clavicule au vu de sa petite taille. Profitant de cette étincelle de répit, il retroussa son pantalon, saisit son couteau à sa cheville et cisailla l'air à plusieurs reprises, tout autour de lui. S'équilibrant avec sa sacoche, il donna l'assaut à l'aveugle, frappant de droite et de gauche jusqu'à toucher quelque chose. Un cri lui déchira les oreilles. Après avoir essuyé le sang qui continuait de lui couler dans les yeux, il frappa à nouveau. Sa main armée jaillit au moment précis où il crut entendre un raclement lointain. Son Opinel ne fendit que de l'air. Les mains serrées jusqu'à la douleur sur la poignée de sa sacoche et le manche de son couteau, il tendit l'oreille pour localiser un de ses assaillants. Un nouveau raclement se fit entendre : un bruit de pierre à aiguiser qu'on frotte sur le tranchant d'un couteau.

Un bruit glaçant.

Le Rémouleur.

Manquait plus que lui.

À moins qu'ils soient de mèche ?

Les Polonais s'enfuirent en hurlant ce qui ressemblait davantage à des insultes qu'à des cris de terreur. Ils jetèrent quelques galets qui, au bruit, touchèrent… du métal. Judicaël en reçut un dans l'épaule, mais il était si énervé, si prêt à en découdre, que le projectile lui fit à peine mal.

Les raclements se rapprochaient, devenaient de plus en plus clairs.

L'Apache épongea de sa manche le sang qui l'aveuglait. Éreinté, il aperçut ses trois agresseurs en fuite. Ils étaient déjà loin sur la chaussée, en loques, maigres à faire peur. L'un d'eux allait même pieds nus, pieds noirs.

En janvier !

La sacoche et son contenu étaient sauvés. Personne n'avait ramassé son revolver. Mais un autre problème, une autre menace avait remplacé la précédente : le Rémouleur, ça ne pouvait être que lui, approchait pour le tuer ou l'enlever.

Le revolver.

Judicaël fit demi-tour sur lui-même. Il aperçut le monstre qui avançait vers lui. La chose fit un court détour par le groupe de rochers dans lequel l'arme à feu avait glissé.

L'Apache poussa un hurlement de rage, d'impuissance, avant d'embrasser la menace du regard, dans sa totalité. Un monstre, il n'existait aucun autre mot. Ce n'était pas un homme, du moins pas en apparence. Tous les efforts que la Nature, le Mal ou la Technique avaient consentis pour faire ressembler, au mieux, cette chose à un être humain, tous ces efforts la rendaient proprement terrifiante. Le Rémouleur culminait à plus de deux mètres, large et froid, traits figés, totalement immobile maintenant, telle une porte de prison. Il bougea, cliqueta et relâcha un peu de gaz sous pression, comme si son corps était le fruit des amours coupables d'un automate élaboré et d'une locomotive.

Enfin, il prononça un simple mot avec un fort accent… *allemand* ?

« *Freund ?* »

Judicaël esquissa un pas en arrière, mais aussitôt le Rémouleur lui fit face en tendant le revolver crosse en avant.

« Ami ? demanda le monstre. *Freund ?* »

Judicaël saisit l'arme, en profita pour regarder

d'un peu plus près la chose que les Malouins avaient surnommée le Rémouleur. Celle-ci possédait un gros visage très rond, à la peau lisse et légèrement brillante — artificielle —, des yeux très clairs, des cheveux blonds, presque blancs, frisés, coupés court, qui n'avaient pas l'air *vrais*. Il lui manquait le pied droit, arraché. Du vêtement troué, en toile grossière, qui lui servait de pantalon, sortait une tige de métal grosse comme un tibia de bœuf, terminée par une boule. Juste au-dessus, sur la face postérieure de la tige, un crochet, petit mais robuste, pointait vers le haut.

« Tu es allemand ?

— *Überspion*, *blaue Energie*, *blaue Energie* très bas. Moi *sterben*, bientôt. Devoir aller *Wall Stone Craft*. Ami ? »

Judicaël hésita. Il leva son arme et mit le monstre en joue. Celui-ci croisa les bras devant son visage.

« Ami ? implora-t-il. Besoin toi aller *Wall Stone Craft*. »

C'est précisément là où je voulais aller pour retrouver le Rémouleur et sauver Mädchen.

« Non ! cria Judicaël. Tu tues des enfants.

— *Nein nein !* Mais *wissen*. Rentrons *ins warme*. Explications. Beaucoup explications. »

Judicaël hésita, puis se décida à suivre le monstre dans les ruelles sombres du Sillon, se jurant de ne pas baisser la garde. Ils s'éloignèrent des maisons en bord de mer pour se rapprocher des proches domaines agricoles. Le Rémouleur le fit descendre dans la cave d'une fermette abandonnée : sans doute un garde-manger ou une petite fromagerie. Beaucoup de fermiers avaient quitté la région à cause de la brume de guerre ; les légumes poussaient mal et les animaux ne prenaient guère de poids, ne donnaient ni œufs, pour les poules, ni lait, pour les vaches et les brebis.

Dans le sous-sol au centre duquel trônait un poêle en fonte et faïence, encore tiède, Judicaël repéra une chaise rafistolée, des caisses de sel de Guérande vides, un tas de bois sec, un grand sac de charbon, des outils en mauvais état, souvent sans manche, et un bric-à-brac de matériel agricole rouillé ou noir de cambouis. Tout le mur du fond était quadrillé de profondes étagères vides, adaptées à l'affinage des fromages. L'*Überspion* bloqua le seul accès de la pièce avec un morceau de ferraille qui devait bien peser deux cents livres.

« T'habites là ?

— Oui. Ami ?

— Ami… Moi, Judicaël… Et toi ?

— *Eins Null Zwei Eins.*

— Hans ? Oui, Hans. C'est beaucoup mieux. Plus court.

— Moi Hans ? Toi Judikel ? »

L'Apache acquiesça. Le Rémouleur ralluma le feu dans le poêle avec un certain entrain.

Ou il a froid ou il apprécie de ne plus se prénommer Eins Null Zwei Eins.

« *Nicht* promener le soir, mes marins volent les gens. Pas bien.

— Quoi !?

— Mes marins… *Wall Stone Craft*… mes marins volent les gens. Mais toi sécurité ici. Tout ça faute *Doktor* Lang, lui mort sur le bateau, *aussetzen*, et marins vouloir me tuer.

— Attends… On va reprendre de zéro. T'es venu sur le *Wall Stone Craft* avec un docteur nommé Lang. Il est mort. Les marins ont essayé de te tuer. Ils t'ont arraché le pied ?

— Oui. Coup de fusil.

— Le bateau s'échoue au nord de Cézembre et toi tu te caches ici pendant que les marins polonais tuent deux gendarmes, les gens de la capitainerie. Ensuite, ils enlèvent des enfants et te font porter le chapeau…

— Chapeau ? Moi pas chapeau.

— C'est une expression. Tout le monde croit que c'est toi qui tues les enfants alors que ce sont les Polonais qui les enlèvent, mais pourquoi ? »

Hans fit un signe étrange avec les mains, comme s'il n'était pas sûr que les marins polonais fussent impliqués dans les enlèvements d'enfants.

« Enfants. *Fabrik*, ajouta-t-il. Grande usine militaire. *Fabrik* secrète. Ma mission : détruire. *Ich bin gescheitert.*

— Les enfants travaillent dans l'usine marée-motrice ?

— *Nein. Fabrik*. Beaucoup soldats. »

Pas dans le barrage même. Dans les bâtiments annexes.

« Qui enlève les enfants ?

— *Ich weiss nicht.*

— C'est peut-être les Polonais ? Pas ceux de ce soir. D'autres ? »

Le Rémouleur haussa les épaules : « Peut… être ?

— Ceux de ce soir étaient trop pauvres, trop pouilleux. S'ils enlevaient vraiment des enfants pour le compte de gens puissants, ils auraient depuis le temps gagné de quoi se payer des vêtements corrects et des chaussures. Ce n'est pas le genre de crime qu'on paie d'une petite pièce. »

Judicaël s'approcha du Rémouleur en lui disant « ami ». Il toucha sa peau.

« T'as la peau froide.

— *Übermensch*. Moi *maschine*.

— Ce n'est pas possible, les machines ça ne parle pas, ça ne marche pas.

— Je parle, je marche.

— Oui… T'es comme le *Pinocchio* de Collodi, mais en plus laid. Il va falloir que tu me racontes tout… »

Avec difficulté et une patience sans limites, utilisant un mélange parfois obscur de langues française et allemande, Hans raconta à Judicaël que le *Doktor* Lang avait mis plus de vingt ans pour créer toutes ses pièces — période durant laquelle le scientifique avait essuyé de nombreux échecs et plongé à plusieurs reprises dans un alcoolisme aussi profond que violent. Ce succès, celui du surhomme allemand, ne pouvait que redorer le blason de l'Allemagne vaincue. Il avait enflammé l'imagination du chancelier et lui avait donné des envies de revanche.

À la demande du chancelier, le *Doktor* Lang avait mis au point la mission *Wall Stone Craft*, destinée à détruire les installations secrètes de l'usine de la Rance. Une mission qui, si elle réussissait, devait permettre à l'Allemagne de garder quelques années d'avance en matière de recherches. Une avance décisive quand viendrait le moment d'une nouvelle guerre.

Un grand trois-mâts, bel et bien originaire de Lübeck comme l'avait clamé un journaliste parisien, avait été repeint et baptisé *Wall Stone Craft* à cause de Mary Shelley, l'auteur de *Frankenstein ou le Prométhée moderne*, née Mary Wollstonecraft Godwin. Durant le voyage, le *Doktor* Lang avait réveillé Hans pour lui avouer que la mission de destruction n'était qu'une couverture et qu'il voulait en fait émigrer aux États-Unis d'Amérique, principalement à cause des persécutions commises en Allemagne envers le peuple juif, son peuple. Lang avait besoin de Hans pour mettre son plan à exécution et celui-ci avait accepté de l'aider puisqu'il avait été conçu pour obéir en toutes circonstances à son créateur. Mais le capitaine allemand, plus malin que ne laissait supposer son lourd penchant pour la bouteille, s'était douté de quelque chose et avait fait espionner Lang. Une altercation avait eu lieu un soir où la mer était déchaînée, alors qu'ils approchaient de la côte d'Émeraude, et le capitaine avait été tué. Aussitôt après, Lang était allé chercher Hans dans la cale, lui avait confié une pochette étanche contenant sa notice. Alors que la créature et son créateur tentaient de se réfugier dans la cabine du capitaine, une fusillade avait éclaté, laissant Lang à terre, mortellement blessé à la gorge. Quelques heures plus tard, le *Wall Stone Craft* faisait naufrage devant les falaises de Cézembre et l'*Überspion* perdait un pied, avant de réussir à se jeter à l'eau en serrant fermement contre lui sa notice. Tout ce qu'il avait réussi à sauver du bateau.

« Et ensuite, Hans ?

— J'ai marché rampé lumières.

— Tu as marché *sous* l'eau ?

— Oui. *Nicht* flotter. *Nicht* besoin respirer. Moi caché plusieurs endroits, avant de trouver celui-ci. *Doktor* Lang m'avait un peu appris langue français alors que nous étions dans son… *Laboratorium*, à Köln. Je continue apprendre en écoutant gens. Je les espionne, j'écoute beaucoup, chaque fois que je peux. Je comprends mieux que je parle.

— Tu es déjà allé à l'usine ?

— Oui, répondit Hans. Plusieurs fois. »

Judicaël fronça les sourcils.

« Pourquoi devais-tu détruire cette usine ?

— Ordre du chancelier. *Doktor* mort, émigration annulée, mission à nouveau importante. Priorité haute. Peux pas faire autrement. J'ai vu enfant, épuisé ou malade, essayer quitter usine… le lendemain deux petites boîtes en bois, boîtes pour morts, chargées dans le train de Paris.

— Des cercueils ?

— Oui. Usine très bien gardée, grand danger…

— Des enfants y meurent ; c'est pire que ce que je pensais. Je croyais qu'ils les obligeaient juste à travailler et à écouter le catéchisme tous les jours. J'ai pas peur d'y aller.

— Peur ? »

Judicaël regarda le Rémouleur, les yeux dans les yeux.

Il ignore ce qu'est la peur.

Après s'être bien réchauffé, l'Apache s'intéressa au moignon du monstre. Il retroussa un peu le pantalon épais comme de la toile de tente militaire, à peine usé. La peau, déchiquetée, n'avait pas cicatrisé. Plus rigide que souple, elle ne semblait même pas avoir saigné. Le Rémouleur ouvrit sa chemise, puis les deux battants de sa poitrine qui évoquaient les portes métalliques d'un poêle sophistiqué. Son thorax était rempli de rouages divers, de câbles de différentes couleurs, de boîtiers étranges qui entouraient et gainaient deux grands tubes de verre dépoli, l'un vide, l'autre dans lequel il restait environ trois centimètres de liquide bleu fluorescent.

« *Blaue Energie.* Presque finie.

— Et ?

— Mourir.

— Quand ?

— Vite si je bouge, *langsam* si j'attends. *Wall Stone Craft*, devoir aller. Plus tôt, plus mieux. »

Le Rémouleur fouilla dans une sacoche, il en retira un épais cahier qu'il tendit à Judicaël. Sur la couverture avait été écrit à la main, en lettres gothiques : *« Überspion 1-02-1. »*

« Tu ne pourrais pas retourner au *Wall Stone Craft* en marchant ?

— *Nein.* Impossible maintenant. *Blaue Energie. Zu niedriges Niveau.*

— Niveau ?

— *Ja*, niveau trop bas. »

L'adolescent ouvrit le cahier, seul un nom et une adresse marquaient la page de garde : *Doktor* F. Lang, puis ce qui devait être un nom de rue puisqu'il y avait un numéro après, et enfin la ville : Köln.

« Köln ?

— Maison ! » réagit le Rémouleur.

Il ne reverra jamais sa maison, pensa Judicaël.

Le cahier était à moitié rempli de schémas en vis-à-vis. Sur la page de gauche : des détails de dessins anatomiques (Judicaël en avait vu dans des livres d'école et à l'hôpital). Sur la page de droite : les tracés précis de tous les mécanismes du Rémouleur. Suivait en double page une vision éclatée des mécanismes en question. Judicaël observa le schéma du cerveau de Hans. Si tout ce qui correspondait au cortex se trouvait dans la boîte crânienne, les encéphales occupaient eux une grande partie de la cage thoracique, sous forme de petites boîtes noires reliées entre elles par de véritables nappes de câbles de différentes couleurs.

Les légendes du cahier étaient, sans exception, rédigées en deux langues distinctes mais assez proches. Après un examen minutieux du texte, Judicaël détermina qu'il s'agissait d'allemand, évidemment, et d'anglais. Ayant trafiqué une année entière avec les soldats américains qui avaient repris la Normandie aux Allemands, il avait reconnu les mots *hand*, *foot*, *head.* Il gardait un bon souvenir de ces soldats : il leur avait vendu à des prix extravagants des litres de mauvais calva et de cidre à chiasse dont n'aurait pas voulu un Breton — sobre ou imbibé jusqu'à la racine des cheveux.

Une goutte de sang tomba sur les pages.

Il l'épongea avec le bout de sa manche de chemise. Sa blessure au front s'était rouverte.

« Soigner ? » demanda Hans.

Judicaël observa son front sur le reflet d'un bris

de verre, puisqu'il ne semblait pas y avoir de miroir dans la pièce.

« C'est profond, plus que je ne l'aurais cru. Ça va pas se refermer tout seul. »

Il sortit la montre du Papé et regarda l'heure.

« On est lundi, j'ai deux heures devant moi avant que Le Jaurès ferme, c'est plein d'ouvriers experts en bagarres d'ivrognes qui connaissent aussi les piquets de grève, les coups de crosse des soldats et, sans doute, les points de suture artisanaux. Il faut que j'y aille, Hans, mais je te promets de revenir. Très vite. Moi aussi, il faut que j'aille sur le *Wall Stone Craft* pour vérifier que Mädchen n'y est pas et ainsi accepter l'idée qu'elle se trouve dans le complexe du Colonel.

— Mädchen ?

— C'est une très longue histoire, moins longue que la tienne toutefois… Je te promets de te la raconter plus tard. Je peux te laisser ma sacoche ?

— *Ja.* »

Le Rémouleur lui ouvrit la porte.

Judicaël posa la sacoche loin du poêle, y récupéra quelques billets de dix francs et ne garda comme arme que son Opinel à la cheville. Aller au Jaurès avec un pistolet et une sacoche pleine d'argent n'était pas une très bonne idée.

« Je reviens vite ; je frapperai trois fois.

— *Ja.* »

« Tu viens récupérer les carnets de ton grand-père, l'Apache ? » demanda, depuis son comptoir, le patron du Jaurès alors que Judicaël se faufilait entre les ouvriers souvent beaucoup plus grands que lui, en pleines conversations avinées.

« Non non, répondit l'Apache une fois accolé au long zinc. Je viens voir si tu as un couturier dans tes chalands. »

Judicaël souleva son foulard rouge et montra sa plaie au front.

« Les gendarmes ?

— Plus exotique : les Polonais. Ils m'ont salement dérouillé, mais ils m'ont pas eu. J'en ai entamé un et j'ai pété la clavicule ou la mâchoire d'un autre. Ça leur fera des souvenirs. »

Le patron du Jaurès observa Judicaël, sa petite taille qui le faisait ressembler à un enfant, son poil de barbe rare et blond, presque invisible. Semblant frappé par une révélation, il se racla légèrement la gorge.

« Tu crois que c'est les Polonais qui enlèvent les gamins ?

— En tout cas, c'est pas le Rémouleur.

— Ça ne m'étonne guère.

— Qu'est-ce que tu veux dire par là ?

— Les légendes et racontars, ça n'enlève pas de gamins. De plus, c'est une gueule cassée ton Rémouleur, il a laissé la voix et le visage sur un champ de bataille. Il porte un masque de cuir, n'a plus qu'un pied et, au lieu d'avoir une jambe de bois, il a une tige de ferraille qu'il se traîne un demi-pas derrière le cul, les rares fois où il sort de son trou à rats.

— Comment tu sais ça ? Tu l'as vu ?

— La Marie du Sillon qui prend deux francs pour… enfin peu importe, elle l'a vu une fois, la nuit. Forcément. Et elle s'en est fort lesté la culotte, si tu vois ce que je veux dire. Un pauvre monstre effrayé qui ne fait de mal à personne. Voilà la terreur de Saint-Malo. Et comme les gens ne craignent que cet épouvantail, ils oublient tout le reste. Pourtant, il y en a des choses à dire sur le Saint-Malo d'après guerre… »

Le patron fit signe à Judicaël d'approcher davantage et regarda sa plaie au front.

« Attends dans la cuisine, derrière, je vais te chercher La Filoche. Il a été infirmier pendant la guerre. Tu veux un verre de lait ?

— Je préférerais un petit calva.

— Tu vas pisser le sang si je te donne du calva. Tu vas en avoir du calva, mais comme désinfectant, pas dans le gosier. Au fait, je m'appelle Jacques, en hommage à Jacques Cartier. Jacques Courbalay. Tout le monde ici m'appelle Le Courbalay.

— Judicaël. Judicaël Laënnec.

— C'est le nom de ton grand-père maternel, ça. T'as quelque chose contre celui de ton père ?

— Il est enterré quelque part près d'Aix-la-Chapelle.

— Ton père ou son nom ?

— Les deux. Pour moi, les deux sont enterrés là-bas, dans un grand verger de croix blanches.

— Il y a une chose qu'il faut que tu saches : les gendarmes sont passés hier et ce matin pour me demander si je t'avais vu rôder dans les parages. Ils ont une bonne description de toi, mais ignorent ton nom de famille et ton prénom ; ils n'ont trouvé aucun prêtre ou aucun instituteur pour leur dire qui est l'Apache. Ils m'ont dit que tu te faisais appeler Roland Buvard. »

Judicaël éclata de rire.

« J'utilise parfois le nom de Roland Thuard, c'est sous ce nom que j'apparaissais sur le registre du personnel du *Salut*.

— *Apparaissais ?*

— Je suppose qu'il a brûlé avec le reste de l'entrepôt.

— Les gendarmes cherchent aussi ton grand-père, mais ignorent son nom de famille. Ici, personne ne le leur a dit.

— Ils peuvent toujours chercher, le Papé est mort et j'ai rendu son corps à la mer. C'est ce qu'il aurait voulu. »

L'Apache s'assit à la cuisine avec un verre de lait. Il le renifla — pas même une larme de rhum brun dedans ! — et attendit. Quelques minutes plus tard, Jacques réapparut avec un jeune type en travers des épaules. Il l'assit par terre, dos au mur de la cuisine et posa une cafetière pleine sur le poêle. Une fois le café chaud, il en fit boire plusieurs tasses au jeune ouvrier à la silhouette de clou mal planté, puis ouvrit grande la porte de la cuisine qui donnait sur la cour arrière du Jaurès.

« Tu trouves qui fait pas assez froid comme ça ? se plaignit Judicaël.

— Vaudrait mieux pas que La Filoche cherche trop longtemps la sortie. »

L'estomac de l'homme assis par terre produisit une sorte de gargouillis, aussi puissant qu'infect. La Filoche se releva, les yeux exorbités comme s'il venait de voir le diable besogner le cul de sa mère.

T'es d'une maigreur à faire peur, ne put s'empêcher de penser Judicaël.

La Filoche chercha la source du courant d'air glacé, puis courut vers la sortie, une main sur la bouche. Dehors, il glissa sur les pavés, tomba en couinant, avant de produire un répugnant concert, avec ouverture, premier mouvement, deuxième mouvement, envolée finale… et rappel.

« J'ai préparé son café à l'eau de mer, annonça Le Courbalay. J'en ai toujours quelques litres de côté. D'habitude, ça les dessaoule direct, mais ça les fout aussi un peu en rogne. Celui-là tient pas l'alcool ; normal : il boit sa paie et ne mange rien. Vu ce qu'il a vécu à Craonne, on peut pas trop lui en vouloir. »

La Filoche réapparut dans la cuisine, le visage griffé, la chemise tachée de vomissures.

Il se débarbouilla dans l'évier, souffla, cracha.

« Jacques, file-moi un calva », dit-il sans se retourner, la voix faible et plaintive. « Histoire de dessaouler plus vite.

— Il me reste du café si tu veux, La Filoche. »

Quelqu'un frappa à la porte de la cuisine. Jacques lui dit d'entrer.

Un docker, reconnaissable à sa salopette bleu « Besmehard, bois de Scandinavie », fit trois pas dans la cuisine et posa sur la table la trousse de premiers secours de son syndicat. Une lourde sacoche en cuir qui avait probablement appartenu à un médecin quelques années auparavant. Certains médecins de campagne soignaient fermiers et ouvriers gratuitement, ils étaient rares, mais existaient.

Jacques raccompagna le docker au bar et revint avec une bouteille sans étiquette sur laquelle avaient été gravés (sans doute avec le diamant d'un ouvrier bijoutier) deux tibias croisés sous une tête de mort.

La Filoche regarda la bouteille avec respect.

« C'est les nuées ardentes de la vieille Créole ?

— Ça fait trois ans que je me traîne c'te bouteille. Personne n'arrive à la boire, pas même Dadu. Faut bien que ce poison serve enfin à quelque chose.

— Cette gnôle s'évapore avant de t'arriver dans l'estomac, mais non sans brûler tout sur son passage. Ça doit faire du 90° ; tu m'étonnes que personne ne veuille payer pour boire ça. Il aurait fallu casser la bouteille au moment de la grippe espagnole, la ville aurait échappé à l'épidémie…

— Tu te sens comment, La Filoche ?

— Définitivement guéri du café. Enfin, du tien. »

L'ancien infirmier militaire eut un haut-le-cœur et se précipita dehors pour finir de s'y vider l'estomac — second et dernier rappel. Une fois de retour dans la cuisine, il ferma la porte derrière lui, inspira profondément et se nettoya le visage à l'eau froide, puis les mains avec une infime partie du contenu de la bouteille de nuées ardentes. Il attendit quelques secondes, puis s'approcha de Judicaël pour observer sa plaie au front. Il ouvrit la trousse, y prit du fil, une aiguille courbe, des pinces, une compresse propre qu'il imbiba d'alcool.

« C'est pas bien méchant, mais ça va faire mal, annonça-t-il en désinfectant le front de l'Apache.

— J'ai pas peur de la douleur, monsieur La Filoche », annonça Judicaël d'une voix ferme que contredisaient les larmes qui pointaient au coin de ses yeux.

« J'en ai vu hurler des plus costauds que toi. Et puis tu m'appelles La Filoche, Gérard ou monsieur Lefevbre, mais tu mélanges pas les deux. C'est comme pour le café à l'eau de mer, ça me retourne l'estomac. »

Judicaël ferma les yeux et se mit à penser à Mädchen, à ses yeux, couleur perdue cerclée d'or.

Je ne hurlerai pas, monsieur La Filoche.

Pendant tout le temps où La Filoche recousit son front, l'Apache pensa à la jeune vendeuse de fleurs en papier. Bien sûr, il sentit la douleur, le passage du fil, la traction des pinces sur l'aiguille courbe, mais il est des souvenirs plus puissants que la douleur de l'acier effilé qui vous rentre dans la peau et la viande.

Quand l'Apache ouvrit les yeux, La Filoche avait disparu. Ne restait dans la cuisine que Le Courbalay.

« Et maintenant, je peux l'avoir, ce calva ?

— T'es un sacré *lashkar*, toi. Putain, j'en connais pas deux comme toi… T'as à peine grimacé, et à un moment, tu souriais. Tu seras bientôt trop célèbre pour pouvoir rester dans le coin.

— Bien tenté, mais il me reste quelque chose à faire avant de partir, et c'est pas une mince affaire.

— Et après ? Tu iras à Guernesey, à la Bibliothèque ?

— J'y pense, ce n'est pas très loin. Ce n'est plus la Bretagne, mais ça y ressemble.

— J'ai lu les histoires de ton grand-père. Celles

que tu m'as confiées. C'est un magnifique témoignage, ce serait dommage que ce soit perdu, non ?

— Mais la Bibliothèque n'a toujours pas rouvert ?

— Pas que je sache. Mais rien ne t'arrête, n'est-ce pas ? Et puis, je ne te vois pas trop tenter ta chance chez les éditeurs de Paris. Ils boivent le champagne avec des dames, discutent de peintures hideuses et en ont rien à faire d'un petit Breton dans ton genre ou d'un terre-neuvas comme ton Papé. Le jour où un éditeur de Paris se rendra compte que ces témoignages sont de la littérature, ceux qui les auront écrits auront tous disparu.

— Alors faut boire à la mémoire du Papé, patron.

— Tu perds pas le nord, *lashkar.* »

Jacques sortit une petite bouteille en grès de sa réserve personnelle et se débarrassa avec difficulté de son bouchon cacheté à la cire rouge.

« C'est mon grand-père de Lisieux qui distillait ce calva. Il est hors d'âge.

— Et si je savais quelque chose sur le barrage de la Rance, sur les bâtiments militaires qui se trouvent à côté, quelque chose de vraiment moche…

— Qu'est-ce que tu sais ?

— C'est là-bas que sont les enfants. Les Polonais, ou d'autres, les y emmènent…

— Comment ? Pourquoi ?

— Je ne sais pas. Certains gamins ressortent allongés dans une jolie petite boîte en bois…

— Qui te l'a dit ?

— La gueule cassée au masque de cuir qui traîne derrière lui sa jambe de fer. Il n'est pas français, il est allemand et c'est lui qui m'a dit où se trouvaient les enfants. Il en a vu un essayer de s'échapper et deux sortir prêts pour le cimetière.

— Et tu le crois ?

— Pas encore, mais ça ne saurait tarder. J'ai une chose à vérifier avant. Si les orphelins de Saint-Malo sont vraiment au barrage, tu m'aideras ?

— Comment ?

— Des infos, des plans... De la dynamite. »

Jacques Courbalay siffla.

« De la dynamite ? Rien que ça. Tu veux me voir le cou sous la veuve ? Et si tu te trompes ?

— Alors je ne reverrai jamais Mädchen.

— Qui ?

— La fille qui a disparu. La fille que je cherche depuis samedi.

— T'es vraiment un sacré *lashkar*, Judicaël Laënnec. Une jolie fille, évidemment. Quelle autre raison pourrait te donner envie de jouer avec de la dynamite ? »

L'Apache leva son verre de calva.

« À Mädchen et aux autres enfants perdus.

— Aux enfants perdus. »

Judicaël sortit de sa poche les billets de dix francs qu'il avait emportés avec lui.

« Ça, c'est pour monsieur La Filoche, le syndicat des dockers, la dynamite, les informations... Ça suffira ? »

Jacques compta l'argent.

« Si ça ne suffit pas, on volera le reste. Mais, tu sais, la dynamite, c'est sacrément dangereux.

— Pas quand il fait froid comme maintenant ; elle suinte pas. Sans détonateur tu peux jongler avec.

— Eh ben, mon cochon, tu t'y connais en dynamite.

— Le Papé m'a appris à pêcher à la dynamite, j'avais onze ans. C'est comme le vélo, ça s'oublie pas. » Le Courbalay ne put contenir un grand rire. « Il faut que je rentre à ma planque, annonça Judicaël, merci pour tout, Jacques.

— De rien, *lashkar.* »

Le patron du Jaurès décrocha un béret gris d'une patère et le tendit à l'Apache.

« Je vais désinfecter et laver ton foulard rouge ; tu le récupéreras avec les cahiers de ton grand-père. »

5

Saint-Malo, mardi 17 janvier 1922

Un miaulement réveilla Judicaël. Il sursauta et frotta ses yeux douloureux. Son regard encore lourd de songes se focalisa sur le Rémouleur. Ce dernier tenait un chat noir par la peau du cou. L'animal griffait l'air, miaulait et crachait en vain. Quelque part, Judicaël aurait préféré que sa rencontre avec le Rémouleur ne fût qu'un rêve ou plutôt un cauchemar. Même à Le Courbalay, il n'avait pas pu dire que le Rémouleur était une machine. Pour le croire, il fallait le voir ; il n'y avait pas d'autre solution.

Le Rémouleur lui montra le pauvre animal terrorisé.

« Faim ? Chats, chiens, chevaux *nicht* aimer Hans, mais *gut* pour toi.

— Je ne crois pas.

— Judikel *nicht* aimer chats ?

— *Nicht gut*. Le dernier que j'ai mangé ne m'a pas réussi. Je l'ai vomi deux fois ; pire que du café à l'eau de mer.

— Hans libère chat. Hans trouver chien.

— Non ! S'il te plaît… Je t'en prie, Hans. Je vais

me débrouiller pour la bectance, je suis assez grand. J'ai de l'argent. Et laisse partir ce pauvre animal.

— Chinois mangent chiens.

— Tu m'as bien regardé ? J'ai l'air d'un Chinois ? »

Hans fit non de la tête.

« *Achtung*. Dehors, pas sûr.

— Et ça ne changera plus. Surtout au vu de ce que nous comptons faire. Dès que nous aurons récupéré Mädchen, il faudra partir.

— Toi et moi partir ?

— Seulement si c'est ce que tu veux, Hans. »

Judicaël quitta la cave en faisant le moins de bruit possible. La lumière grise du jour ne parvint pas à endolorir ses yeux alors qu'il avait passé de nombreuses heures dans un sous-sol. Il descendit une rue perpendiculaire à la plage, en direction de la gare, traversant un quartier ouvrier où il n'était pas aussi célèbre qu'à Saint-Malo *intra-muros*, Solidor ou Saint-Servan. Les pins et les palmiers décoratifs, plantés avant guerre, étaient tous morts ; la mairie avait commencé à les arracher. Seuls les érables survivaient, tant bien que mal. Les hortensias, tout secs en hiver, avaient timidement refleuri l'été dernier ; il y avait peu de chances que ça ne se reproduise pas, même si la brume de guerre ne semblait toujours pas vouloir se disperser.

Dans une épicerie-dépôt de pain, située en face du cimetière, et qui vendait par conséquent des articles funéraires, il acheta un bout de fromage de vache et une miche. Il se sentit observé — un homme ici, une femme là, d'autres qui murmuraient après son passage. Tous devaient être au courant qu'un vaurien extrêmement dangereux, armé, restait en liberté après avoir brutalisé un fils de notaire et violenté une fille de notable. Il lui avait juste touché les seins, qu'elle avait fort gros — comment y résister ? —, mais on disait sans doute autre chose à ce sujet dans les salons de la haute société malouine.

Mieux valait déguerpir.

Il retourna, d'un pas rapide, à la cave, non sans vérifier régulièrement qu'il n'était pas suivi.

Hans lui ouvrit la porte, la bloqua à nouveau et retourna s'asseoir à la table pour y feuilleter le cahier du professeur Lang. Près du poêle, Judicaël mangea de bon appétit. Il s'inquiéta de la fumée qui pouvait signaler leur présence, puis supposa qu'elle devait se perdre dans la brume de guerre, s'y fondre parfaitement.

« Tu n'as jamais faim ? demanda-t-il au Rémouleur, la bouche pleine.

— *Blaue Energie*, je mange *blaue Energie*. Mon corps *nicht* prévu pour respirer, manger ou boire. Moi *kein* goût… Grand regret.

— Et les filles ? Tu… tu aimes les filles ?

— *Nein*.

— T'es quand même pas une… enfin… comme les moines ?

— Moines ? Quoi, moines ?

— Oublie ça… on n'a jamais vu un couple de montres faire la bête à deux dos. »

Judicaël mangea une bonne moitié de la miche, finit le fromage.

« Laisse-moi voir ton pied… non, celui qui te manque. »

Tout en se grattant l'arrière de la tête, ce qui l'aidait à réfléchir, l'Apache se pencha sur le moignon de Hans et prit le temps de l'observer. Il fit le tour de la cave et rassembla tout ce qui pourrait lui être utile : un morceau de bois de bonne taille, solide, un grand rectangle de cuir épais, du fil de fer, des clous, des vis. Il demanda au Rémouleur de s'asseoir sur la chaise rafistolée et de poser sa jambe mutilée en porte à faux sur une caisse. Il se plongea dans le schéma qui correspondait au pied du monstre. Il n'était pas certain de comprendre comment la terminaison quasi sphérique du tibia de Hans tenait enfoncée dans la cavité du pied prévue à cet effet. Quelque chose liait le talon au crochet du tibia, une sorte de cylindre, mais cette pièce avait disparu.

Judicaël se frappa le front et jura car il avait touché ses points de suture, encore très douloureux. Il souleva l'autre jambe de pantalon de Hans et observa la pièce manquante ; il en avait vu du même genre, beaucoup plus grosses évidemment, sur des locomotives à vapeur — ce qui ne l'aidait guère.

« Faudra faire sans », murmura-t-il.

Il tailla une large rondelle de cuir qu'il positionna autour du métal du tibia. La rondelle était ouverte pour le moment, mais, dès qu'il aurait sculpté le pied, il pourrait l'ajuster en la clouant. Après avoir invité Hans à se lever et à se tenir droit sur son pied intact, il mesura la hauteur qui séparait le moignon du sol et la reporta très précisément sur un morceau de bois en y faisant deux encoches à l'aide de son Opinel.

« Ça va pas être de la mécanique de précision, je te préviens tout de suite, ma spécialité, c'est le vol à l'étalage, mais je vais essayer de te réparer ça.

— Réparer. *Warum ?*

— Je suppose que j'ai besoin de toi pour aller chercher Mädchen… T'as l'air d'en savoir beaucoup sur cette *Fabrik*.

— Mädchen ? *Fabrik ?*

— Oui, dans l'usine secrète… Et s'ils enlèvent vraiment des enfants, je t'aiderai à la détruire.

— *Hochverrat ?* Toi trahir ?

— On ne trahit pas un pays qui séquestre et tue ses propres enfants. Des innocents. »

D'un seul coup, Judicaël pensa qu'il était peut-être allé un peu trop loin, qu'il avait laissé la passion l'emporter sur la réflexion. Et puis, non, il avait raison d'être en colère et de détester ces gens-là, si vraiment ils utilisaient des orphelins pour mener à bien leurs projets. Sans doute des recherches dégoûtantes comme on en trouvait dans les livres d'H.G. Wells.

« Mädchen ? Amour !? »

Hans avait prononcé le mot dans une sorte de hurlement de joie.

« Chut chut, lui dit Judicaël, tu vas réveiller tout le Sillon. Et puis, c'est pas de l'amour. C'en est pas, d'accord ! Je te dis que c'en est pas.

— Toi *krank* ? Malade ?

— Malade ? Non, je vais très bien.

— Judikel joues toutes rouges.

— C’est à cause du poêle… Pose ton cul, tu me donnes le tournis, t’es tellement grand. Je vais te faire un pied un poil trop court, comme ça il n’y aura qu’à rajouter une semelle de la bonne épaisseur pour ajuster, en plus ça étouffera en partie le bruit de tes pas. »

Avec son Opinel, Judicaël commença à sculpter un pied grossier.

« Amour ? demanda le Rémouleur qui semblait occupé à repérer les souris ou les rats.

— Non ! Et fous-moi la paix avec ça ! Déjà que ça sera pas du Rodin, alors si tu m’embêtes tout le temps, je vais te faire un pied à la Picasso, tout de traviole, avec des dents sur le côté et des yeux dessous. »

Judicaël tapa du poing sur la caisse de sel qui lui servait de siège et se remit à l’œuvre. Quand il eut fini la forme grossière, le plus dur restait à faire : creuser au bon diamètre et à la bonne profondeur le trou dans lequel allait se loger la rotule de métal. Il s’y mit, récupéra de la graisse sur des pièces mécaniques et remplit tout le trou avec. Ensuite, il demanda au Rémouleur de se mettre debout et de pousser son tibia dans le trou du pied.

« Trop petit !

— Appuie, mais pas trop fort quand même.

— Trop petit. »

Judicaël agrandit le trou un tout petit peu et au second essai la rotule passa, sans faire éclater le bois.

« Ne bouge pas, ce n’est pas fini. »

Judicaël rapprocha les deux bouts de la collerette de cuir, il les fit se chevaucher au maximum pour étrangler l'axe du tibia le plus possible afin que le pied ne partît point en vadrouille à la première sollicitation. Il cloua le cuir directement sur le pied de bois. Il avait trempé les clous dans la graisse pour éviter que le bois ne se fendît. Enfin, il utilisa le crochet à l'arrière du tibia pour y passer deux bandes de cuir courtes qu'il cloua au talon afin d'empêcher le pied de tourner sur lui-même.

L'Apache fit mettre le Rémouleur debout et calcula l'épaisseur de la semelle : il ne manquait vraiment pas grand-chose, un simple bout de cuir ferait l'affaire.

Tandis que le Rémouleur arpentait la cave de droite à gauche, Judicaël se plongea dans la notice bilingue. Il arrivait au dernier chapitre : *Blaue Energie.* Il n'y connaissait rien en chimie, en physique ni même en médecine, mais il supposa qu'avec tous les schémas présents on pouvait fabriquer de la *blaue Energie*, il suffisait de traduire les textes, l'anglais ou l'allemand, ce qui ne devrait pas trop poser de difficultés.

« Hans ? Il y a la formule de la *blaue Energie* dans ce cahier. À Paris, je suis sûr… »

Hans arracha le cahier des mains de Judicaël, ouvrit la porte du poêle et jeta toute la notice dans le feu.

« Non ! »

L'Apache essaya de récupérer le cahier, mais Hans l'en empêcha.

« Libre…

— Quoi ?

— Une vie. Une mort. Un début. Une fin. Moi, libre, maintenant. Merci… » Le Rémouleur semblait très fier d'avoir pu dire ces quelques mots sans les écorcher, sans trop d'accent. « Ne reste que mission, mais *Wall Stone Craft*, d'abord. »

Le long de la digue de Rochebonne, Judicaël et le Rémouleur cherchaient un bateau, le plus loin possible des sentinelles du Fort national. Le doigt tendu de l'adolescent passa d'embarcation en embarcation. Jusqu'à rester suspendu en l'air, magnétisé par la beauté des courbes, la promesse des mâts. Son désir s'était cristallisé sur un cotre de construction récente, à l'ancre à marée basse comme à marée haute.

Splendide.

Il ne doit pas avoir plus de dix ans.

Judicaël sourit.

« Si on doit en emprunter un, au moins empruntons-en un beau. »

Ils retournèrent une barque à l'étanchéité toute relative et Judicaël souqua jusqu'au cotre. Coque contre coque. Sans doute inquiet de l'eau qui allait et venait au fond de la barque, au gré des vagues, Hans s'empressa de monter à bord du cotre. Ses mouvements maladroits, amplifiés par son poids, manquèrent retourner la barque. Judicaël insulta l'*Überspion* et monta à son tour.

« Il est beau, annonça Hans en caressant la plaque métallique du gouvernail.

— Pose ton cul de plomb là et fais tout ce que je te dis quand je te le dis. »

Judicaël attacha la barque en poupe et leva l'ancre. Se déplaçant d'un bord à l'autre, il libéra les voiles. À une vitesse déraisonnable, l'embarcation s'éloigna de la côte en éperonnant les vagues de face. Judicaël s'occupa du foc, de la trinquette et de la grand-voile à corne surmontée d'une bermudienne qu'il n'avait pas hissée.

« La grand-voile faseye, Hans ! Prends le vent plus de travers, mais ne tire pas un bord, tu me foutrais à l'eau.

— Hans rien comprendre… T'aimes bateau ?

— J'adore ! Je voulais être mousse sur un bateau sans capitaine ! Mais ça n'existe pas… Il obéit bien, ce cotre. Ça, c'est du bateau, du bon bateau. D'ailleurs, c'est étrange de l'avoir trouvé là où on l'a trouvé. Il n'est pas très bien entretenu, quel dommage. On sent l'amour dans ses arrondis. On sent l'agressivité de l'architecture maritime avide de vitesse dans le prolongement de sa proue, dans l'étroitesse de sa poupe. Il est comme une femme parfaite, belle aux premiers abords, et de mieux en mieux au fur et à mesure qu'on apprend à la connaître.

— Poésie ?

— Non. Je crois pas.

— Pour moi, poésie.

— Sans vouloir t'offenser, je ne vois pas très bien comment une machine pourrait s'y connaître en poésie. Surtout une machine allemande.

— Allemagne, grands poètes.

— Tu veux dire : Baudelaire, Verlaine, Rimbaud, Mallarmé ? Même Apollinaire n'est pas allemand, il est polonais ou russe, je sais plus. »

Judicaël réduisit un peu la voilure avant de rejoindre le Rémouleur à la barre. Il chercha les étoiles. Il était fini le temps où le Malouin pouvait se diriger en suivant les étoiles. La brume de guerre couvrait Saint-Malo, les lumières de la ville s'y accrochaient… La brume de guerre *pesait comme un couvercle.*

Poésie.

Réminiscences de Baudelaire.

Ce ciel plombé est allemand, aucun doute là-dessus ; mais la bonne poésie est française.

« Garde ce cap. T'es bon. »

Sous une lune timide qui, par miracle, s'était creusé un nid dans la brume de guerre, ils approchèrent de l'île de Cézembre par l'est, voiles carguées à l'exception de la plus petite. Les récifs rendaient la navigation épineuse, notamment parce que nombre d'entre eux, engloutis, étaient difficiles à repérer même en se fiant à l'écume et à la forme des vagues. Heureusement, la mer, d'huile, et le vent, bien retombé, se comportaient comme des alliés, et Judicaël put grâce à la marée haute s'arrimer tout en douceur à la poupe du *Wall Stone Craft.* Le bateau allemand était grand. Même dans ses rêveries les plus enthousiastes ou les plus inquiètes, l'Apache n'avait pas osé l'imaginer d'une telle taille. Il se hissa au-dessus du mot Portsmouth inscrit en grandes lettres blanches et jeta un bout en bon état à Hans, puis un autre, pour parfaire l'arrimage.

« On a peu de temps ; il faut absolument partir avant le changement de marée. Qu'est-ce qu'on cherche ?

— *Blaue Energie*. Armes.

— Armes ?

— Spécifiques *Überspion.* »

Depuis le pont de poupe, ils entrèrent dans la

cabine du capitaine. Il n'en restait presque rien : tous les meubles avaient été détruits ; des débris de verre et des morceaux de bois jonchaient le sol ; les papiers éparpillés, déchirés, qu'on voyait çà et là, piétinés, étaient vierges de toute écriture ou impression.

« Les Polonais ? se demanda Judicaël à voix haute.

— Pas sûr restaient assez longtemps pour faire ça.

— Les soldats ?

— Sans doute. Aucun document, nulle part. Fouille très méthodique. »

Ils éclairèrent le coqueron arrière ; toute la nourriture, tout l'alcool avait disparu, mais ça, les Polonais en étaient probablement responsables.

Judicaël suivit Hans jusqu'à la cabine des passagers, longtemps occupée par le *Doktor* Lang, et maintenant saccagée, vidée de tout ce qui aurait pu avoir la moindre valeur. Progressant sur un sol traître car jonché de débris, ils visitèrent ensuite les deux longues cabines-dortoirs de l'équipage, dans le même état que le reste du bateau.

« Il ne reste rien.

— Allons cale.

— Si ça peut te faire plaisir. »

Ils fouillèrent la cale à moitié inondée à marée haute, de bord à bord, encore et encore. Mais Hans n'y trouva pas ce qu'il était venu chercher. Tout avait été emporté ou détruit. Le *Wall Stone Craft* n'était plus qu'une carcasse sans vie, raclée.

Un vaisseau fantôme.

« Il faut y aller, repartir avant le changement de marée. Ça fait un sacré moment qu'on est là.

— Toi plonger sous bateau », annonça Hans.

Judicaël jeta un coup d'œil à la brèche qui éventrait la cale sur six bons mètres. Un long sourire de ténèbres qui aurait paralysé le plus hardi des pêcheurs.

« Peut-être *blaue Energie*, continua la machine.

— T'as les rouages qui manquent d'huile ! Tu sais ça ? Je serai mort emporté par un courant avant d'avoir repéré quoi que ce soit dans cette encre de Chine. Et de toute façon, il n'y a rien à repérer. Il ne reste rien. Tu ne comprends pas ? Les fusiliers marins du Fort national ont tout emporté, il y a longtemps. C'est eux qui ont fait courir tous ces bruits sur ce bateau, sur son équipage polonais, afin d'avoir le temps d'opérer tranquillement. Tu vois ces traces de corde là et là, ils ont plongé avec du matériel. Il ne reste rien ici, Hans. Rien.

— *Blaue Energie. Fabrik.* Dernière chance.

— Oui, si tes réserves sont quelque part, c'est là-bas. Ou à Paris, ils ont des tas de laboratoires de recherches à la capitale.

— Le vrai centre de recherches : Saint-Malo, usine de la Rance. Sous terre et *mittelpunkt* barrage. Allons à la *Fabrik*.

— Pas ce soir, c'est trop tard. Je suis trop fatigué. Ramenons le bateau ; son propriétaire n'est pas sans le sou et il pourrait nous faire tuer juste pour nous donner une petite leçon de savoir-vivre. En plus, il faut que je retourne au Jaurès : j'y ai demandé des renseignements et un peu d'aide.

— Aide ?

— Dynamite. Il n'y a aucun problème en ce monde qui résiste aux pétards de M. Nobel. »

6

Saint-Malo, jeudi 19 janvier 1922

« Tu viens récupérer les cahiers de ton grand-père, l'Apache, ou prendre tes précieux pétards ? » demanda le patron du Jaurès qui préparait son établissement à la sortie des premières usines en donnant un bon coup de balai.

Judicaël posa cinq billets de dix francs sur le comptoir. Les réserves de Mimile commençaient à baisser dangereusement.

« Je suis là pour M. Nobel et les renseignements.

— Allons dans la cuisine ; j'ai parlé à un éclusier de Dinard.

— Un éclusier ?

— Suis-moi. »

Dans la cuisine, Le Courbalay récupéra dans un pot de farine une grande feuille d'écolier pliée en quatre. Il la déplia et Judicaël put voir qu'il s'agissait en fait d'un plan tracé à l'encre noire.

« Tout le complexe de recherches, situé côté Saint-Malo, est relié électriquement au barrage, mais, si j'ai bien compris, les bâtiments ne communiquent que par des galeries de maintenance. L'usine marémotrice occupe quasiment tout le tablier du barrage et, là, au centre, il y a une sorte d'immense chambre de pression où les militaires font leurs expériences. C'est cette espèce d'excroissance en béton dont on ne voit que le sommet hors périodes de sécheresse. On la voit mieux quand le niveau du fleuve est au plus bas. En bout de barrage, côté Dinard, se trouve l'écluse principale du nouveau canal Rance-baie de Saint-Malo. La plus haute écluse d'Europe, je crois. C'est un bâtiment civil, qui n'est donc pas gardé par l'armée, par contre, en bout de barrage, juste avant l'écluse, il y a deux miradors et des sentinelles militaires qui, pour ne pas avoir à traverser tout le barrage en cas de problème, ont accès au canal grâce à une épaisse porte blindée qui ne s'ouvre que de leur côté et donne sur les locaux réservés au personnel de l'écluse.

— Un éclusier t'a raconté tout ça…

— Et même plus ! La base militaire a deux types d'alarmes, une alarme sécurité, au cas où il y aurait un intrus. Cette sirène de prison provoque un doublement des patrouilles, on allume les projecteurs des miradors, on lâche les chiens, tu vois le genre. Et une alarme accident, au cas où il y aurait un problème avec le barrage ou dans les bâtiments enfouis. Dès que celle-ci retentit, tout le site est évacué ainsi que le barrage et l'écluse. La base est gardée par des miradors, des soldats qui patrouillent, il y a deux automitrailleuses… Un des blindés est actuellement en révision. À mon avis, c'est impossible de rentrer là-dedans sans se faire repérer. Mais pendant une alarme accident… en profitant de la confusion.

— L'alarme nous sera sans doute plus utile pour sortir que pour rentrer. »

Le Courbalay gonfla les joues, bouche fermée.

« Et comment tu vas rentrer ? demanda-t-il après quelques secondes de grimace.

— On trouvera bien un moyen, le complexe est immense.

— L'éclusier, il a vu quelque chose. L'été dernier, l'alarme sécurité a retenti et un enfant a plongé du haut du barrage dans la Rance. Sacré saut ! Surtout en été. Une fois remonté à la surface, il a essayé de nager jusqu'au canal, mais une vedette de l'armée l'a intercepté. L'éclusier a cru que c'était un gamin de Dinard qui avait fait un pari stupide et que l'affaire avait été étouffée pour le bien de tous. Maintenant nous savons que non. »

Judicaël se gratta le menton.

« Tu as la dynamite ?

— Oui. Et si tu te trompes, si ta petite Mädchen n'est plus là-bas, si les enfants ont été déplacés et qu'il ne reste que des soldats, des scientifiques et notre grand héros de la guerre, Moncolonel ?

— Alors, c'est toi, Jacques, qui amèneras les histoires du Papé à Guernesey. Et si Mädchen est morte, je jure de tuer quelqu'un, si possible le plus gradé d'entre eux. »

Le Courbalay grimaça à nouveau.

« Tu crois que je te fadaise, patron ?

— Non, et c'est bien pour ça que je tire cette tête-là.

— Tu la tires pas, tu la gonfles. »

7

Saint-Malo, dimanche 22 janvier 1922

Durant les trois jours qui avaient suivi sa dernière conversation avec le patron du Jaurès, Judicaël avait observé — avec de bonnes jumelles volées — la base militaire de la Rance, son bâtiment central partiellement enfoui, ses baraquements, l'écluse et le barrage, aussi bien depuis la mer, la rive est que des berges du canal de Dinard. Il avait dressé un plan du site, aussi précis que possible, où il avait noté la fréquence des patrouilles de nuit, les horaires des trains qui entraient et sortaient du complexe.

Une véritable forteresse, équipée d'une gare, d'un port fluvial et d'une piste d'atterrissage.

Deux rangs de grillage hauts de six mètres, coiffés de barbelés en rouleaux, séparés par un *no man's land* de trois bons pas, ceignaient tout le site, y compris le long de la Rance, jusqu'au ponton flottant, dans l'ombre du barrage où étaient amarrées les deux vedettes fluviales et auquel on accédait en passant de hautes portes grillagées. Dans un rayon de trois cents mètres autour de la base, tous les arbres et arbustes avaient été coupés, leurs souches retirées, et tout ce qui aurait pu constituer une cachette avait été éliminé, comblé, raboté.

L'enceinte de la base ne comportait que trois brèches : le port fluvial, l'entrée principale et la voie de chemin de fer.

Inutile de prendre en considération la piste d'atterrissage.

L'entrée principale, réservée aux véhicules militaires ou de livraisons, était commandée en amont par une simple barrière en bois, encadrée de guérites d'un marron sombre, le tout protégé par une tranchée en U infranchissable, sauf au niveau de la route. L'entrée de la base proprement dite se trouvait quinze mètres plus loin : un portail blindé coulissant, long de six mètres et, de part et d'autre, deux nids de mitrailleuses en béton surplombés chacun d'un haut mirador équipé d'un projecteur mobile. On n'ouvrait ce portail que pour laisser le passage aux patrouilles, aux véhicules qui entraient et sortaient et à la relève des guérites.

La gare du complexe militaire, en fait un simple dépôt de marchandises, était elle aussi bien protégée. Trois cents mètres avant les heurtoirs de tête de quai, la voie s'enfonçait dans un tunnel au-dessus duquel passaient les grillages parallèles de l'enceinte et sur lequel se dressait un mirador tout en béton aux deux mitrailleuses apparentes. Le tunnel qu'obturait un lourd rideau de fer, côté base, ne faisait que vingt mètres de long mais, au-delà, la voie se dédoublait de part et d'autre d'un quai central, encaissée dans une tranchée artificielle aux parois abruptes, profonde de cinq ou six mètres, veillée par deux autres miradors en béton, dressés en bord de Rance, qui s'ajoutaient à celui du tunnel.

Des trains de passagers arrivaient le matin, vers sept heures, et repartaient l'après-midi, vers cinq heures. Le lourd rideau métallique du tunnel n'était manœuvré qu'à ce moment-là, ou pour le train hebdomadaire en provenance de l'Institut du radium, à Paris. D'après Hans, ce train arrivait d'habitude le dimanche, en fin de soirée, et ne repartait qu'une fois déchargé, le lundi dans l'après-midi, ou plus rarement le mardi, à l'aube.

Très tôt le samedi matin, deux heures avant le lever du soleil, lors d'un de ses repérages, Judicaël avait aperçu la mère supérieure de l'hospice de nuit de Saint-Malo alors qu'elle descendait de l'arrière du camion du laitier. Derrière le portail blindé, se croyant à l'abri des regards indiscrets, les soldats avaient sorti deux enfants endormis du véhicule, non sans précautions.

Et tout s'était alors éclairé dans l'esprit de Judicaël.

Les enfants étaient drogués à l'hospice avant d'être conduits à l'usine.

Les marins polonais étaient totalement innocents des enlèvements, sauf s'ils amenaient les enfants à l'hospice, ce qui semblait peu probable — on ne les avait jamais repérés *intra-muros*.

L'hospice, comment ne pas y avoir pensé plus tôt ?

J'aurais pu être un de ces enfants si j'avais consenti à dormir dans un bon lit le jour où, alors que je cherchais Mädchen, je suis passé voir les sœurs. Jamais elles n'auraient hésité à me livrer aux gendarmes ou au Colonel.

Judicaël posa sur la table de la cave deux blouses blanches, autant de pantalons, calots et masques chirurgicaux traités à la liqueur de Labarraque, le tout dérobé dans la lingerie de l'hôpital de Saint-Servan. Après avoir trié les vêtements, les grands pour Hans, les petits pour lui, il s'approcha de l'*Überspion* occupé à mettre des boulets de charbon dans le poêle.

« Tu devais détruire cette usine. Tu l'as bien étudiée ?

— *Ja.*

— Que fabriquent-ils là-bas ?

— D'après *Doktor* Lang, des obus, des munitions d'un type nouveau, ils utilisent peut-être petits doigts enfants pour graisser l'intérieur des douilles. La force des marées produit de grandes quantités d'électricité, compresse de l'air qui fait fonctionner certaines machines, permet certaines expériences impossibles à faire ailleurs. Mais moi jamais vu entrer ou sortir munitions, juste soldats, machines. Un jour, je suis monté dans un train court plein plaques de plomb. Une locomotive. Deux wagons. La motrice roulait au pas ; incapable d'aller plus vite. Quand le train s'est arrêté avant le tunnel, le temps que les soldats lèvent le rideau de fer, je suis descendu.

— Du plomb ?

— *Ja.* Beaucoup. Des tonnes.

— Pour des munitions, c'est pas très surprenant.

— Sans laiton ? Sans poudre ? J'ai vu aussi patrouilles chiens. Chiens ne m'aiment pas. Ils me sentent, très loin.

— On les comprend, récemment encore t'avais tendance à les considérer comme de la nourriture de première qualité.

— Erreur : je suis *nicht* chinois.

— *Nicht* chinois ? Elle est bien bonne, celle-là. Méfie-toi, Hans, tu commences à avoir de l'humour. »

En fin d'après-midi, Judicaël sortit observer le ciel et regagna la douce chaleur de la planque du Rémouleur.

« C'est pour ce soir, Hans. Il va neiger, beaucoup. Le dimanche soir, les soldats sont pour la plupart dans leurs familles ; ils ne rentrent qu'avec le train du lundi matin. Je vais m'occuper du camion.

— Beaucoup neige. Besoin *Winde*.

— *Winde ?*

— Appareil de levage à crémaillère, moins de vingt kilos... »

Judicaël acquiesça, mais se demanda où il allait pouvoir voler un cric un dimanche.

« Nous entrer, nous prendre Mädchen, nous ressortir. D'accord, Judikel ?

— Et les autres gosses ? Faut pas oublier les autres gosses ? Si on se lance là-dedans... » L'Apache enfourna le revolver de Mimile dans la poche de son manteau, puis glissa la matraque à anguilles dans la poche intérieure qu'il avait rétrécie et approfondie spécialement pour l'objet. « ... Ce n'est pas pour faire les choses à moitié. On les délivre tous. Et, ensuite, on fait tout sauter, s'il te plaît encore de jouer cette musique.

— D'accord. Mais alors tu laisses revolver et couteau.

— Je vois ça d'ici, on frappe à la porte de l'usine : bonjour messieurs les méchants, nous sommes les gentils et nous voulons que vous relâchiez tous les enfants, sinon on vous crache à la gueule. C'est des charognes, ces militaires, ils paient des bonnes sœurs pour enlever les gosses errants, les orphelins de la guerre, et en faire de la main-d'œuvre qu'il suffit de nourrir, qu'on n'a pas à payer, qu'ils font bosser jusqu'à la mort. Deux enfants entrent, deux cercueils sortent. Que te faut-il de plus ? Faut les tuer. Leur ouvrir les tripes, les torturer un peu, ce serait pas mal non plus.

— Tuer les méchants ? Tu dis ça parce que toi jeune, beaucoup *leiden*. Moi mourir bientôt. Plus *blaue Energie*... Moi aimer vie humaine, aimer beaucoup. *Nicht* tuer, sauf si absolument nécessaire... Fais confiance. Je connais bien *Fabrik*. Entrer discrets, *nicht* tirer coup de feu. Méthode *Überspion*. Libérer enfants. Piéger barrage. Sortir. Boum.

— C'est ça le plan. Bon et simple comme une part de tarte.

— Boum !

— Eh oui : boum ! Il y a quand même un problème. On ne peut faire sortir les enfants que par l'écluse côté Dinard. Côté Saint-Malo, ce n'est même pas la peine d'y penser. Il y a la colline à monter, tous les arbres ont été coupés, et ils nous rattraperaient en moins de deux, sans parler des risques de tir au pigeon. Mais notre planque est côté Saint-Malo. Après avoir mis les enfants à l'abri, il va falloir qu'on traverse la Rance d'une façon ou d'une autre.

— Par le barrage. Attendre alarme accident. Profiter évacuation du site. Portail ouvert ; rideau de fer dressé.

— Tu as raison, c'est le seul moyen. Tu as conscience, Hans, qu'il y a très peu de chances qu'on y arrive. »

L'*Überspion* se tourna vers Judicaël.

« Si trop compliqué, je bloquerai accès soldats, tu fuiras avec Mädchen côté Dinard.

— Sans toi ?

— Sans moi. *Blaue Energie* très bas. Mourir bientôt.

— Arrête de dire ça ! Je t'interdis de mourir, je viens de perdre le Papé, c'est amplement suffisant pour le moment. » Judicaël se plongea dans son plan. « Il y a des soldats au bout du barrage, côté Dinard, dans le mirador. Côté Saint-Malo, ils ont deux vedettes très puissantes, ils traverseront le fleuve très vite, en grand nombre. Ça ne peut être que notre pire scénario car, en ce qui me concerne, il y a aucune chance que je m'en sorte. Mädchen sera dehors, sous la protection de quelqu'un dans le meilleur des cas. Mais personne ne se portera garant pour moi. Ils me mettront en maison de redressement, à l'asile, ou me feront disparaître. »

L'*Überspion* acquiesça.

Au volant d'une camionnette Renault bordeaux où avait été peint en grandes lettres blanches « Levasseur frères, cidre et pommeau », Jacques, le patron du Jaurès, vint les prendre au pigeonnier juste après la tombée de la nuit, alors que la neige avait commencé à tomber sérieusement. La vue de Hans le laissa sans voix plusieurs minutes.

« J'arrive pas à y croire, finit-il par dire tout en roulant au pas dans Saint-Malo enneigé et désert.

— Et encore j'avais laissé filer quelques indices.

— C'est un soldat *reconstruit* ?

— Construit, plutôt. Le "re" est de trop. Y a pas un bout humain. La première fois que je l'ai vu, je te dis pas la frousse bleue. J'ai cru ma dernière heure arrivée.

— Une gueule cassée apeurée, terrée quelque part dans une ferme abandonnée, j'avais pas trop de mal à y croire. Même un soldat allemand partiellement reconstruit, j'arriverais à y croire… Mais cette sorte d'automate géant. Il est intelligent ?

— Ça dépend pour quoi. Il excelle dans certains domaines, dans d'autres son intelligence est inexistante… Par exemple, il soutient qu'il existe de grands poètes allemands. Hé, Le Courbalay, essaie de regarder la route, plutôt ! » Le patron du Jaurès donna un petit coup de volant pour éviter à la camionnette de verser dans un fossé. « En fait, il a une mission à remplir, prioritaire, et toutes les décisions qu'il prend, il les prend dans ce seul but.

— *Winde ?* » demanda Hans.

Le Courbalay sursauta, mais garda la camionnette en ligne.

« Il parle.

— Évidemment qu'il parle, se marra Judicaël. Comment il m'aurait raconté son histoire, sinon. T'as son cric ? »

Le Courbalay fit oui de la tête, jeta un nouveau coup d'œil à l'*Überspion* et se concentra sur sa conduite : la route commençait à glisser, la neige tenait et, dans le sillage des véhicules et des attelages, elle se transformait en une boue noirâtre collante. Les conducteurs avaient commencé à se méfier des rues à la chaussée non asphaltée et celles-ci, quand elles n'étaient point d'une blancheur unanime, n'étaient pratiquées que par des piétons ainsi que des cavaliers et cyclistes, descendus de leur monture.

« Vous avez bien choisi votre jour, dit-il. Dans une heure plus personne ne sera dehors.

— Précisément

— Je vous laisse où ?

— Dans une telle purée de pois, quatre cents mètres avant l'entrée du camp militaire devrait suffire. En tout cas, là où il reste encore quelques arbres.

— Quatre cents mètres ? Mais, j'aurai probablement aucun endroit sûr pour faire demi-tour.

— C'est un peu l'idée.

— Une diversion, en somme.

— Un accident serait encore mieux.

— Ça, mon beau-frère va pas apprécier, son Renault est tout neuf.

— Était », plaisanta Judicaël.

Les lèvres du Rémouleur tremblèrent un peu, ses commissures se tendirent. Il changea subitement d'attitude. Ses yeux exprimèrent une sorte d'effarement, au-delà duquel semblèrent couver les braises d'une profonde inquiétude.

« Hé hé, meurs pas ! Pas maintenant, hurla Judicaël. J'ai besoin de toi, tas de rouille.

— *Nicht* mourir. Picotements joues et bouche. Très étrange. Agréable.

— T'allais rire ? C'est ça… C'est un prodige, une machine qui peut rire. Et tu peux pleurer ?

— Pleurer ?

— Tu sais, c'est de l'eau salée qui coule des yeux. Des larmes ?

— Oui, quand il y a beaucoup de vent, pour pas que la machine vision se dessèche, l'eau coule. L'eau de mer, aussi, fait… pleuvoir.

— Pleurer, plutôt. Tu parles nègre allemand, c'est parfois douloureux. Mais j'te parle pas de ça. Pas vraiment. On pleure quand on est très triste.

— Triste ? *Nicht* comprendre. »

Bien sûr, je demande trop d'une machine, si élaborée soit-elle, ne put s'empêcher de penser Judicaël.

« Si Mädchen est morte, tu me verras pleurer, et ensuite tu me verras tuer quelqu'un, le premier uniforme qui se mettra en travers de ma route. Je lui arracherai la gorge avec les dents, s'il le faut.

— Beaucoup de haine en toi », murmura Hans.

Non, beaucoup d'amour. Mais ça n'a aucun sens, je ne la connais pas. Je ne l'ai vue qu'une fois dans ma vie et, depuis, j'ai l'impression de n'avoir jamais cessé de la chercher.

Je me sens comme à la poursuite d'un fantôme, obsédé par un visage, sur une vieille photo, qui perd peu à peu ses détails.

« Haine dangereuse, dit Hans. Toi obéir.

— Je suis pas très doué pour ça.

— Alors toi mourir et jamais plus revoir Mädchen.
— Vu comme ça, tas de rouille…
— *Überspion nicht* rouillé, revêtement inoxydable, lubrification parfaite. »

À force de contorsions, Judicaël et Hans se changèrent dans la camionnette. La plus grande des blouses blanches volées à l'hôpital, trop petite pour l'*Überspion*, avait été agrandie avec du drap blanc. C'est sur son pantalon que Judicaël enfila celui de l'hôpital, le tissu étant trop fin pour être porté seul, au vu de la température extérieure.

Ce que je vais perdre en agilité et en vélocité, je vais le gagner en protection contre le froid.

Hans, aucunement concerné par le froid, changea lui de pantalon, mais avec difficulté, à cause de ses pieds immenses.

L'Apache compléta son déguisement avec un masque chirurgical et un calot d'infirmier.

Le Courbalay laissa Judicaël et l'*Überspion* hors de vue des sentinelles, juste avant le sommet de la petite colline boisée qui dominait la partie nord-est de la base militaire. Un peu plus loin sur la route, à peine visible, car recouverte de neige, une grande courbe s'amorçait. Légèrement en dévers, elle descendait sur près de trois cents mètres jusqu'à la barrière en bois du complexe et ses guérites. La petite construction de droite, d'un brun sombre sous la lumière des projecteurs de surveillance, était équipée d'un poêle de la cheminée duquel jaillissait une épaisse fumée noire.

Jacques attendit cinq minutes, passa la première, embraya. Arrivé au sommet de la colline, il bloqua les freins volontairement et glissa le long de la pente jusqu'à la barrière en bois de l'entrée de la base qu'il brisa en klaxonnant. Le front ensanglanté, il ouvrit sa portière et se laissa tomber dans la neige où des soldats le relevèrent aussitôt en plaisantant.

« Hé, t'as abusé de ton produit breton ? lui demanda un sous-officier au fort accent marseillais.

— Pas pu m'arrêter, dit-il. Je voulais aller rue de la Balue, je me suis trompé avec toute cette neige.

— Fallait tourner à droite deux croisements plus tôt. T'es pas le premier à te tromper. Tu vas t'en voir pour remonter la pente. »

Les soldats aidèrent Le Courbalay à remettre la camionnette dans la bonne direction. L'un d'eux alla chercher de l'antiseptique, une compresse et du sparadrap. Pendant qu'un infirmier soignait le patron du Jaurès, un petit attroupement de sous-officiers et de soldats s'était formé à l'entrée de la base, dans le refuge que les deux guérites opposaient à la tempête de neige. De plus en plus violente, écrasante.

« J'ai des chaînes Weed, je vais en équiper les roues motrices, dit Jacques en observant la pente. Si vous pouviez me prêter un cric. Je paierai évidemment pour la réparation de la barrière.

— Le Colonel a été prévenu, dit un des officiers. Il a demandé qu'on inspecte son camion, puis qu'on prenne son nom et son adresse, ses papiers et ceux du véhicule, pour vérification. » L'homme en uniforme se tourna ensuite vers le patron du Jaurès.

« On va te chercher un cric, en attendant tu peux rester à l'abri, près du poêle. »

Couchés sur de la neige propre, sous le couvert de grands arbres, Hans et Judicaël avaient longtemps observé le site, le double grillage, son *no man's land*, les bâtiments éclairés par des réverbères au gaz et la voie de chemin de fer, parallèle à la berge orientale de la Rance.

Le Rémouleur scruta une dernière fois les abords du fleuve. Son regard s'arrêta sur un point précis. Il sembla réfléchir.

« Le train de Paris arrivé avant nous. Tunnel fermé. On va passer par là.

— Et les gardes ? Les miradors ? »

Hans leva les yeux au ciel.

« On va attendre tempête de neige plus forte.

— Attendre ? Je veux pas attendre.

— Alors toi mourir et jamais plus revoir Mädchen.

— Bon, ça va, j'ai compris. Obéir. »

Après avoir attendu une demi-heure, Judicaël et Hans descendirent la colline jusqu'à la voie ferrée. Ils la suivirent en direction du tunnel sur une centaine de mètres. Là, l'*Überspion* s'arrêta et observa le mirador.

« Aucune lumière, nota Judicaël.

— Lumière réverbérée par la neige, visibilité nulle au-delà de quinze mètres. Même s'ils surveillent les voies aux jumelles, ils ne voient rien. Toi : silence total. »

Judicaël acquiesça et se mit à suivre Hans,

s'arrêtant chaque fois que la créature mécanique s'arrêtait. Ils pénétrèrent dans le tunnel obscur.

« Je vois rien, chuchota Judicaël après une dizaine de pas.

— Silence. Donne main. »

L'Apache saisit la main froide et suivit Hans jusqu'au rideau de fer.

« Et maintenant ?

— On recule de dix pas. On laisse passer prochaine patrouille chiens et on y va. »

Judicaël obéit et fit mine de s'asseoir sur le ballast. Hans l'en empêcha.

« Sol très sale, vêtements blancs importants. »

Judicaël enleva son pantalon blanc, le plia, le fourra dans sa veste et s'assit.

Hans secoua l'épaule de Judicaël et lui appliqua une poignée de neige propre sur les lèvres.

Dans l'obscurité, l'Apache se rinça la bouche, cracha.

« Je me suis endormi ?

— *Ja.* Chiens passés trois minutes. On y va. »

Hans avait mis le cric en place, sous le rideau métallique. Il le manœuvra doucement pour ne pas faire de bruit. Le grondement de la tempête, rythmé par les rafales de vent, leur parvenait par l'entrée sud du tunnel et couvrait très probablement le bruit mécanique au-delà de quelques mètres.

Dehors, de la neige s'était massée contre le rideau métallique et, bien qu'il fût levé sur une bonne quarantaine de centimètres, on ne voyait toujours rien dans le tunnel.

Judicaël remit son pantalon blanc, se glissa sous

le rideau à travers la congère et alla se cacher sous l'arrière du train de Paris. Hans ne tarda pas à le rejoindre.

« Et maintenant ?

— Longeons le quai vide, dans l'angle mort des miradors. »

Invisibles à plus de quinze mètres, grâce à leurs vêtements blancs se perdant dans la fureur de la tempête, Judicaël et Hans progressèrent accroupis entre la voie ferrée déserte et le quai.

Arrivés à la hauteur du tender à moitié plein de charbon, ils restèrent figés dans la neige quelques interminables minutes pour évaluer la situation, repérer d'éventuelles sentinelles.

Judicaël avait froid, le nez qui piquait. Il se sentait trempé, fatigué, ses vêtements de ville commençaient à apparaître à travers sa blouse, là où elle avait été mouillée par la neige. Il pensa à Mädchen et puisa un peu de force et un flot de courage dans ce souvenir : yeux à la couleur incroyable ; brioche tiède portée aux lèvres ; fleurs de papier.

« Reste là, ordonna l'*Überspion* à l'Apache.

— Sinon mourir et jamais plus revoir Mädchen… je sais. »

Hans s'introduisit dans le dépôt. Il y eut un peu de bruit, comme du verre brisé, étouffé par les rafales de vent chargées de neige, et quand l'*Überspion* réapparut, ce fut pour annoncer à Judicaël que la voie était libre jusqu'à la baie de déchargement du dépôt.

« Où sont les enfants ?

— Dans l'usine principale, sans doute. *Nicht* baraquements *nicht* barrage. Cherchons machines.

Tchac-at-tchoum, tchac-at-tchoum... Très grosses machines. »

Ils profitèrent de l'inattention de deux gardes, occupés à discuter du récent manège de la camionnette Levasseur, pour se faufiler jusqu'à l'usine en marchant dans des traces de pas préexistantes, boueuses. Ils passèrent une petite porte métallique.

Alors que l'*Überspion* refermait la porte doucement, Judicaël embrassa du regard un immense enchevêtrement de tuyaux, de gaines électriques et d'escaliers métalliques, une architecture folle qui semblait plonger dans les entrailles de la Terre. L'escalier au sommet duquel il se trouvait arrêtait ses circonvolutions sur trois paliers intermédiaires avant de toucher le sol de l'usine. Plus loin, d'autres escaliers s'enfonçaient encore plus profondément. Le bâtiment, très largement enterré, devait faire plus de trois cents mètres de long pour cinquante de large.

Judicaël aperçut quelques gardes en faction devant des portes de bureau, de l'autre côté des grandes machines, et s'empressa de se cacher dans un coin sombre, aussitôt suivi par Hans. Là, il se débarrassa de ses vêtements trempés.

Un homme en blouse blanche sortit d'un des bureaux en claquant la porte. Celle-ci se rouvrit et un homme en uniforme, de grande taille, emboîta le pas au premier. Séparés l'un de l'autre par un palier, ils descendirent les escaliers jusqu'au plancher principal de l'usine. Arrivés devant d'autres escaliers, ils se firent face, pour reprendre leur conversation.

« Professeur, retournons dans mon bureau ! » ordonna l'homme en uniforme.

Le « professeur » portait une blouse blanche ouverte sur un costume de ville sans doute fait sur mesure. Le militaire, d'une taille inhabituelle, était serré dans un uniforme sombre. De nombreuses médailles décoraient sa poitrine et il tenait une cravache à la main, qu'il utilisait pour frapper de temps à autre sa paume gantée.

Judicaël se laissa glisser le long d'un énorme tuyau pour mieux écouter. Sa cachette se révéla vite meilleure que la précédente, mais le vacarme des machines l'empêchait d'entendre les répliques du professeur.

Comme si celui-ci tenait à être entendu par l'Apache, il fit une dizaine de pas dans sa direction, sans doute pour s'éloigner des dispositifs les plus bruyants. Le militaire avança lui aussi de dix pas. Judicaël en eut le souffle coupé. Rarement il avait eu aussi peur de sa vie.

« Professeur Becquerel ! Calmez-vous enfin ! s'énerva l'officier. C'est l'effort de guerre !

— Mais la guerre est terminée, nous sommes en paix, mon Colonel ! Et ce ne sont que des enfants !

— Des orphelins de la Grande Guerre, nourris, logés, au chaud alors qu'ils seraient morts de froid dehors.

— Cinq d'entre eux sont malades à cause des rayonnements. Ils se meurent. Nous en avons perdu trois, rien que la semaine dernière.

— Le lieutenant coupable de cette tragédie a été très sévèrement puni.

— Il a reçu un coup de cravache sur le bout des

doigts ? On l'a envoyé finir sa carrière en Nouvelle-Calédonie ou en Indochine ?

— J'ai choisi Cayenne et on ne fait pas d'omelette sans casser des œufs.

— J'ai toujours trouvé cette phrase d'officier supérieur, toute faite, d'un manque d'humanité insupportable. C'est une expression contrefaite ! On parle ici d'enfants. Trois morts. Cinq malades. Quatre garçons, une fille. J'ai dû faire sortir un de vos soldats de l'infirmerie parce que la façon dont il regardait cette petite était inacceptable. »

Le Colonel se frappa la cuisse d'un coup de cravache.

« C'est davantage une adolescente qu'une enfant. Une petite Allemande, de surcroît ! Une ennemie.

— Une petite de l'est de la France qui n'est l'ennemie de personne. Elle habitait les Vosges françaises pendant la guerre. On l'a chassée de la ferme de ses parents après leur mort. Si vous aviez pris le temps de discuter avec elle, vous le sauriez.

— Elle a un prénom allemand !

— Et vous celui de notre plus grand poète.

— Et alors ?

— Vous n'êtes en rien un poète et tout le monde n'a pas la chance d'avoir un nom aussi français que le vôtre. »

Comme le Colonel et le professeur semblaient parler de Mädchen, Judicaël tendit l'oreille.

« Becquerel, il est impossible de discuter avec vous ! Vous sous-estimez le danger que représente l'Allemagne. Tous nos espions nous l'affirment : les scientifiques allemands mettent au point un *Übermensch*, un homme-machine qui sera produit en grande série et envahira toute l'Europe. Évidemment, ils le testeront sur la Pologne et l'Autriche en premier. Le baron Manfred von Richthofen est sur le point d'être nommé chancelier, et ce n'est pas dans l'optique d'une Allemagne rurale, en paix et prospère. Si on en croit l'ambassadeur de France à Berlin, von Richthofen s'est vanté, après un opéra trop arrosé, d'avoir essayé un nouvel avion : un chasseur à ailes basses, à hélices carénées, capable de décoller verticalement et deux fois plus rapide que le *Avenger-02* britannique. Cet engin révolutionnaire marcherait avec un carburant d'un tout nouveau type, un dérivé du méthylène, appelé *blaue Energie* : Énergie bleue. Ça ne vous rappelle pas ce que nous avons trouvé sur un certain bateau espion. Heureusement pour nous, le docteur Lang, chef du projet *Übermensch*, concepteur de ce nouveau carburant, a disparu avec ses notes avant d'avoir achevé son grand œuvre. On le dit passé aux États-Unis. Mais les Américains nient farouchement l'avoir récupéré. Leur politique de fuite des cerveaux russes reste top secrète ; il doit en être de même pour les cerveaux juifs allemands. Une nouvelle guerre approche, professeur Becquerel. Nous devons nous préparer. En secret.

— Je comprends vos arguments, bien plus que vous ne le supposez, mon Colonel. Mais des enfants ! Des enfants ! Une adolescente, sur un site militaire.

— Jean… Je peux vous appeler Jean ?

— Je suppose, Charles. »

Le Colonel se frappa de nouveau la cuisse avec sa cravache.

« Non, vous vous ne pouvez pas m'appeler Charles ! Vous devez vous reprendre, Becquerel : je noterai dans mon compte rendu au président du Conseil que vous avez vivement protesté contre l'utilisation d'enfants dans le projet *Marteau de Dieu*.

— Et pour ma part, je ferai remarquer au Conseil que vous utilisez le mensonge et la dissimulation pour tenter de manipuler les scientifiques du projet *Marteau de Dieu*. Le docteur Lang n'est pas passé en Amérique, le bateau qui devait lui permettre de quitter définitivement l'Allemagne, c'est le *Wall Stone Craft*. Ce que vous avez trouvé sur ce bateau et que vous avez confié à Marie et à moi, après un malhabile maquillage, c'est le fruit des recherches de Lang, et si vous avez cru une seconde que nous ne nous en rendrions jamais compte, cela montre à quel point vous nous prenez pour des imbéciles.

— D'accord, nous savons que Lang était sur le *Wall Stone Craft*, nous supposons qu'il est mort, mais nous n'en avons pas la preuve formelle. Ces informations sont très sensibles, vous comprendrez qu'elles aient été classées "secret-défense". Tout cela ne change en rien nos priorités : le *Marteau de Dieu* doit être prêt à frapper avant l'été. Avant l'été ! Nous avons gagné la dernière guerre car j'ai pesé de tout mon poids pour que nous produisions en grande série des blindés d'assaut et des automitrailleuses. Nous gagnerons la prochaine, d'ores et déjà inévitable, parce que nous aurons en notre possession l'arme ultime, le *Marteau de Dieu*. Et s'il faut la tester, nous la testerons sur l'usine allemande de Cologne qui essaie de produire ces *Übermenschen.*

— Vous faites peser sur l'adjectif ultime, mon Colonel, le poids du diable bien plus que celui de Dieu.

— Et vous m'en voyez ravi, car c'est la peur qui nous fera gagner ou perdre la prochaine guerre. Vous avez vu les nouveaux uniformes allemands ? De couleur noire, un crâne sur deux tibias croisés comme insigne pour les officiers. Les armoiries d'un pirate sans pitié. Quel pays aspirant à la paix obligerait sa hiérarchie militaire à arborer de tels insignes ?

— Cette conversation est loin d'être finie. »

Le Colonel et le professeur se séparèrent sur un « bonsoir » glacial.

Judicaël fit signe à Hans d'approcher, puis lui chuchota à l'oreille :

« Il faut que nous rattrapions cet homme, ce professeur. Il sait où sont les enfants.

— *Ja.*

— Le suivre suffira peut-être. »

Les pieds emmaillotés de drap blanc, Hans descendit l'escalier, palier après palier, avec la plus grande discrétion possible, sans perdre Jean Becquerel de vue. Judicaël emboîta le pas de l'*Überspion*, puis se glissa devant lui.

Progressant le long de machines immenses, d'armoires noires reliées entre elles par des centaines de câbles, de pistons dégoulinant d'huile, de rouages noirs de cambouis au diamètre supérieur à deux mètres, l'adolescent et l'*Überspion* se rapprochaient peu à peu de leur cible. Çà et là, des éclairs se déchargeaient dans de grandes sphères de verre. La première fois que cela s'était produit, Judicaël avait sursauté en étouffant un petit cri qui, heureusement, s'était dilué dans le vacarme ambiant.

Trop occupé à suivre Becquerel des yeux, l'Apache tomba nez à nez avec un sous-officier : un sergent, un sous-lieutenant ou un gradé de ce genre — il ne savait pas les différencier. Hans se rua sur le militaire et ne lui laissa pas le temps de sortir son revolver ou d'appeler à l'aide : il lui saisit la clavicule près de la gorge et aussitôt le sous-officier s'effondra, comme si son corps était rempli de paille trempée.

« Prise *Voight-Kampff*, précisa Hans. Perte connaissance instantanée, deux heures tranquillité, *nicht* séquelle. »

Le professeur Becquerel ouvrit une porte qui donnait sur d'autres escaliers. Ils le suivirent à bonne distance.

« On va descendre jusqu'aux Enfers ? murmura l'Apache.

— *Nein.* Enfers n'existent pas.

— Espérons que tu aies raison, tas de rouille. »

L'*Überspion* s'engouffra avant que la porte ne se refermât. Becquerel l'aperçut et jura :

« Nom de Dieu ! Qui êtes-vous ? Qu'êtes-vous donc ? »

Judicaël passa devant Hans :

« Je vous déconseille de vous enfuir ! Voici un des hommes-machines dont vous a parlé le Colonel tout à l'heure. Il est aussi celui qu'on appelle le Rémouleur et, comme vous et moi le savons, il ne tue pas d'enfants. Il n'enlève pas les orphelins de Saint-Malo.

— Un *Übermensch* ! Ici ? C'est impossible. »

Tétanisé, Jean Becquerel ne bougea pas quand Hans s'approcha de lui. L'*Überspion* ouvrit son vêtement, puis ses plaques de protection thoraciques pour que le scientifique pût apercevoir un tant soit peu sa mécanique. Le professeur observa longuement les deux longs tubes de verre blindé qui pouvaient contenir plusieurs litres de *blaue Energie*. Il en restait très peu, sans doute moins d'un dé à coudre.

« Un dérivé du méthylène ? Quel imbécile, ce Colonel qui croit tout savoir ! Les Allemands travaillent sur la même chose que nous… Ses hommes en ont trouvé sur le *Wall Stone Craft*. D'étranges armes aussi. » Becquerel releva la tête. « Que faites-vous ici ?

— Nous venons délivrer les enfants.

— Délivrer les… ? Vous n'y arriverez pas, c'est impossible, il y a des soldats partout. »

Judicaël attrapa le scientifique par la blouse.

« Avec votre aide, nous y arriverons. Il nous faut d'abord cette énergie bleue et les armes trouvées sur le *Wall Stone Craft*.

— La porte est gardée en permanence.

— Et les enfants ?

— Les enfants sont en bas, dans des pièces fermées à clef. Le professeur Skłodowska est restée pour surveiller leur santé. Il y a aussi un garde dans le couloir.

— Nous nous en débarrasserons. Ne vous en faites pas pour ça.

— Ne tuez personne, je vous en prie. »

Becquerel les conduisit jusqu'à la salle, gardée, où se trouvait le matériel saisi sur le bateau.

Hans dévissa du bout des doigts un boulon gros comme un œuf de pigeon, arma son bras. La pièce métallique fusa vers le garde qui s'était penché en avant pour s'allumer une cigarette et l'assomma.

Becquerel ronchonna : « Combien de fois faudra-t-il que je leur dise de ne pas fumer dans le complexe ; ils vont finir par tous nous tuer. »

Alors que Judicaël et Becquerel restaient cachés, Hans se dirigea vers le garde avachi.

« Je cherche une fille, chuchota l'Apache, elle s'appelle Mädchen, mais elle se fait parfois appeler Isabelle. C'est d'elle dont vous parliez avec le Colonel ?

— Oui, la petite Vosgienne. Elle est en bas, à l'infirmerie. Elle est très malade.

— Malade ?

— Elle va mourir, jeune homme. Vous m'en voyez sincèrement désolé. »

Mourir ? Oh, ça, je le permettrai pas.

Quand Hans réapparut, un dispositif menaçant était greffé sur sa main droite.

« Tu as pu faire le plein de *blaue Energie* ? » lui demanda Judicaël.

La machine secoua la tête.

« *Nicht* plein, mais assez pour ce soir.

— Très bien. Allons chercher les enfants. »

Alors qu'ils étaient presque arrivés aux dortoirs, situés largement sous le niveau du sol, Judicaël attrapa Becquerel à la gorge et le plaqua contre la cloison rivetée.

« Au fait, qu'est-ce que le *Marteau de Dieu* ?

— Je ne peux pas répondre à cette question.

— Alors, maintenant que nous sommes ici, je vais demander à Hans de vous briser la nuque.

— Vous ne feriez pas ça ! »

Judicaël le relâcha, se tourna vers l'*Überspion*.

« Hans, brise-lui la nuque, c'est de sa faute si tout le monde croit que tu es un tueur d'enfants, c'est de sa faute si Mädchen va mourir. »

La machine fit un pas en avant. Son visage figé n'avait même pas besoin d'être menaçant. Sa carrure suffisait.

« D'accord ! D'accord. Il s'agit d'une bombe d'un type nouveau. Elle explose en détruisant tout sur un rayon de mille deux cents mètres, mais ce n'est rien encore… Elle tue toute forme de vie dans un rayon de vingt à trente kilomètres. Marie… le professeur Skłodowska… c'est elle qui l'a surnommé le *Marteau de Dieu*. C'est plutôt la faux du diable.

— Et les enfants ?

— Ils sont prisonniers ici, une main-d'œuvre qui ne dira rien. Des ouvriers qui ne parlent pas aux gens avec qui ils boivent. Ni à leur femme ni à leurs enfants et qui ignorent le sens réel des gestes qu'ils accomplissent jour après jour. On avait cru à un autre avantage : on supposait qu'en cas d'accident ils régénéreraient totalement leurs cellules détruites par le rayonnement.

— Le rayonnement ?

— C'est dur à expliquer… parfois il y a de petites fuites nocives. Ce ne sont pas des fuites de gaz, mais des fuites de rayons. Comme les rayons du soleil, mais beaucoup, beaucoup plus dangereux. Nous nous sommes trompés. Nous l'avons dit au Colonel, nous travaillons sur des protections, mais il a refusé de prendre en compte le problème. C'est là que j'ai compris que ces enfants ne sortiront jamais d'ici vivants, ou alors en tant que soldats.

— Des orphelins qu'on peut sacrifier sur l'autel du progrès, ou celui de la défense nationale, c'est tellement facile. Des ponctions de population presque invisibles au lendemain de la guerre. Personne ne les pleurera. Tout le monde a déjà oublié qu'ils existaient.

— C'est ainsi que pensent les gens qui nous gouvernent. Mais vous m'avez espionné tout à l'heure, vous m'avez vu protester…

— Allons-y », se contenta de répondre l'Apache.

Le professeur Becquerel ouvrit la porte avec son trousseau.

« Je m'occupe du garde, annonça-t-il.

— Non. J'ai pas confiance, riposta Judicaël. Décrivez-nous les lieux…

— On va arriver dans un croisement en T, directement en face de la chaise et de la table qui servent de poste au garde en faction. À droite, se trouvent toutes les parties expérimentales : laboratoires de recherches, les cuves, les réservoirs, les cloches sous vide, les salles plombées. À gauche, se trouvent les dortoirs et l'infirmerie…

— Combien d'enfants ?

— Quarante, environ. Peut-être moins, nous avons eu des décès ces dernières semaines. »

Judicaël s'accroupit devant la porte blindée. Il regarda par le trou de la serrure.

« Il a dit vrai pour le garde, il est à dix mètres environ. Il me montre en partie son dos, si bien que je crois qu'il somnole.

— Je vais faire, annonça Hans en montrant son arme.

— Ne le tuez pas, supplia Becquerel.

— Arme *Überspion nicht* mortelle. »

Hans pénétra dans le couloir, arme en avant. Il actionna quelque chose, sans doute, car le soldat fut projeté en arrière contre le mur et glissa au sol, inconscient. Judicaël se précipita sur le fusil du garde, mais l'*Überspion* fit non de la tête et, de la main gauche, tordit le canon du Lebel réglementaire comme il l'aurait fait d'une branche souple.

« Allons voir Marie, annonça le professeur Becquerel. Nous aurons besoin d'elle. »

La vieille dame dormait, avachie sur son bureau, le nez dans un paquet de notes. Le professeur Becquerel la réveilla doucement.

« Marie ? Marie ? »

La scientifique, qui portait une grande blouse blanche au-dessus de ses vêtements gris, prononça quelques mots en…

Polonais ? se demanda Judicaël.

Elle ramassa ses lunettes du bout des doigts et sursauta en apercevant l'Apache et le Rémouleur.

« Qui êtes-vous ?

— Je m'appelle Judicaël Laënnec, et voici mon ami l'*Überspion* Hans, aussi surnommé le Rémouleur. »

Marie Skłodowska se leva, s'humecta les lèvres. Elle s'approcha de la créature mécanique en marmonnant quelque chose du genre : « Le Colonel avait raison. Incroyable. »

Elle caressa le visage de l'*Überspion*. Évidemment, elle ne pouvait trouver cette peau que rigide et froide — grossière.

« Je savais que c'était possible, mais ils ont tant d'avance, ils ont cherché dans des directions différentes, nombreuses. C'est incroyable… Prodigieux. Lang était un pur génie. Que faites-vous ici ?

— Nous sommes là pour délivrer les enfants. Dont une jeune fille qui se prénomme Mädchen.

— La récidiviste ? Elle dort à l'infirmerie. Trois autres enfants se trouvent avec elle, le plus grand nombre dort dans les dortoirs.

— La récidiviste ?

— Elle est la première arrivée ici. Elle a réussi à s'enfuir une fois, il y a quelques semaines, mais cette petite idiote a fini par aller se réfugier à l'hospice de nuit.

— Mais alors comment était-elle arrivée la première fois ?

— Elle est montée dans le mauvais train, gare Montparnasse. Le train du Colonel. Sans papier d'identité, avec son accent alsacien, elle ne pouvait pas tomber plus mal.

— Où est l'infirmerie ?

— Je vous conduis. »

Judicaël suivit le professeur Skłodowska jusqu'à une grande pièce blanche aux murs extérieurs vitrés. Mädchen était étendue sur un lit, poignets et chevilles liés.

« Elle a reçu beaucoup de rayonnement, elle est très malade, annonça Marie. Nous l'avons attachée pour son bien-être. Elle a tenté plusieurs fois d'échapper aux injections de médicaments…

— Ce n'est pas grave. Maintenant, je suis là.

— Tu ne comprends pas, petit… Elle ne guérira pas, il n'y a aucune chance.

— L'amour se joue de tout. C'est ce qu'on dit, non ? Si nécessaire, je finirai par croire en l'amour. Mais on n'y est pas encore. N'est-ce pas ? » La vieille scientifique lui sourit, un sourire triste, résigné. « Il y a bien un moyen de la soigner ? À Paris, peut-être.

— On ne peut pas, jeune homme, personne ne le peut. Ni à Paris ni ailleurs. Nous la soulageons, c'est ce que nous pouvons faire de mieux.

— Je refuse d'entendre ça, m'dame. Il y a toujours quelqu'un, quelque part.

— Alors cherche-le et trouve-le. Mais fais vite, elle ne tiendra plus très longtemps, quelques jours, quelques semaines peut-être, si elle trouve une bonne raison de vivre jusque-là. »

Hans ouvrit la porte et Judicaël se rua vers Mädchen. Il la réveilla en lui libérant les poignets, puis les chevilles. Il la prit dans ses bras. Elle ne pesait rien dans ses bras secs, extrêmement musclés.

« Judicaël ?

— Oui.

— J'ai tellement espéré que tu viennes me délivrer. Je rêve ?

— Non. On s'en va. Ce n'est pas un rêve. »

Il lui embrassa le front, l'aida à s'asseoir sur le lit.

Marie réveilla les quatre autres enfants couchés dans l'infirmerie. Des garçons d'une dizaine d'années.

« Allez, les enfants, habillez-vous avec des vêtements chauds, nous allons tous nous promener. » Elle se tourna vers Judicaël. « Ceux de l'infirmerie sont trop faibles, il faudra les porter ou les aider. Et je n'y arriverai pas, j'ai moi aussi le mal des rayonnements. Si on pouvait le soigner, le Colonel aurait déjà trouvé un moyen, pour moi, pour son si précieux *Marteau de Dieu*. »

Judicaël se tourna vers le professeur Becquerel.

« Nous voulons rejoindre l'écluse, amener les enfants côté Dinard, c'est ça le plan... Quel est le moyen le plus discret pour y arriver ?

— C'est un bon plan, le maire de Dinard abhorre le Colonel, précisa Becquerel. Utilisons un des tunnels plombés qui mènent au barrage. Mais il y a une patrouille, même à cette heure-ci : il faudra l'éviter ou la neutraliser. Le barrage fait sept cent cinquante mètres, mais la partie militaire surveillée ne fait que trois cent vingt mètres. Une fois arrivé à l'écluse, dans la partie civile, il n'y aura plus qu'à prévenir le maire, réveiller un journaliste de Dinard pour faire exploser l'affaire.

— Nos carrières seront anéanties, murmura Marie.

— Tu es mourante... Regarde ces enfants, lui dit doucement Becquerel. Nous avons déjà perdu le privilège de faire de telles recherches. C'est nous qui avons mis fin à notre carrière en acceptant tout ça.

— Nous n'avons pas eu le choix ! s'emporta la vieille scientifique.

— C'est faux, nous l'avons toujours eu. Mais nous nous sommes laissé aveugler par l'orgueil.»

Pendant que Judicaël, Hans et Marie rassemblaient et habillaient les enfants, Becquerel consulta le plan détaillé de l'usine.

«Il y a au moins cinq enfants à porter, et nous ne sommes que trois en comptant votre ami mécanique, dit Becquerel. Ça va nous obliger à faire deux voyages ou à se relayer.

— On va se relayer, répondit Judicaël. Nous n'aurons pas à porter Mädchen, car nous devons sortir du complexe sur cette berge.» Il se tourna vers Hans: «On maintient le plan initial?»

L'*Überspion* acquiesça. L'Apache se pencha sur Mädchen. «Tu es la plus âgée...

— Non, murmura-t-elle.

— Écoute-moi. Je vais accompagner ces enfants à Dinard, c'est à huit cents mètres, c'est rien. Tu vas rester ici avec le professeur Skłodowska. Cachée. Ça ne durera pas longtemps. Je serai de retour très vite et les autres enfants seront en sécurité.

— On va s'enfermer dans mon bureau, annonça la scientifique. À cette heure-ci, personne ne nous dérangera.»

Judicaël porta Mädchen jusqu'au bureau. S'y trouvait un lit de camp. Il allongea l'adolescente dessus.

«Je reviens, vite.

— Tu promets?» Il lui caressa le front et des cheveux clairs lui restèrent accrochés au bout des doigts. «Je les perds depuis hier, se mit à sangloter Mädchen. Je vais mourir, comme les autres.

— Non ! Je ne le permettrai pas. Tu m'entends : je ne le permettrai pas. Je reviens vite et on trouvera quelqu'un ou quelque chose pour te soigner. »

Judicaël posa un doigt sur les lèvres de Mädchen et l'embrassa une nouvelle fois sur le front. S'interdisant de se retourner ou de jeter un dernier coup d'œil à l'adolescente, il rejoignit le professeur Becquerel qui finissait de rassembler et d'habiller les enfants capables de marcher. Tous étaient habillés de la même façon, silencieux. Ils avaient entre sept et treize ans. Âgés de moins de dix ans dans leur grande majorité, ils semblaient pour la plupart terrorisés.

« Hans ? Tu ouvres la marche ? » demanda Judicaël à l'*Überspion*, alors que celui-ci vérifiait que sa sacoche contenait toute la dynamite qu'ils avaient emportée et le minuteur. « On a aussi besoin de toi pour porter un des malades.

— Mission. Prioritaire. Je dois tout brûler : notes, *Fabrik*. »

Judicaël réfléchit.

« D'accord, ça me paraît une bonne idée d'empêcher ce *Marteau de Dieu* de voir le jour. »

Becquerel s'interposa.

« Je comprends votre colère, mais vous allez trop loin, jeune homme. C'est un crime de haute trahison. Passible de la peine de mort. Par ailleurs, faire sauter ce laboratoire pourrait avoir des effets catastrophiques, provoquer une réaction en chaîne dont nous ignorons toutes les conséquences. Ça pourrait tous nous tuer.

— Un crime de haute trahison passible de la peine de mort ? Et ce que vous avez fait à ces enfants, c'est passible de quelle peine ?

— Laissez-moi vous montrer quelque chose », dit le professeur.

Becquerel disparut dans son bureau et revint avec une seringue métallique de petite taille, mais qui semblait peser vingt-cinq livres, au moins — il la tenait à deux mains, non sans effort apparent.

« Hans ?

— *Ja, Herr Professor ?*

— Pouvez-vous me montrer le point d'accès à votre réservoir d'énergie, celui qui est vide. »

Hans tira un tube semi-rigide de sa poitrine, en fit coulisser l'obturateur. Becquerel y enfonça l'extrémité de sa seringue et vida celle-ci dans le réservoir, dont le fond se colora d'un trait bleu.

« *Blaue Energie ?* s'étonna Hans.

— À vous de me le dire.

— Produit différent, mais même effet. Produit allemand plus concentré. »

Becquerel se tourna vers Judicaël.

« Vous avez entendu : produit allemand plus concentré. Leur avance en la matière est impressionnante. Jeune homme, voilà l'énergie à la source du *Marteau de Dieu*, on peut en faire des bombes, on peut en faire une incroyable source d'énergie, dangereuse certes, mais à une telle échelle de puissance, toute source d'énergie ne peut être que dangereuse. Détruisez le barrage si vous voulez, il leur faudra des années pour le reconstruire. Et le *Marteau de Dieu* ne pourra pas être conçu durant ce laps de temps. Par contre, laissez-nous, à Marie et moi, le temps de rassembler nos notes sur l'énergie bleue. Dans le cas contraire, vous pouvez être sûr d'une chose, il y aura une prochaine guerre, et l'Allemagne la gagnera. »

Judicaël se tourna vers Hans.

« On fait sortir les enfants en priorité, on s'occupe du barrage ensuite.

— Enfants pas prioritaires, répondit Hans.

— Faites sauter la chambre de pression, au centre du barrage, leur conseilla Becquerel, ça devrait le fragiliser suffisamment pour que retentisse l'alarme accident. Ça vous laissera le temps de fuir par les couloirs de maintenance, de récupérer Mädchen et de profiter de l'évacuation générale pour disparaître. »

Judicaël s'approcha de l'*Überspion*.

« *Freund ?* » demanda-t-il. La machine acquiesça. « Alors les enfants sont la priorité. Puis la chambre de pression du barrage.

— Judikel a donné un nom à Hans, Judikel a pris la place du *Doktor* Lang. Priorité : enfants. Priorité secondaire : sabotage chambre de pression, annonça Hans en tapotant son réservoir aux neuf dixièmes vide. Je peux avoir encore ?

— Bien sûr, lui dit Becquerel, tout ce que j'ai. »

Pendant que Becquerel remplissait le réservoir de l'*Überspion*, Judicaël donna ses consignes aux enfants, prit le temps de leur expliquer ce qu'ils allaient faire et pourquoi ils devaient rester calmes et silencieux quoi qu'il arrivât. Un des enfants refusa de partir, mais les autres le convainquirent de changer d'avis en quelques minutes.

Hans ouvrit la marche, un malade sur le dos. Derrière eux, Judicaël aidait les enfants en bonne santé à descendre dans le tunnel plombé qui faisait un mètre soixante de diamètre tout au plus et le long duquel couraient des gaines et des tuyaux qui gênaient la progression.

Arrivé au bout du tunnel, Hans posa l'enfant malade et monta dans le barrage grâce à une courte échelle métallique. Ce n'est qu'après d'interminables minutes qu'il revint en précisant que la voie était libre.

Un enfant malade sur le dos, Judicaël prit la tête du convoi silencieux. Becquerel et Hans fermaient la marche. Le groupe suivit la galerie principale en direction de Dinard, dépassa les corps inconscients de deux soldats et le corps brisé en accent circonflexe d'un chien-loup. Arrivé au bout du tunnel principal long de trois cents mètres, Judicaël ouvrit la porte blindée d'un des deux tunnels de maintenance qui reliaient le barrage à l'écluse. Tout le monde entra dans le tunnel. Hans ferma la porte blindée derrière lui et la troupe progressa sur trois cents mètres pour déboucher sur une salle qui donnait accès au mirador du barrage, à son chemin de ronde et à l'écluse.

Hans monta dans le mirador et redescendit deux minutes plus tard. Il se contenta de hocher la tête pour signifier que la voie était libre.

Judicaël ouvrit la porte blindée qui donnait sur la salle des machines de l'écluse et tomba nez à nez avec un ouvrier qui en perdit sa moitié de cigarette.

« Mais d'où tu sors, gamin, en plein milieu de la nuit ?

— Il y a plus de quarante enfants avec moi, quatre sont très malades, les prétendues victimes du Rémouleur. Il faut les mettre en lieu sûr, contacter le maire de Dinard et la presse locale. Aidez-les, je vous en supplie. »

Les gamins commencèrent à envahir les locaux de l'écluse.

« Ils étaient dans le barrage ? s'étonna l'ouvrier.

— Dans les sous-sols de l'usine.

— J'aurais dû m'en douter… Un jour, j'ai vu un gamin sauter du barrage ; plusieurs autres personnes ont assisté à la scène de ce côté-ci du barrage. Je me suis dit qu'il avait dû faire un pari ou une bêtise du même genre. Les soldats ont démarré une vedette et l'ont rattrapé. Je ne me suis pas posé plus de questions que ça, certain qu'ils allaient lui passer un savon et le ramener chez lui. L'histoire a tout juste fait le tour de Dinard avant de s'éteindre ; j'aurais dû comprendre que ce n'était pas un enfant du coin…

— Dépêchez-vous de les conduire chez monsieur le maire.

— J'vais demander à mon chef de l'appeler. On a un téléphone d'urgence, à l'écluse. Il faut aussi appeler le docteur et réveiller monsieur le curé, tous les gens un peu influents de cette ville. »

Judicaël dit au revoir aux enfants, au professeur Becquerel. « Je vous les confie, je n'ai pas de temps à perdre. » Puis il salua l'ouvrier. Il vérifia que plus aucun enfant n'était dans le tunnel et ferma l'accès pour rejoindre Hans déjà en route pour la chambre de pression.

Ils y descendirent par l'échelle de maintenance. La chambre de pression se présentait sous la forme d'une pièce sphérique à moitié incluse dans le tablier du barrage, l'autre moitié formant une excroissance hémisphérique côté Rance. La pièce était presque entièrement remplie de machines étranges hérissées d'échelles, de plateformes, de cadrans, de leviers.

« Mais à quoi tout ça peut bien servir ? » se demanda Judicaël à voix haute.

Il se tourna vers Hans, en quête d'une réponse, mais l'*Übermensch* était occupé à poser la dynamite à mi-hauteur de la sphère, côté Rance, juste sous le niveau du fleuve. Judicaël lui demanda si la charge suffirait à fissurer le coffrage en béton.

« Oui… Trois minutes ? demanda l'*Überspion* en réglant la minuterie.

— Plutôt cinq, non ? »

Judicaël n'avait pas fini sa phrase que l'alarme de sécurité se mit à retentir.

« Trois minutes ! annonça Hans. *Schnell !* Mädchen ! Passer tunnel. Je vous rejoins. »

Judicaël hésita, puis grimpa l'échelle de la chambre de pression à toute allure. Arrivé dans le tunnel principal du barrage, il vit que des soldats armés et des chiens venaient à sa rencontre. Il se mit à courir droit sur eux, la tête rentrée dans les épaules au cas où les militaires ouvriraient le feu et se laissa tomber dans le tunnel de maintenance, échappant de justesse aux morsures des molosses lancés contre lui. Il toucha le sol en se tordant la cheville droite et hurla de douleur. Au-dessus de lui les chiens excités refusaient de sauter et gênaient les soldats. Judicaël leur lança un dernier coup d'œil et boita en direction de Mädchen, aussi vite que le lui permirent sa cheville douloureuse et l'étroitesse des lieux.

Il entendit derrière lui, au-dessus, plusieurs coups de feu, des aboiements d'agonie.

Il accéléra le pas.

À bout de souffle, il sentit à peine la détonation de la dynamite, lointaine, étouffée par l'épaisseur du béton, les plaques de plomb. Il espéra que l'alarme d'évacuation allait se déclencher, mais le dispositif resta silencieux.

Merde, merde et merde !

Le plan est tombé à l'eau.

Pardonne-moi, Mädchen.

Le seul truc qu'il fallait que je réussisse vraiment dans ma vie ; voilà, je le rate.

Judicaël sortit du tunnel de maintenance aussi vite que possible et tomba sur Marie qui se trouvait à terre, rampant vers lui. Elle sanglotait.

Judicaël essaya de relever la scientifique, mais elle hurla et l'en empêcha.

« J'ai la hanche brisée… Le Colonel a pris Mädchen avec lui. Les autres enfants ?

— Ils sont en sécurité. Le professeur Becquerel s'en occupe. Tout Dinard doit être réveillé à l'heure qu'il est.

— Bien. »

Une nouvelle explosion ébranla le laboratoire.

La seconde alarme, l'alarme évacuation, se mit en marche.

« C'était la chambre de pression… Elle vient de céder. Tu dois partir, jeune homme. Je suis à l'abri ici, même si le barrage cède. Le personnel civil d'astreinte et les simples soldats vont monter dans le train de Paris, dans les camions. Seule l'escouade d'intervention accident restera. Il s'agit de six soldats préparés aux risques particuliers de ce genre de laboratoire de recherches.

— Je ne pars pas sans Mädchen.

— Et que peux-tu faire d'autre ?

— Aller la chercher.

— Le Colonel a dû l'enfermer quelque part. Elle va bientôt mourir. Elle sera mieux soignée ici que nulle part ailleurs.

— Ici, elle ne luttera pas. Avec moi, elle luttera et je trouverai quelque chose ou quelqu'un pour la sauver. »

Les yeux du professeur se remplirent de tristesse.

« Tu es jeune, mon garçon, tu ignores que le poison de l'espoir est bien plus nocif que celui qui coule dans ses veines. Tu vas la faire souffrir atrocement.

— Il y a dans ce monde des forces qui nous dépassent. L'espoir en fait partie. Elle aura le choix, à tout moment, de revenir ici, si c'est ce qu'elle veut. Adieu, madame.

— Change-toi, fais-toi passer pour un des enfants. Dans la confusion, ils… »

Judicaël acquiesça.

« Adieu et merci. Quand je l'aurai sauvée, je vous le ferai savoir. Elle était comme vous : perdue dans cet endroit qui ne lui convenait pas. »

Après s'être changé dans le dortoir, l'Apache remonta dans l'usine. L'alarme d'évacuation sonnait et le bâtiment semblait désert. Il passa à côté de la cachette où se trouvaient son pantalon blanc, sa blouse, son masque et son calot, tous trempés. Le visage protégé par l'équerre de son bras gauche, il sortit de l'usine côté gare ferroviaire. La tempête n'avait pas perdu en intensité. Il entendit le train siffler, sans doute prêt à quitter la gare en marche arrière et l'imagina rempli de soldats, de personnel civil dans l'expectative, confus, indécis, inquiet. Il eut envie de courir vers le dépôt de marchandises et se ravisa : Mädchen était avec le Colonel et il y avait peu de chances qu'il fût dans le train. Il n'était probablement pas du genre à évacuer sa précieuse base. Un capitaine n'abandonne son navire qu'une fois tous ses hommes à l'abri.

Plusieurs secousses sourdes emplirent l'air. Le barrage cédait. Contrairement à ce qu'avait imaginé Judicaël, l'édifice ne s'était pas rompu d'un seul coup après la première explosion. Son centre s'effritait pan par pan. On entendait les fers couiner, les blocs de béton se décrocher, tomber, rouler, se fracasser, l'eau jaillir avec la puissance d'une cascade. Le vacarme donnait l'impression de monter jusqu'à la brume de guerre, puis d'y rebondir en direction du sol, le ciel hors de sa portée.

Comme suspendu dans la tempête de neige, le spectacle lointain se résumait à quelques mouvements à peine discernables, flous.

Entendant un véhicule démarrer, des cris, des ordres, Judicaël commença à faire le tour de l'usine en longeant la berge de la Rance. Sur la grande esplanade centrale du complexe militaire, une automitrailleuse attendait, dos à l'entrée, garée en direction du barrage. Quelqu'un à l'intérieur actionnait les essuie-glaces.

Autour du véhicule, une demi-douzaine de soldats en combinaison blanche, au visage couvert d'un masque à gaz, surveillaient les alentours, fusil épaulé.

Hans, où es-tu ? C'est maintenant que j'ai besoin de toi.

Judicaël s'approcha du véhicule. Il plissa les yeux et distingua deux silhouettes. Il s'approcha encore et un soldat le repéra.

« Eh, toi le gamin, viens par ici ! »

Tous les soldats baissèrent leur fusil.

Judicaël leva les mains et marcha dans leur direction, visage baissé.

« Tu es tout seul ? demanda le soldat. Tu n'es pas avec les autres. »

Judicaël s'arrêta à quelques mètres des soldats.

« Les autres ? s'étonna l'Apache. Ils sont passés de l'autre côté… »

La portière conducteur de l'automitrailleuse s'ouvrit et aussitôt Judicaël se tut. Prisonnier d'une bulle noire de temps — suspendue, dense et douloureuse —, son cœur s'arrêta. Une seconde de haine pure, parfaite. De peur, tout aussi pure et parfaite.

Descendu de son véhicule, le Colonel porta la main à l'étui de sa ceinture et sortit son pistolet.

Le cœur de Judicaël redémarra et il inspira un grand coup pour ne pas perdre connaissance.

« Tu ne fais pas partie des orphelins que nous ont amenés les sœurs. Qui es-tu, sale morveux ?

— Sale morveux ? »

Judicaël fit trois pas en avant, en direction du Colonel, et distingua Mädchen dans l'automitrailleuse. Elle avait été menottée au volant.

« Je suis l'Apache, celui que tout Saint-Malo recherche. Les enfants emmenés à Dinard, c'est moi. Le barrage, foutu en son milieu, cédant sous les coups de reins de la Rance, c'est encore moi.

— Tais-toi, vaurien.

— Si vous voulez que je me taise, va falloir me tirer dessus devant vos hommes. Vous allez me tirer dessus, Moncolonel, avec votre pistolet américain ? C'est un colt 1906, calibre .45, un soldat américain m'en a montré un, un jour. Vous allez tirer sur un civil désarmé, Moncolonel ? Sur un gamin ?

— Tu n'es qu'un anarchiste manipulé par l'Allemagne, personne ne te regrettera. La France en a déjà vu et en verra d'autres. J'aurai une médaille de plus pour t'avoir tué. Becquerel t'a aidé ; il sera fusillé pour crime de haute trahison. Où sont tes autres complices. Combien sont-ils ?

— J'étais tout seul. J'ai fait ça tout seul, annonça Judicaël.

— Absurde ! »

Comme l'Apache fixait Mädchen, il vit par la même occasion celui qui venait de s'asseoir à côté de la jeune fille dans l'automitrailleuse. Il recula de plusieurs pas en montrant ses mains aux soldats.

« Regardez, je ne suis pas armé. Faut être un grand chef, faut avoir du courage pour tirer sur un vaurien qui n'est pas armé, vous ne croyez pas ? La vérité, Moncolonel, c'est que sans les Américains, venus nous prêter main-forte contre le Kaiser, aujourd'hui vous seriez instituteur en Normandie, province d'Allemagne, trop content de pouvoir cogner les doigts de vos élèves à coups de règle. »

Une vitesse craqua et l'automitrailleuse bondit en avant. Les soldats habillés en combinaison blanche, le visage occulté par leur masque à gaz, se dispersèrent pour éviter d'être sur la trajectoire du véhicule. Le Colonel, pistolet à la main, se retourna et ouvrit le feu sept fois sur le blindé. Il pressa la détente une huitième fois, mais son arme était vide. Hans, au volant, actionna plusieurs fois l'avertisseur sonore. Le véhicule au pare-brise étoilé freina brusquement dans la neige, dérapa et d'un coup de cul avala tout rond la haute silhouette du Colonel.

Judicaël contourna l'automitrailleuse qui finissait sa glissade et se hissa dans la cabine. Il se cala entre la portière passager et Mädchen, puisque celle-ci avait toujours le poignet gauche menotté au volant. Gêné par la menotte qui l'empêchait de faire tourner le volant, et par conséquent de manœuvrer l'automitrailleuse jusqu'au portail grand ouvert, Hans ouvrit le disgracieux bracelet d'acier en utilisant les deux mains. Des balles sifflèrent contre le blindage du véhicule. L'*Überspion* passa une vitesse et prit la direction de la sortie.

« C'est pas pour dire : mais j'ai failli t'attendre, Hans.

— Remonter barrage jusqu'au bout. Neutraliser sentinelles. Casser chiens en deux. Sabotage véhicules restés garage. Tout ça prendre beaucoup temps.

— On largue l'automitrailleuse dans le bassin Vauban et on retourne à la planque. Demain, à l'heure de la sortie des usines, il faudra que je passe au Jaurès récupérer les histoires du Papé et on pourra alors s'en aller.

— Et ensuite ?

— Guernesey-sud ! Ce n'est qu'à quatre heures

de bateau. Si vraiment il y a là-bas la plus grande bibliothèque du monde, on pourra alors peut-être trouver un livre, une piste pour soigner Mädchen. »

Judicaël se tourna vers la jeune fille.

« Tu vas tenir le coup ? »

Elle lui fit signe que oui et se blottit contre lui.

« Hans ! appela l'Apache. Qu'est-ce que tu lui as mis au Colonel ! Impressionnant !

— Hans pas vouloir. Klaxon. Vraiment désolé.

— Faut pas. Il allait me tirer dessus. Je crois bien que cette ordure en uniforme allait me tirer dessus. Tu te rends compte, il allait tuer un gamin innocent.

— Judikel *nicht* innocent.

— Tu joues sur les mots. C'est de la désinformation. Je suis le gendre parfait. Beau, riche, célèbre, docile.

— Tu pues comme un trou de chiottes, murmura Mädchen.

— Promis, mademoiselle, la prochaine fois je me laverai et je me brosserai les dents avant de vous sauver la vie.

— C'est Hans qui m'a sauvé la vie.

— C'est ça les femmes, elles aiment le mauvais garçon et épousent le soldat en uniforme. »

Mädchen sourit.

« Et dans les bras du soldat, elles regrettent le mauvais garçon qui pourtant leur aurait rendu la vie impossible. »

Judicaël fouilla les différents rangements du blindé.

« Je m'enverrais bien un coup de calva. Il aurait pas pu planquer une bouteille de gnôle dans son corbillard, l'autre paire d'échasses… Des cartes, une boussole, des caisses de munitions… ça sert à quoi dans une automitrailleuse ?

— On a réussi, Judicaël ? demanda Mädchen, les yeux perdus dans la tempête de neige.

— Pas encore, mais jusqu'ici tout s'est à peu près déroulé comme prévu.

— Il est large comme le cul d'une maquerelle ton "à peu près".

— Mädchen !

— Ben quoi ? Je parle comme toi, si je veux. »

8

De Saint-Malo à Guernesey, lundi 23 janvier 1922

Malgré les intempéries et l'épaisse couche de neige qui recouvrait la région et semblait la soulever au contact de la brume de guerre, des bruits commencèrent à courir dans Saint-Malo, sur les docks et les chantiers, juste avant l'ouverture des usines. Entre cinq et sept heures du matin, à mesure que la rumeur en provenance de Dinard enflait, les rues enneigées se transformèrent en un labyrinthe de boue noire dans laquelle s'amoncelaient et peinaient hommes, véhicules et bêtes. Juste après sept heures trente, installés aux carrefours, devant les usines et les boulangeries, des gamins aux doigts noirs d'encre fraîche se mirent à vendre une édition spéciale de *La Liberté de l'Ouest*, truffée de coquilles et d'erreurs de maquette, qui relatait sur huit pages la destruction partielle de la base militaire de la Rance, la libération de quarante-trois enfants du site militaire — certains très malades —, la mort du Colonel (écrasé par une automitrailleuse tombée aux mains de l'ennemi) et les enlèvements d'orphelins par les bonnes sœurs de l'hospice de nuit de Saint-Malo. Sans oublier un article sur la présence dans la région d'un contingent de saboteurs allemands, insaisissable, article au ton volontiers sinistre qui se terminait par la phrase : « Pouvons-nous encore échapper à cette nouvelle guerre qui se profile à l'horizon ? »

Juste après, vers huit heures, alors que de nombreuses personnes avaient été arrêtées par la gendarmerie au motif qu'elles troublaient l'ordre public, des dizaines de foyers d'insurrection embrasèrent Saint-Malo. Les ouvriers cessèrent le travail, certains spontanément, d'autres poussés par les syndicats. Armés de manches de pioches, de fourches, de poings américains, de chaînes de vélo, ils dressèrent des barricades aux trois principaux accès de la zone industrielle.

Bien que conscients de la gravité de leurs actes, quelques soldats et gendarmes se débarrassèrent de leur uniforme et se joignirent aux grévistes. Une grève générale d'une semaine fut votée avant dix heures.

Aux alentours de midi, de jeunes anarchistes au visage couvert d'un foulard rouge mirent le feu à l'hospice de nuit, non sans l'avoir au préalable vidé de ses occupants. Alors que les incendiaires tentaient de s'enfuir dans les rues boueuses, les gendarmes ouvrirent le feu, faisant plusieurs morts, dont des badauds et une vieille dame à sa fenêtre, fauchée par un ricochet.

En moins de cinq heures, Saint-Malo, aux toits enneigés, noir de boue, rouge de sang, avait sombré dans le chaos et semblait suspendu aux lèvres d'une guerre civile prête à l'engloutir d'une bouchée.

Une seconde édition de *La Liberté de l'Ouest*, qui reprenait quasiment tous les textes de la première, mais les illustrait de quelques photos (les enfants avec le maire de Dinard, le barrage éventré en son centre) tomba en rupture une demi-heure après sa mise en vente, en tout début d'après-midi.

Emmitouflé dans son manteau, le haut du visage dans l'ombre de son béret, le menton et la bouche recouverts par son col, Judicaël passa sans mal une des barricades du port. De l'autre côté du bassin Vauban, un assaut de gendarmerie venait d'être repoussé par plusieurs centaines de grévistes et chaque camp s'occupait maintenant de ses blessés.

L'Apache avait laissé Mädchen, épuisée, et Hans dans la planque du Sillon, non sans promettre de revenir le plus tôt possible.

Sur le chemin du Jaurès, il entendit des grévistes plaisanter autour d'un brasero : « Moncolonel fait maintenant trois mètres au lieu de deux. » À sa grande surprise, cette blague ne le fit pas rire. Sans doute parce qu'il avait plus ou moins vu ce qui restait du Colonel : une longue trace rouge et noir dans la neige. Sang répandu et uniforme déchiré.

Malgré le froid pinçant, la porte du Jaurès était grande ouverte, bloquée par des grévistes qui, un verre à la main, discutaient des événements de la veille, de l'insurrection en cours. Des syndicalistes et des anarchistes essayaient de pousser ces travailleurs à des actions encore plus violentes que celles votées en milieu de matinée et parlaient même d'une possible Seconde Révolution française. Certains ouvriers répliquaient alors en gallo qu'ils préféreraient une Première Révolution bretonne. Un homme allongé sur deux tables, blessé à la jambe, geignait doucement et levait la main de temps en temps comme s'il saisissait un verre invisible et le levait à la santé de ses camarades. Les hommes criaient, les rares femmes présentes couinaient, grondaient, et personne ne semblait vraiment discuter.

Le patron du bar rendit sa sacoche à Judicaël et le tira à l'écart.

« Sacré feu d'artifice, cette nuit. T'as mis toute la région à feu et à sang. Je me suis caché jusqu'à ce que la grève soit votée. Pour le moment, je suis en sécurité ici, mais quand ils feront le lien avec la camionnette de mon beau-frère, je vais finir devant onze fusils, les yeux bandés.

— Je suis sûr que cent clients t'ont vu hier au soir.

— Un dimanche soir ? Je suis fermé. Ça va être dur à faire avaler. Et puis les soldats m'ont bien vu. En fait, plus cette foire dure, plus j'ai de chances de m'en tirer. Paris va vouloir étouffer ça et vite ; ça sera réglé d'un bon coup de sabre, pas par une enquête minutieuse. Faut que tu disparaisses, le plus tôt sera le mieux : l'armée contrôle toutes les routes, surveille tous les ports. Les gardes-côtes sont en alerte. Paris a décidé de boucler toute la haute Bretagne.

— Ça en fait des routes et des ports à surveiller, avec la démobilisation qui est passée par là, sans oublier cette neige collante, noire de brume de guerre.

— Des renforts sont arrivés de Rennes vers midi. D'autres viennent de Vincennes, Compiègne,

Marcoussis, et ne devraient plus tarder. Ils seront là cette nuit, au plus tard, acheminés par trains spéciaux. »

Jacques alla parler à l'oreille d'un homme au visage rougi par l'alcool, puis le conduisit dans la cuisine en invitant Judicaël à les accompagner.

« Voici Yann Le Hénaff, un de mes meilleurs clients. C'est un typo, mais il a hérité du bateau de pêche de son frère, tué pendant le siège de Laon. Le chalutier est à l'ancre, au nord du Sillon. Il ne s'en sert que le dimanche.

— Il est pas en grande forme, mais il flotte, précisa Le Hénaff. Son moteur tourne comme une patate, mais il tourne. Si tu paies la fouaille, je t'amène où tu veux. Je peux le mettre hors vue du Fort national sans la lumière, j'ai l'habitude de le manœuvrer avant le lever du soleil, et je sais où traînent les gardes-côtes. »

Ils déplièrent un horaire des marées.

« Marée haute vers neuf heures vingt, ce soir.

— Parfait. Il sera décollé du fond bien avant le pic de marée. »

Judicaël sortit une partie de l'argent qu'il avait volé au gros Mimile et donna la liasse au Hénaff.

« Y a assez ?

— Si tu veux aller en Amérique, ça va être juste. Pour les autres destinations où on parle anglais, y a ce qui faut. »

Ils convinrent d'un point de rendez-vous à neuf heures, le soir même, au bout du Sillon, route de Rothéneuf.

Malgré la mer agitée, Hans fit passer Mädchen

de la barque au petit bateau diesel sans difficulté. Le Hénaff récupéra la jeune fille comme si elle ne pesait rien et l'allongea dans la minuscule cabine du chalutier compact, avant de lui donner une bonne couverture. Judicaël et Hans hissèrent la petite barque en lieu et place du chalut, puis levèrent l'ancre.

« C'est quoi ce machin ? demanda Le Hénaff en observant l'*Überspion* éclairé par la seule lumière de la lune.

— Une gueule cassée.

— Y a pas que la gueule qui a été cassée. Je l'aurais croisé seul dans la rue, mon cœur me serait tombé dans la poche de pantalon. C'est ça qu'ils surnomment le Rémouleur. »

Judicaël tapota l'épaule de l'ouvrier.

« Il a un nom ; il s'appelle Hans. T'inquiète pas et mets le cap sur Guernesey, Saint-Pierre-Port.

— Saint-Pierre-Port ? Entre le rachat du sud de l'île pour en faire la plus grande bibliothèque du monde et la brume de guerre, y a plus rien là-bas.

— T'en sais long sur Guernesey.

— J'suis typo, je travaille dans une imprimerie ; on en a fait des tonnes de bouquins pour le vieux fou de la Bibliothèque de Guernesey. Sauvegarde de matériel manuscrit, de Mémoires, etc. Il doit avoir pas loin de cent ans le proprio, s'il est toujours vivant. Ça fait un moment que personne l'a vu.

— La guerre est finie, écrivains et chercheurs devraient pouvoir bientôt y revenir, non ?

— Sais pas... En tout cas, je vous laisse pas à Saint-Pierre-Port... Il y a des baies discrètes un peu plus au nord, avant le mur qu'ont construit les Anglais. On raconte des choses…

— Quelles choses ?

— La routine bretonne : fantômes, lutins, ogres. Certains disent même que l'Ankou a quitté la basse Bretagne pour Guernesey. »

Le Hénaff fit démarrer le moteur du chalutier et Hans le lui fit arrêter tout de suite.

« Outils ? » demanda-t-il.

Le Hénaff grogna « j'suis typo pas diéséliste » et lui montra la boîte à outils.

« Hans, dépêche-toi. On a la marée avec nous.

— Hans se dépêche. Temps gagné sur trajet. Estimation une heure et vingt minutes », répondit l'*Überspion*.

Pendant qu'Hans travaillait sur le moteur, Judicaël et Le Hénaff parlèrent de Guernesey.

« Tu y es déjà allé ?

— Avant guerre, je m'étais porté volontaire pour faire une petite livraison pour la Bibliothèque. Saint-Pierre-Port était alors quasiment désert. Des écrivains et des chercheurs dormaient à l'hôtel Valjean, ancien Victoria Hotel, le palace du front de mer. Les autres bâtiments étaient déserts ou transformés en bibliothèques spécialisées. Il devait y avoir moins de cent personnes sur la partie sud de l'île et la navette pour Jersey, via Saint-Sampson, ne passait qu'une fois par semaine, le samedi en fin de matinée. »

Après avoir travaillé une vingtaine de minutes sur le moteur, Hans donna l'ordre de démarrer. L'engin démarra du premier coup, tournant nettement mieux.

« Marche mieux, consomme moins, fait moins de

bruit », se contenta de dire Hans en remontant dans la cabine de pilotage avec la caisse à outils qu'il rangea à sa place.

« Elle serait pas allemande, ta gueule cassée ? demanda Le Hénaff.

— Oui, et alors ? répondit Judicaël. On est en paix avec l'Allemagne, non ?

— Oh là là, dans quelle merde je me suis fourré, murmura Le Hénaff.

— Plus vite on sera à Guernesey, plus vite tu en seras sorti, de cette merde, comme tu dis. »

Ils mirent cap vers le nord, sans jamais trop s'éloigner de la côte et de ses lumières. Par conséquent, les vagues les prenaient par le travers.

« Lumière, dit Hans. Là », précisa-t-il en montrant une direction du doigt.

Le Hénaff coupa le moteur du bateau.

« Des gardes-côtes, ou les fusiliers marins... Espérons qu'ils ne nous voient pas.

— On est où là ?

— On a passé la pointe de la Varde.

— 1°58' ouest, 48°41' nord, annonça Hans.

— Comment il sait ça ? demanda Le Hénaff.

— Ils ont rafistolé sa caboche d'Allemand avec un sextant corsaire », plaisanta Judicaël.

Toute la nuit, ils voguèrent sans feux vers Guernesey, à une vitesse faible et abrutissante, obligés à plusieurs reprises de s'arrêter pour échapper aux gardes-côtes ou à la marine nationale dont les manœuvres étaient d'une densité exceptionnelle.

Peu avant l'aube, ils arrivèrent en vue de Saint-

Pierre-Port. La ville était sans lumière, fantôme. Des bateaux avaient été sabordés à l'entrée et à la sortie du port. De grandes bouées jaunes signalaient leur présence. L'ancien Guernesey Yacht Club, fréquenté par la grande noblesse britannique et les banquiers de Londres, était condamné de la même façon.

« T'as vu, Judicaël, il y a deux enfants là-bas », annonça Mädchen, visiblement ravie par cette vision.

L'Apache suivit le regard de la jeune fille. À la racine de la jetée nord du Yacht Club, deux enfants observaient l'approche du chalutier, partageant le même vélo. Celui assis sur le cadre, juste devant la selle, avait un pied calé sur une pédale, l'autre à terre ; son compagnon, lui aussi assis sur le cadre, tenait le guidon.

« Ça... *nicht* enfants, annonça Hans, enfants *nicht* oreilles longues vingt centimètres. »

Les créatures firent demi-tour sur leur vélo et disparurent dans les rues désertes de Saint-Pierre-Port. Dans leur sillage, des dizaines et des dizaines d'oiseaux de mer s'envolèrent et leurs cris remplirent le ciel gris avant de rebondir contre la brume de guerre.

Un jour ce couvercle se brisera, et je serai là pour voir ça, pensa Judicaël en serrant Mädchen contre lui.

DEUXIÈME PARTIE

GUERNESEY

« J'habite au bord de la mer une maison bâtie il y a soixante ans par un corsaire anglais et appelée Hauteville House. Moi, représentant du peuple et soldat proscrit de la République française, je paye tous les ans le droit de poulage à la reine d'Angleterre, dame des îles de la Manche, comme duchesse de Normandie et ma suzeraine féodale. Voilà un des bizarres effets de l'exil. »

VICTOR HUGO
Lettre à Octave Lacroix
le 30 juin 1862.

1

Kerry, dimanche 12 mars 1922

Une heure avant l'aube, Patrick Dolan quitta la bergerie à moitié en ruine que son patron, le bon et taciturne Cormac O'Hara, lui louait à un prix défiant toute concurrence, directement prélevé sur sa paie hebdomadaire. Sa sacoche lestée d'une bouteille de bière, d'un quart de jambon cuit et d'un bout de pain de la veille, il enfourcha sa bicyclette en direction de Kenmare, mais au lieu de tourner à droite à l'entrée du village, comme il en avait l'habitude chaque jour travaillé, il continua tout droit vers Killarney.

Ce dimanche-là, il faisait froid. Un vent d'ouest coupant sévissait. Les nuages glissaient sur le Kerry, mais sans donner de pluie.

Juste après son arrivée dans la région, en avril de l'année passée, Patrick Dolan avait trouvé du travail à Kenmare, dans le petit magasin de cycles du port, où il passait sa journée à réparer des chambres à air, dévoiler des roues, redresser des fourches ou changer des pédales cassées. Le travail, sans grande difficulté, lui plaisait. Il était souvent en rapport avec des jeunes filles qui avaient besoin d'un vélo pour aller voir des parents ou se rendre dans une des nombreuses propriétés de *gentlemen farmers* de la région, où elles officiaient le plus souvent comme lingères, femmes de ménage ou cuisinières. Quant à Cormac O'Hara, il passait le plus clair de la journée dans son bureau, où il tenait sa comptabilité (empâtée par de nombreuses ventes à crédit), consultait les catalogues des fournisseurs et lisait des revues de mécanique. Il n'en sortait guère que pour aider Patrick chaque fois que celui-ci séchait sur un problème quelconque.

Quelques jours après son embauche, le jeune Dolan avait écrit à son oncle Sean pour lui donner sa nouvelle adresse (en fait, celle du magasin de cycles) et quelques informations banales, afin de lui faire comprendre que tout allait bien.

Si Michael Collins veut me contacter, oncle Sean lui dira où je me trouve et l'I.R.A. me joindra sans mal.

Dès le mois de mai 1921, Patrick avait commencé à explorer la forêt de Killarney, la plus vieille forêt d'Irlande, d'une rare luxuriance grâce à l'influence du Gulf Stream.

Et c'est par un beau jour de juillet qu'il avait trouvé l'Arbre.

L'Arbre.

Un vieux charme commun à l'écorce musculeuse, veinée, mais qui possédait davantage la silhouette d'un chêne millénaire que celle d'un *carpinus betulus* — appellation latine due aux mots celtes *car*, le bois, et *pen*, la tête. Pour le paysan irlandais, le charme est un « arbre à têtes », car c'est avec son bois dense, à toute épreuve, qu'il fabriquera les jougs de ses bêtes de somme (on raconte aussi que c'est au pied de grands charmes que certains druides déposaient les têtes tranchées qu'ils offraient à leurs dieux : Dagda, Lug, Nuada, Ogme, Goibniu, Credne, Luchta...).

L'Arbre était magique, Patrick en avait acquis la certitude le jour où il l'avait découvert. On ne le trouvait jamais deux fois au même endroit, il ne possédait aucune branche morte, aucune feuille malade, et ses blessures guérissaient totalement d'une semaine sur l'autre. Un jour, non sans en ressentir une honte profonde, Patrick avait gravé son nom dans l'écorce de l'Arbre avec un couteau — de grandes lettres ; le dimanche suivant toute trace de cette mutilation avait disparu.

Le jeune homme savait qu'il ne se comportait pas bien : Michael Collins lui avait demandé d'explorer la forêt de Killarney et, plutôt que d'obéir, il cherchait l'Arbre, chaque dimanche de l'année, qu'il pleuve, qu'il neige ou qu'il vente.

Ce dimanche-là, il trouva le vieux charme vers midi, mais ne put rester longtemps car des dizaines de soldats anglais patrouillaient à proximité en produisant un incroyable raffut. Ce n'était pas la première fois qu'il les voyait en forêt. À plusieurs reprises, il s'était caché pour les écouter et n'avait compris qu'une chose : ils cherchaient une porte, un portail, un passage, des pierres dressées, une source d'énergie. Ils cherchaient quelque chose, mais ignoraient quoi exactement. Un héros de la Grande Guerre, le field-marshal French, commandait les deux mille soldats installés dans la région. Il lui arrivait de mener les opérations en forêt et, chaque fois qu'il le faisait, un civil d'une soixantaine d'années l'accompagnait, un traître irlandais, au visage long, à l'abondante chevelure blanche. Un jour Patrick avait entendu son prénom : William.

Vers deux heures de l'après-midi, content d'avoir vu le grand charme, d'avoir pu caresser son écorce musculeuse et veinée, le jeune homme enfourcha sa bicyclette et retourna chez lui.

Quand Michael Collins vint le voir, deux jours plus tard, au beau milieu de la nuit, déguisé en *tinker* pouilleux, Patrick lui parla de la forêt de Killarney, de cette porte, ce portail, ces pierres dressées, cette source d'énergie que cherchaient les soldats anglais ; il parla du traître, William, le décrivit ; mais à aucun moment il ne mentionna l'Arbre, trop désireux d'être l'unique dépositaire de ce secret, honteux à l'idée de parler d'un arbre « magique ».

En entendant ce prénom, William, puis la description de l'homme, Collins se raidit. Il fouilla dans ses affaires et sortit une photo de mauvaise qualité, découpée dans un journal.

« Est-ce lui ?

— Ses cheveux ont blanchi depuis que cette photo a été prise, mais oui, c'est lui. Je reconnais ses lunettes, qu'il porte avec un cordon. »

Le colonel de l'I.R.A. en parut choqué, mais il se ressaisit vite.

« Qui est-ce ? demanda Patrick.

— C'est notre grand poète William Butler

Yeats. Un personnage étrange qui fut grand maître de l'Hermetic Golden Dawn de 1901 à 1903.

— Yeats, ce nom me dit quelque chose ; ne fait-il pas partie des nationalistes irlandais ? »

Collins ne répondit pas, il serra Patrick dans ses bras et lui donna une boîte métallique pleine de petites pièces.

« Ne dépense pas tout d'un coup, ça provoquerait des soupçons. Encore merci, Patrick Dolan, tu ne sais pas à quel point ces renseignements me sont précieux. Je sais ce qu'ils cherchent et, pour dire vrai, j'espère qu'ils le trouveront et que leur ignorance leur coûtera très cher. »

En toi coule le sang de Cú Chulainn, murmura le vent, juste après le départ du colonel de l'I.R.A.

Le lendemain, Michael Collins tomba non loin de la ferme de son père, abattu par une patrouille de Black and Tans qui ne s'était pas laissé tromper par son déguisement. Dolan l'apprit le soir même, alors qu'il s'apprêtait à fermer le magasin. À sa grande surprise, car il n'était pas entré dans une église depuis son départ de Cork, il alla allumer un cierge pour The Big Fellow.

En revenant, il pleurait et son patron lui ordonna de sécher ses larmes.

« Tout de suite, fils.

— Il y a un très vieil arbre dans la forêt de Killarney », annonça Patrick à Cormac O'Hara, s'étonnant de sa propre audace.

« Oh oui, lui répondit son patron, un arbre aussi vieux que l'Irlande, plus dangereux que deux mille soldats britanniques. Bien des têtes tranchées ont été déposées à son pied.

— L'Arbre est un portail, c'est ça son secret ?

— Il conduit au *Sidh*, à l'Autre Monde, au monde invisible dans lequel vivent les dieux. Du moins c'est ce que racontent les vieilles légendes de la région. N'y pense plus, les dieux sont morts, foudroyés par la croix, le corps et le sang du Christ. Les gens ont oublié où se trouvait cet arbre. Si tu tombes dessus, reste à bonne distance. Les choses qui dorment là-bas, depuis des siècles maintenant, ne doivent pas être réveillées.

— Ces choses pourraient nous aider à nous débarrasser des Anglais ?

— Oublie tout ça, toutes ces sornettes de vieille sorcière, cette nostalgie, cette illusion romantique. Je te paie une pinte ? »

Patrick acquiesça.

« Fais attention à ce que tu dis au pub, les Anglais ont des oreilles partout... Comme nous ne pourrons pas boire à la mémoire de Michael Collins, nous boirons au retour du printemps, au bal d'équinoxe qui approche, à la musique et aux filles.

— Tout ça me plaît bien. Tout ça aurait plu au colonel.

— Tu l'as connu à ce point-là ?

— Il a su où me trouver. Vous m'avez donné du travail, dès mon arrivée. À mon avis, vous le connaissiez mieux que moi... »

Cormac se racla la gorge, bascula l'interrupteur général de l'atelier.

« Ne parlons plus de lui. Il se fait soif, fils. »

2

Guernesey, mardi 24 janvier 1922

« Ils se sont installés au Victoria Hotel, ami Gwynplaine.

— Hôtel Valjean !

— Ah, ce nom ridicule, je ne m'y ferai jamais. Ils ont allumé la chaudière pour avoir de l'eau chaude et un peu de chaleur.

— Je vous avais dit de ne pas laisser cette porte ouverte en permanence, ami Mayflower.

— Le trousseau est trop lourd, il faut le porter dans un sac, trouver la bonne clef. C'est épuisant.

— Nous devons alors faire plusieurs trousseaux, fabriquer un grand panneau où les accrocher. En un pronom et un verbe : nous organiser.

— En sus de surveiller notre gros bout d'île, dépoussiérer ses dizaines de bibliothèques, faire la guerre aux rongeurs, effrayer les importuns, rosser l'envahisseur, traire la vache, ramasser les œufs, chasser le renard, récupérer les livraisons au poste-frontière ? »

Mayflower geignit.

« Tout ça, c'est de votre faute, ami Mayflower. *Et si nous allions faire un tour dans le bois aux Jacinthes, sur l'île de Guernesey, ça nous changera de Killarney, de Brocéliande, d'Avalon et des Trossachs.*

— Je ne pouvais pas savoir que la brume…

— … *de guerre allait fermer le portail.* Oui, je sais, vous l'avez dit onze cent trente-quatre fois depuis que le Chêne est mort.

— Chut, j'ai entendu du bruit. Agissons-nous comme à notre habitude éprouvée ?

— Bien sûr.

— Mais leur bateau est parti ; ils ne vont pas rejoindre Jersey à la nage.

— Les bateaux en bon état, ce n'est pas ce qui manque sur cette île. Et à mon avis, ils auront tellement peur en entendant notre cri de guerre féerique qu'ils vont bel et bien s'enfuir à la nage.

— En janvier ?

— Fin janvier.

— Février est proche, je n'en disconviens pas, mais janvier tout de même. »

Gwynplaine et Mayflower se glissèrent dans l'hôtel, sans faire de bruit, respectueux du silence qui régnait sur les lieux. Accueillis par la douce chaleur produite par le système de chauffage central, ils explorèrent le hall.

« Il manque au tableau la clef de la suite nuptiale.

— Quelle horreur, imagine que nous les dérangions en acrobatique posture ?

— C'est précisément le but, elfe des marécages, cul de bouc ! Allons d'abord voir dans le salon, c'est de là d'où est provenu le bruit tantôt. »

Ils ouvrirent la double porte ; avancèrent dans la grande salle de lecture attenante au jardin d'hiver.

« Il y en a un, là.

— Où ?

— Vous ne voyez pas, l'ami, assis dans le fauteuil ?

— Il est immense. J'ai cru que c'était une armoire recouverte d'un drap.

— Il sent très mauvais.

— Il ne sent pas l'humain.

— L'Ogre non plus ne sent pas l'humain, mais en ce qui le concerne c'est récent. Hum, vous avez raison, ami Gwynplaine : cuir, lubrifiant industriel, bois mort traité, métaux traités, plus une odeur… terrifiante.

— Allons voir de plus près.

— Vous êtes sûr ? Il dort ? Nous pourrions, peut-être, lui faire peur de loin ? »

Gwynplaine assena un coup de coude à Mayflower, lui arrachant un couinement étranglé. La chose qui sentait très mauvais bougea dans le fauteuil, dont l'épais cuir gémit. Elle ouvrit les yeux, qui cliquetèrent. Et aussitôt les deux elfes des bois sortirent de l'hôtel en hurlant, courant à quatre pattes, dans leurs costumes de ville.

Une fois arrivés à leur bicyclette, ils se relevèrent, s'essuyèrent les mains et mirent de l'ordre dans leurs vêtements.

« Je crois que nous l'avons terrorisé, ami Gwynplaine.

— Vous êtes un imbécile, ami Mayflower.

— J'essayais d'être optimiste, contrairement à vous. Toujours votre problème d'attitude ! Suggéreriez-vous que nous dussions y retourner ?

— Demain. Allons plutôt chez l'Ogre.

— Je préférerais retourner à l'hôtel, tout de suite.

— Et si l'Ogre les trouve avant que nous ayons réussi à les faire fuir ?

— Nous ferons ceux qui ignoraient tout de l'ampleur de l'invasion.

— C'est bien ce que je disais, vous êtes un imbécile, ami Mayflower. Allons voir l'Ogre ; il saura quoi faire. Il sait toujours quoi faire. Et puis, il faut lui préparer son repas du matin, vous savez ce qu'il advient quand nous oublions ou précipitons cette tâche. »

Hans secoua doucement Judicaël. Recouvert d'une couverture montée jusqu'au menton, l'Apache était assis dans un grand fauteuil, à côté du lit *king size* dans lequel dormait Mädchen.

Judicaël se réveilla, mit un peu de temps à se souvenir où il se trouvait et suivit l'*Überspion* au rez-de-chaussée.

« J'ai revu les créatures, annonça Hans. Ici, dans l'hôtel.

— À quoi ressemblent-elles ?

— Soixante-dix centimètres de haut, habillées en costume sur mesure, l'une d'elles a un grand sourire dû à deux blessures aux lèvres, l'autre a un nez qui ressemble à une fleur. Leurs oreilles sont très longues et se dressent sur leur tête en cas de peur vive. Leur peau est marron clair. Leurs yeux, jaunes, comme ceux des chats. Très bonne vision nocturne. Je leur ai fait très peur. *Nicht* voulu. Elles m'ont vu et sont parties en hurlant, à quatre pattes, comme des chiens.

— Il me semblait bien que j'avais entendu un bruit cette nuit. Dans la région de Saint-Malo, on les appelle fions ou jetins, mais on les dit plus petits, si petits qu'ils utilisent nos aiguilles comme épées. Ce sont des korrigans… des enfants de fées. À mon avis, ils sont inoffensifs. Et curieux. Ils vont revenir.

— Judikel pas surpris par leur existence.

— J'entends dire qu'ils existent depuis que je suis tout petit, alors disons que je suis surpris d'avoir pu en voir deux, mais pas par leur existence. De toute façon, depuis que tu m'as sauvé des marins polonais et que l'autre paire d'échasses a essayé de me coller une balle entre les yeux, plus rien ne me surprend vraiment. Peu importe. Il y a plus important : il faut trouver à manger. Et après, faudra aller à la Bibliothèque et essayer de rencontrer le propriétaire des lieux.

— Lui, peut-être mort. Cet endroit est comme mort.

— Peut-être. Mais je ne crois pas. Cet hôtel est désert, mais a été bien entretenu. Aucune des plantes du jardin d'hiver ne semble avoir souffert de la soif. Cet endroit n'est pas mort, il est plutôt suspendu… »

Judicaël ouvrit la porte du garde-manger et appuya sur l'interrupteur.

« Waoh ! Je rêve ? »

Sur six mètres de long et deux mètres cinquante de haut, des étagères ployaient sous le poids des bocaux, des paquets et des boîtes.

« Confiture. Miel. Sans pain, pas terrible. Foie gras. Sans pain, pareil. Pêches au jus. Super. Biscuits, très bien. Crackers, c'est quoi ça, des crackers ? Soupe de poisson. Soupe de légumes. Corned beef. Pickles. Œufs au vinaigre. Un jambon cru. De la farine, de la levure. Du sucre en poudre. En morceaux. Brun. Des bidons d'huile végétale. Y a tout ce qu'il faut ; même pour faire du pain. Mais j'y pense, ils doivent avoir une cave ! S'il y a une cave, cet endroit est le Paradis. Pas moins. »

Judicaël apporta toutes sortes de nourriture dans la cuisine. Il prépara de la pâte à pain et la laissa reposer sur le radiateur, dans un saladier recouvert d'un torchon propre.

Soyons modestes pour une première tentative.

Les baguettes, ça cuit en vingt minutes.

Avec un couteau, il commença à retirer la partie la plus dure du jambon cru et en coupa des tranches épaisses. Il ouvrit trois pots de cornichons avant d'en trouver un à son goût. Dans les deux premiers les condiments étaient gros, appétissants, mais aigre-doux.

Beurk.

Il alluma le four à gaz et prépara du café.

Pas de lait, faudra faire sans.

Mais j'y pense…

Se souvenant du lait concentré sucré de Le Courbalay, il ramassa un des dictionnaires anglais-français de la salle de lecture, retourna au garde-manger et traduisit les étiquettes des produits qu'il ne connaissait pas. Il finit par trouver son bonheur.

Du lait en boîte. Rien de plus pratique. Génial.

Ça commence à ressembler à quelque chose. Encore vingt minutes, Mädchen, et ce sera prêt. Le meilleur petit déjeuner de ta vie.

Gwynplaine et Mayflower arrêtèrent leurs vélos devant le jardin envahi de mauvaises herbes de la Bibliothèque Hauteville.

« Il dort encore ?

— À coup sûr, le soleil n'est pas levé. En fait, il est sans doute sur le chemin de son lit.

— Que faisons-nous, ami Gwynplaine ?

— Comme d'habitude : poussières, traite de notre vache, ramassage des œufs, nettoyage, rangement. Préparation de cinq litres de café noir. Il doit rester du pain d'hier. Mais mettons de la pâte à lever.

— Nous ne lui parlerons que quand il aura fini de manger, nous sommes bien d'accord ?

— S'il nous y autorise… C'est le plan.

— Retournons plutôt à l'hôtel.

— Sans rien lui dire ?

— On lui prépare son petit déjeuner, on range, on nettoie, vite. Et on repart avant qu'il ne se soit réveillé. L'hôtel n'est qu'à quelques minutes de bicyclette, si ça ne se passe pas bien là-bas, il nous restera encore la possibilité de retourner voir l'Ogre. Puisque, pour le moment, les importuns nous font plus peur que nous leur faisons peur, il serait sans doute préférable de changer de stratégie.

— Et que proposez-vous, ami Mayflower ?

— Présentations en bonne et due forme, conversation polie devant une tasse de thé et une grande assiette de gâteaux secs.

— À mon avis, ils se seront déjà attaqués à la cave quand nous aurons fini toutes nos tâches ménagères, mais nous ne risquons pas grand-chose à essayer. Et pas de vin, ami Mayflower, vous savez ce qu'il arrive quand vous buvez du vin ! »

« Il faut que tu manges un peu », murmura Judicaël à Mädchen, essayant de transformer chacun de ses mots en une caresse.

Assise dans un des fauteuils du jardin d'hiver, la jeune fille regardait les plantes en remuant son café au lait.

« Plus tard. »

Judicaël acquiesça, la débarrassa de sa boisson maintenant froide. Il lui noua une serviette autour du cou et commença à lui couper les cheveux avec des ciseaux dorés trouvés dans un des tiroirs de l'accueil.

« Je vais être affreuse à regarder.

— Je t'embrasserai les yeux fermés… et puis on va te dénicher un beau foulard. S'il y a du foie gras dans cet hôtel, on doit pouvoir trouver un foulard dans les parages. Tu ne veux pas me raconter comment tu es arrivée à Saint-Malo ?

— Dans un train.

— Et avant ça ? »

Mädchen prit une profonde inspiration.

« La ferme de mes parents était en territoire occupé, dans les Vosges françaises, dans les environs de Gérardmer. Grâce à une connaissance, mon père, de famille française mais né en Alsace annexée, avait acheté la ferme juste après ma naissance, dans une région qu'il ne connaissait pas. À la fin de la guerre, les soldats allemands installés à Gérardmer venaient parfois pour prendre de la nourriture : du lait, des œufs, quelques lapins. Ils étaient secs, mais courtois. C'est ma mère qui est tombée malade la première. La grippe l'a emportée en quelques jours. Puis mon père s'est alité la veille de l'enterrement. Malgré son courage et sa capacité à prendre sur lui, il était si mal en point, si triste, qu'il n'a pas pu y aller. Il tremblait, suait, et il s'est même agité plusieurs fois, les yeux révulsés, si fort que je n'ai pas réussi à le tenir. Quelques jours plus tard, la grippe avait quitté son corps, mais en lui laissant la poitrine en ruine… Il avait des difficultés à respirer, il crachait du sang, il souffrait et essayait de me cacher sa souffrance. Il avait découpé des mouchoirs dans un drap usé et les jetait dans le poêle chaque fois que j'avais le dos tourné. Le docteur ne venait jamais le voir à cause des blessés allemands, qu'il devait soigner, et parce que nous habitions trop loin du village, dans une ferme isolée. Un matin, j'ai trouvé mon père mort, à côté de son lit, la bouche pleine de sang. Les gens de la ferme voisine m'ont aidée pour l'enterrement, puis un de leurs enfants a eu cette sale grippe, et ils ont cessé de passer me voir. Les villageois ont alors commencé à dire que ça serait bien que j'aille chez ma tante, que je vende les terres… j'avais quatorze ans, c'était la guerre, je ne savais pas quoi faire. J'ai compris que la plupart des gens détestaient mon père car il était né en Alsace annexée. J'ai tenu bon et, pourtant, c'était dur.

« Un jour, un des jeunes gars du village est arrivé chez nous. Enfin, chez moi. Il était trop jeune au moment de l'incorporation, mais en cinq années d'occupation il était devenu un homme. Il s'est installé dans la chambre de mes parents, il a brûlé leurs affaires, leurs papiers, malgré mes protestations. Il m'a dit qu'il vivrait chez moi pour me protéger des Allemands et de certaines personnes au village. Il me faisait peur, me faisait travailler dur, de l'aube au crépuscule, tous les jours, même le dimanche. Il n'a jamais eu le moindre geste déplacé, mais sa présence me terrorisait. Il était beau, me traitait comme une enfant, une idiote, alors que je savais lire et lui à peine. Sa beauté rendait sa rudesse à mon égard insupportable. Je l'avais surnommé La Pierre, Le Caillou, La Caillasse, et Cul-de-Plomb car il prenait tout son temps pour manger, surtout le soir. Une nuit, alors qu'il avait trop bu, j'ai pris mon âne, quelques affaires, tout l'argent que j'avais réussi à cacher et je suis partie, je voulais rejoindre ma tante, la sœur aînée de ma mère, installée à Fougères, mariée à un instituteur muté là-bas avant guerre. J'ai traversé la ligne de front sans m'en rendre compte, parce que les Allemands, pris à revers depuis la Belgique, venaient de capituler et quittaient le pays par les grandes routes. En traversant les premiers villages, aussi discrète et décidée que possible, j'ai tout de suite compris que la guerre était finie. L'atmosphère était à la fête, à l'insouciance. Avec l'aide des Américains, des Anglais, des Belges et des Canadiens, nous avions gagné.

Même si la brume de guerre bouchait le ciel, pesait sur le pays, les récoltes.

« Arrivée en région parisienne, j'ai vendu mon âne. J'ai aussi failli vendre mon âme. J'ai un peu erré dans Paris, fascinée par ses richesses architecturales, ses musées, le cinématographe, les concerts. Mais je suis rapidement tombée à court d'argent et pour ne pas finir putain dans une maison, comme tant d'autres, aussi perdues que moi dans la capitale, j'ai pris le premier train gare Montparnasse. Un train militaire. De nuit, je ne m'en étais pas rendu compte, je m'étais contentée de passer dans un trou de grillage, de me faufiler jusqu'à un des wagons de marchandises. J'ai été découverte juste après le départ. À cause de mon accent, de mon prénom, le Colonel s'est mis en tête que j'étais une espionne allemande. Je n'avais aucun papier à lui montrer. J'ai été conduite à l'usine qui était alors encore en travaux, j'y ai travaillé plus d'un an, avec les professeurs Becquerel et Skłodowska. Ils étaient gentils avec moi, toujours dépassés par les événements, souvent abasourdis par les exigences du Colonel. Très vite, d'autres enfants nous ont rejoints. Au début, Becquerel et Skłodowska approuvaient, puis elle a demandé plus d'enfants, toujours plus, et lui a changé. Il a pris ses distances. Un jour, il y a eu un accident, à cause d'un militaire, et nous sommes plusieurs à être tombés malades, le professeur Skłodowska, une huitaine d'enfants et moi. Ce jour-là, Becquerel était à Paris. À son retour, il m'a emmenée chez le docteur parce qu'il y avait du sang dans mes urines, et que ce n'était pas le bon sang.

— Quoi ?

— Les filles, quand elles commencent à devenir femmes saignent, toutes les lunes, tu sais ça ?

— J'en ai vaguement entendu parler. Continue ton histoire.

— Juste avant l'examen allongé, alors que le docteur mettait ses gants, je me suis enfuie. Je l'ai frappé du pied, là où ça fait vraiment mal. Je me suis rhabillée comme j'ai pu et je suis passée par la fenêtre ouverte. J'ai trouvé une petite maison abandonnée à Saint-Servan, j'ai commencé à y faire des fleurs en papier.

— Pourquoi ne pas t'être enfuie loin de Saint-Malo ?

— Parce que j'avais pas d'argent, parce que chaque fois que j'ai essayé, je voyais des soldats, des gendarmes. La gare de Saint-Malo grouille d'hommes en uniforme chaque fois qu'un train part ou arrive. Impossible d'aller à Dinard sans passer près de la base militaire. J'avais trouvé cette maison à Saint-Servan, je l'ai arrangée et je me suis créé ce personnage d'Isabelle Dupin, changeant ma voix, ma façon de m'habiller, de me coiffer. Je me suis dit que c'était comme *La lettre volée*, le plus simple, c'était encore de se trouver sous leurs yeux toute la journée, de jouer un rôle. J'étais à Saint-Servan depuis plusieurs semaines quand nous nous sommes rencontrés. Mais j'avais trop froid dans la maison, à cause du mal. J'avais peur d'y faire du feu et d'être découverte. Un soir, trop frigorifiée, faible comme jamais, j'avais l'impression de partir, de quitter la vie, j'ai demandé de l'aide dans un magasin et on m'a conduite chez les bonnes sœurs. J'étais à peine consciente. La suite de l'histoire, tu la connais.

— T'étais la première enlevée pour travailler à l'usine ?

— Oui, la première. Mon arrivée leur a donné très vite des idées. Au début, j'étais contente d'avoir un peu de compagnie, mais rapidement j'ai compris à quel point nous étions prisonniers de l'armée et de ses secrets… Il y a eu l'accident et tout a changé. Le pire, c'est que, sur le moment, nous n'avons rien senti. Seule le professeur Skłodowska a compris ce qui s'était passé et la gravité de l'accident. En une seconde tout le sang a quitté son visage et le poids de dix années a affaissé ses traits. Elle m'a regardée dans les yeux et a dit un mot en polonais. Puis en français : "pardon". Son monde s'est écroulé ce jour-là. Elle est devenue un fantôme. Becquerel a bien essayé de la replonger dans ses recherches, mais sans grand succès. Les dernières semaines, elle passait plus de temps à pleurer qu'à poursuivre son travail. »

Hans frappa doucement à un des carreaux du jardin d'hiver.

« Excusez-moi. Les korrigans… Ils sont de retour et ils voudraient vous parler. Je crois qu'ils n'arrêtent pas de parler. Jamais.

— Qu'ils nous rejoignent ici.

— Hans ? appela Mädchen. Laisse-moi juste le temps de me mettre quelque chose sur la tête. »

Judicaël confia son béret à la jeune fille.

« Il est pile à ta taille. Ta tête est plus grosse que la mienne, comme il se doit. »

Les deux petites créatures entrèrent dans le jardin d'hiver en tenant leur casquette à carreaux des deux mains.

« Je suis Gwynplaine, annonça celle qui semblait sourire tout le temps. Et voici Mayflower. Il faut que vous partiez d'ici, vite.

— Pas très diplomatique, commenta Mayflower. Vous auriez pu au moins leur laisser le temps de se présenter.

— Ils sont trop mignons ! s'exclama Mädchen.

— Mignons ! s'indigna Gwynplaine. Je suis un elfe des bois, madame, j'étais là quand Cúchulainn a tué le chien de Culann.

— Vous voulez dire, ami Gwynplaine, que vous étiez sur l'île d'Irlande à cette époque, précisa Mayflower, mais vous n'avez pas vu le héros terrasser le démon.

— Dagda m'a ouvert les joues d'un seul coup d'ongle !

— Ça c'est vrai, convint Mayflower.

— Tout le monde se calme, dit Judicaël en levant les mains. On va reprendre les présentations et vous dire pourquoi nous sommes ici. Voici Hans, un *Überspion* allemand, c'est une créature mécanique intelligente. Sans elle, nous n'aurions jamais pu arriver jusqu'ici. Voici Mädchen.

— Schwinderhammer, précisa-t-elle.

— Waoh, c'est ça ton vrai nom ? » Mädchen acquiesça. « Et moi je suis Judicaël Läennec. On me surnomme l'Apache, à Saint-Malo. Nous sommes là parce que Mädchen est malade, elle a été touchée par des rayonnements dans une usine militaire et nous voulons consulter la bibliothèque médicale pour essayer de trouver un remède.

— C'est pire que ce que je redoutais, couina Mayflower.

— Arrêtez de vous plaindre, réagit Gwynplaine, et voyons ce que nous pouvons faire. Et si nous faisions du thé pour commencer ?

— Moi, je vais ouvrir du vin, j'ai trouvé un pomerol 86 à la cave. »

Gwynplaine s'étrangla.

« Pas le pomerol de 86, il sera très mécontent.

— Qui, il ?

— L'Ogre… Le Bibliothécaire, si vous préférez. Le propriétaire de la cave. »

Judicaël revint de la cave avec deux bouteilles.

« J'ai laissé tomber le pomerol, je ne veux fâcher personne. J'ai pris à la place ce château-lafite-rothschild de 1904.

— De Charybde en Scylla », se contenta de couiner Mayflower.

Judicaël déboucha le vin et le servit dans des mugs.

« Qui en boit ? »

Mayflower leva timidement la main et Gwynplaine le gronda.

« Vous ne pouvez pas faire ça !

— Maintenant que la bouteille est ouverte, je ne vois pas ce que ça change.

— Putain, ce qu'il est bon, ce picrate ! » s'exclama Judicaël après l'avoir goûté.

Puis il se tourna vers Mädchen, et s'excusa pour son gros mot.

« Tu sais quoi : bougre de bordel à culs, j'en veux bien une tasse, moi aussi, de ton château-lafite, lui répondit-elle.

— Bigre. J'adore c'te fille. C'est une Apache. Une vraie.

— Alors vous voulez voir le Bibliothécaire ? demanda Mayflower dont le nez rougissait davantage à chaque gorgée bue.

— Il a des tas de livres de médecine, de revues médicales, je suppose.

— Tout ce qui existe. Il en est encore arrivé récemment.

— Épatant, il faut que je lise ça.

— Il y a…, commença à dire Gwynplaine.

— … un problème, compléta Mayflower. La Bibliothèque est fermée et je crains que l'Ogre n'ait aucune envie de la rouvrir.

— La guerre est finie.

— Le problème, ce n'est pas la guerre. Il faut d'abord que nous vous racontions l'histoire de la Bibliothèque.

— Très bonne idée, ami Mayflower !

— Longtemps, bien avant que nous arrivions sur cette île par ma faute…

— Ah ça, vous pouvez le dire ! commenta Gwynplaine.

— … le Bibliothécaire habitait une grande maison sur Hauteville où il a créé sa première bibliothèque, c'était il y a combien de temps, ami Mayflower ?

— Cinquante ans, peut-être plus, ami Gwynplaine. C'était bien avant la Grande Guerre, avant même celle de 1870.

— La première bibliothèque s'est vite révélée trop petite ; le Bibliothécaire a alors acheté une autre maison bourgeoise dans son quartier où il a fondé la seconde bibliothèque.

— Au fil des ans, il a acheté plus de maisons que nécessaire pour ranger ses livres. Ses droits d'auteur le lui permettaient et il achetait au prix fort.

— Au prix le plus fort !

— Conséquence de cette frénésie immobilière, Saint-Pierre-Port s'est dépeuplé et l'activité de l'île s'est déplacée vers Saint-Sampson où un port moderne a été construit un peu au nord de la ville.

— Vers 1900, comme il possédait beaucoup de maisons vides ou seulement à moitié remplies de livres, le Bibliothécaire a commencé à faire venir des ouvrages des quatre coins du monde et à les faire traduire en français. Les traducteurs s'installaient dans les maisons du Bibliothécaire, où ils pouvaient travailler dans d'excellentes conditions, à portée de la plupart des dictionnaires et des sources de documentation existantes.

— Des écrivains venaient du monde entier pour séjourner à Saint-Pierre-Port que tout le monde s'est mis à appeler la Bibliothèque. Et puis le Bibliothécaire a fait creuser des tunnels pour relier entre elles les bibliothèques les plus éloignées, ce qui permettait aux uns et aux autres de toujours travailler au sec. Il pleut beaucoup sur Guernesey.

— Beaucoup de tunnels, ami Mayflower ?

— Ah ça oui ! Des dizaines qui ont nécessité des années de labeur et des tonnes de bois d'étai.

— Un travail atroce.

— Difficile.

— Salissant.

— Mal payé.

— Affreusement mal payé !

— Et puis la Grande Guerre a mis fin à l'activité publique de la Bibliothèque et le Bibliothécaire s'est réfugié dans la Bibliothèque Hauteville où, depuis, il étudie les sujets les uns après les autres.

— Le Bibliothécaire a fini la médecine et est passé au nautisme. Mais il avoue qu'il devra bientôt se réintéresser à la médecine qui a fait des progrès considérables durant la Grande Guerre.

— C'est parfait ! s'exclama Judicaël.

— J'ai un secret pour vous, annonça Mayflower à mi-voix. Avant d'être un ogre, le Bibliothécaire était un homme.

— Et c'est un ogre, maintenant ? demanda Judicaël. Un vrai ?

— Oh oui, depuis des années ! s'écria Mayflower. C'est bien le problème. Sa tête s'est déformée sous le poids de tout le savoir qu'elle contient. À force de vivre dans les tunnels ou penché sur sa table de travail, son corps s'est voûté, tassé, mais reste formidable de puissance. Bien des gens sont partis, non parce que le Bibliothécaire offrait beaucoup d'argent pour leur maison, mais parce qu'ils en avaient peur. Peur de tomber sur le propriétaire de la Bibliothèque Hauteville après le crépuscule ou un jour de brume. Ceux du Nord ont construit un mur qui isole les terres de l'Ogre du reste de l'île ; il y a un grand portail pour les livraisons. Avec Gwynplaine, nous l'appelons le poste-frontière, car il est gardé jour et nuit par des douaniers anglais. La Bibliothèque est fermée car le Bibliothécaire ne supporte pas ce qu'il est devenu, il ne supporte pas la brume de guerre, les femmes lui manquent et il serait bon que jamais il ne sache que votre amie se trouve ici. En conclusion : il ne vous aidera pas.

— J'ai des récits de marin, inédits. Les histoires de mon Papé.

— Voyons ça », dit Gwynplaine.

L'elfe des bois étudia les cahiers.

« Ça l'intéressera beaucoup.

— Je veux les lui donner en personne.

— J'étais sûr que vous diriez ça », couina Mayflower, avant de siffler d'un trait le reste de son mug de vin rouge.

Judicaël ouvrit la seconde bouteille de château-lafite. Mayflower se resservit.

« Le temps presse. Quand pourrai-je le rencontrer ?

— Quand il daignera vous recevoir.

— Le temps presse… Vraiment. »

Gwynplaine s'approcha de Mädchen.

« Puis-je ? demanda-t-il.

— Ça dépend, grimaça Judicaël.

— Je veux juste l'ausculter, comme un docteur.

— Mädchen ? »

La jeune fille acquiesça et l'elfe des bois posa ses doigts sur sa gorge. Il lui souleva un bras et la toucha à l'aisselle. Il lui regarda le blanc des yeux.

« Il faut qu'elle mange bien, une nourriture variée, qu'elle se repose, beaucoup. Qu'elle reste au chaud. Je vous donnerai quelque chose pour elle.

— Pour la guérir ?

— Non, pour qu'elle garde des forces, le temps nécessaire. Elle va avoir besoin de forces pour tenir jusqu'au printemps.

— Pourquoi jusqu'au printemps ? demanda Judicaël. Qu'est-ce que ça veut dire ?

— La bibliothèque médicale occupe trois grandes maisons. Rien que pour les livres. Il y a deux maisons de plus pour les revues. Et les plus récentes n'ont pas été traduites en français. Mayflower parle et lit sept langues à la perfection. Il vous aidera sur son temps libre, mais il en a peu et il vous faut vous préparer à l'idée que vos recherches risquent d'être très longues. De prendre des mois.

— Nous n'avons pas tant de temps que ça ! Pardon, nous ne devrions pas parler ainsi.

— Je ne suis plus une enfant, intervint Mädchen, puisque c'est de ma santé dont il est question, je veux entendre ce que vous avez à dire. Tout. »

Mayflower étouffa un petit rot dans son poing et s'effondra par terre, les yeux grands ouverts, le corps raide. Gwynplaine se contenta de lui jeter un coup d'œil dédaigneux et expira un grand coup.

« Votre ami est mort ? demanda Mädchen, épouvantée.

— Malheureusement, non. C'est le vin. Ça lui fait toujours ça. Il le sait, mais il boit quand même. Son corps est ici, mais son esprit vole quelque part dans le Sidh, l'Autre Monde, la terre des dieux. Il doit survoler Balor, tourner autour des montagnes de cristal, au sommet desquelles se trouve le palais de Lug. À moins qu'il ne soit encore une fois allé se promener dans les forges de Goibniu. Il est d'un pénible... Ami Judicaël, amie Mädchen, comprenez-moi bien, je ne dis pas qu'il n'y a pas d'espoir, mais votre priorité doit être la santé de Mädchen, car étudier les livres du passé, c'est bien, mais prendre le temps d'étudier les revues scientifiques qui arrivent ici chaque semaine, c'est sans doute préférable.

— La solution n'est pas dans le passé, ni dans la Bibliothèque, mais dans l'avenir, c'est ce que vous essayez de nous dire ? demanda Judicaël.

— Je n'en sais rien, mais j'ai rangé tous les livres et revues de la bibliothèque médicale et je ne me souviens d'aucun article, d'aucun livre sur des rayonnements nocifs.

— Ils ne sont pas nocifs, précisa Mädchen, ils sont mortels. J'ai vu deux enfants en mourir, emportés en quelques semaines. D'autres sont morts, alors que je m'étais enfuie. »

Gwynplaine afficha un air triste.

« Hans, puis-je vous demander quelque chose ? Pouvez-vous prendre mon ami et aller le jeter dans le port, là où l'eau est profonde, et pas sur une épave sabordée si possible. Je vous en serai très reconnaissant. Judicaël, il me faudrait un de ces cahiers…

— Pour ferrer l'Ogre ?

— Exactement ! Comme je suis content de parler enfin à des gens dont le cerveau fonctionne à une vitesse normale.

— Le cerveau de l'Ogre ne fonctionne pas à une vitesse normale ?

— Ah ça non, il fonctionne beaucoup plus vite. Trop vite. »

« C'est malin, dit Mayflower en secouant son costume trempé.

— Je vous avais prévenu pour le vin, rétorqua Gwynplaine.

— Je me souviens et… je sais à quoi vous pensez, au sujet de l'état de santé de la jeune fille. C'est une très mauvaise idée. Bien plus mauvaise que celle qui nous a amenés ici et dont je suis la source.

— Vous en avez une meilleure, ami Mayflower ? Revenir sur la terre de nos ancêtres, quitter cette grisaille éternelle, abandonner le Bibliothécaire à ses peurs, à ses obsessions et à sa probable immortalité. Ne plus toucher de plumeau, de serpillière et de pis de vache. Retrouver le vert. Un vrai vert, profond, intense, celui de l'herbe d'Irlande, du printemps. Boire une Guinness. Vous n'avez envie de rien de cela.

— Vous les utiliseriez pour ça ?

— Ils ne trouveront rien dans les revues, rien dans les livres. La petite souffre d'un mal nouveau, secret et qui le restera sans doute très longtemps. Je n'en suis pas sûr, évidemment, mais c'est comme ça que je le ressens tout au fond de mon être. Une partie de Dagda est prisonnière de mon sourire. Je peux ralentir le poison qui coule dans les veines de la petite Française, j'ai ce qu'il faut dans mes affaires ; mais je ne peux aspirer celui qui s'est déjà logé dans ses os. Seul un dieu le pourrait, nous connaissons ce dieu.

— Un dieu à deux visages, lui aussi empoisonné, en colère, en guerre. Qui a juré de vous mettre en pot.

— Je sais tout cela, ami Mayflower… Si le garçon ne l'aime pas, si elle n'aime pas le garçon, nous la laisserons partir, car c'est ce qu'exige la raison. Mais s'ils s'aiment vraiment, aurez-vous le courage de la regarder s'éteindre en sachant qu'il existe un espoir. C'est une âme pleine de lumière, si lumineuse que je vois les points noirs, les virgules mortelles vissés dans ses os.

— Dagda exigera quelque chose, surtout si elle ne peut pas se venger.

— Oui, il y a toujours un prix à payer. Mais elle ne pourra prendre aucun des deux s'ils s'aiment et la machine ne passera pas le portail.

— Pourquoi attendre le printemps ? Avec leur aide, nous pourrions réparer le bateau en quelques jours, une semaine peut-être.

— Avec ce que la petite a dans le sang, je crains que seule la marée d'équinoxe puisse l'emporter jusqu'au monde des dieux. Nous entrerons alors directement dans le domaine de Dagda.

— Depuis la forêt de Killarney ?

— Oui. Passer par Brocéliande nous obligerait à croiser le regard de Balor ; et s'il ouvrait son œil à ce moment-là, indisposé par l'odeur de cette humaine souillée, nous disparaîtrions tous. Il faut qu'elle vive jusqu'au printemps, jusqu'à l'équinoxe. Le retour du soleil lui fera du bien.

— Alors, nous allons leur mentir pendant deux mois ?

— Oui. Si elle ne meurt pas avant, mais je ne crois pas. La magie de l'Irlande est puissante ; si la magie de l'amour s'y allie, elle a peut-être une chance. »

Mayflower éternua et les pétales de son nez s'ouvrirent en tous sens.

« Par votre faute, j'ai attrapé un rhume des eaux souillées.

— Suffira-t-il à vous guérir du vin ?

— J'en doute. Ce château-lafite-rothschild était délicieux ; il me semble que je n'ai jamais bu meilleur vin.

— Sachez, cher ami, que c'est la machine qui vous a jeté à l'eau.

— Quelle horreur ! Vous avez laissé cette chose me toucher ?

— J'ai bien essayé de l'en empêcher, mais je ne fais que deux pieds cinq pouces. Le combat était perdu d'avance.

— Je comprends. Vous êtes pardonné, ami Gwynplaine. Mais pourquoi cette machine a-t-elle agi de la sorte ?

— Je suppose que la machine allemande apprécie autant les êtres magiques que nous les êtres souillés par les industries noires. »

3

Guernesey, mercredi 25 janvier 1922

Judicaël sortit la miche du four et la posa sur le chiffon propre qu'il avait déplié sur le plan de travail. Il égoutta le bœuf qu'il avait dessalé, la veille au matin, puis mis en marinade, dans un château-lafite-rothschild madérisé, la veille au soir. Après avoir jeté une cuillerée de graisse d'oie dans une cocotte à fond épais, il commença à faire cuire la viande à feu doux, comme l'indiquait la recette qu'il avait trouvée dans un almanach d'avant guerre. Il ajouta le contenu d'un bocal de carottes préalablement coupé en rondelles et, faute d'échalotes, un bocal de petits oignons blancs au naturel. Il recouvrit le tout avec la marinade passée et plaça sur la cocotte son lourd couvercle.

« Ça sent bon », dit Mädchen, emmitouflée dans une couverture. Elle se servit un café, se coupa une tranche de pain chaud et mordit dedans. « Je ne sais pas toi, mais moi je retourne au lit.

— Repose-toi bien », lui dit Judicaël, après avoir goûté sa sauce.

« Tu ne viens pas ?

— Il faut que je surveille cette daube et il faut que tu te reposes.

— Je vais mieux, je me sens mieux.

— Tu sais que cette amélioration est trompeuse. Va t'allonger ou lire, s'il te plaît.

— Je vais plutôt aller faire un tour. »

La jeune fille sortit de la cuisine. En partant, sa couverture s'ouvrit et Judicaël vit qu'elle ne portait rien dessous. Ses fesses d'un blanc à peine rosé lui évoquèrent une statue italienne.

Ça, c'est sûr, la Vosgienne va mieux.

Merci, Gwynplaine.

Judicaël était en train de goûter la viande quand les deux elfes des bois frappèrent à la porte de l'hôtel. Hans quitta son fauteuil pour leur ouvrir.

« Comment va Mädchen ? » demanda Gwynplaine, après avoir dit bonjour.

« Mieux, beaucoup mieux, dit Judicaël en rougissant. Elle est même allée faire un tour ce matin.

— Vous lui en avez donné deux pincées dans un verre de vin ? » Judicaël acquiesça. « Pas d'effets secondaires indésirables ?

— Des effets secondaires, oui, mais pas vraiment indésirables.

— Vous pouvez être plus précis.

— Ce serait malpoli. »

Judicaël se sentit rougir, ce qui lui arracha un sourire idiot.

« Je vois, dit Gwynplaine… Vous lui en donnerez moins ce soir, une pincée au lieu de deux.

— Je crois qu'elle apprécierait d'en avoir deux… pincées. »

Mayflower pouffa et son inséparable compagnon lui mit un coup de coude dans les côtes.

« Moins vous lui donnerez de poudre de fée chaque jour, plus ma réserve durera.

— Vous ne pouvez pas en avoir davantage ?

— Pas sans votre aide, et encore… ce serait en ultime recours. Il n'y a qu'un endroit où trouver cette poudre et, pour le moment, je tiens à en être le plus éloigné possible. »

Judicaël disposa quatre assiettes, des couverts, des verres à vin. Il déboucha une bouteille de château-lafite-rothschild 1906 et appela Mädchen.

« L'Ogre va vous recevoir aujourd'hui, annonça Gwynplaine.

— Plus vite que vous ne le pensiez.

— Oui, beaucoup plus vite. Il a lu le cahier que vous avez bien voulu nous confier. Il veut les autres. Si tel est toujours votre désir, et bien que ce soit parfaitement inutile, vous les lui apporterez en personne tout à l'heure.

— Il est bien disposé aujourd'hui ?

— Nous le pensons, il ne m'a battu qu'une fois ce matin », dit Mayflower en tendant une main vers la bouteille de vin.

Du bout des doigts, à une vitesse qui rendit son geste presque invisible, Gwynplaine frappa la main de son ami. Le coup produisit un tel claquement que Mädchen en sursauta.

« Juste un verre, implora Mayflower en se frottant le dos de la main.

— Non.

— Gwynplaine, Mayflower, ce ne sont pas vos vrais noms ? » demanda Judicaël pour mettre fin à la dispute, conscient qu'aucun des deux elfes ne pouvait résister au plaisir de parler de sa personne.

« C'est l'Ogre qui nous a donné nos noms pour ce siècle. Nos véritables noms sont imprononçables par les humains et leurs traductions littérales beaucoup trop longues. Avec mon nez, je ne pouvais échapper à un nom fleuri, je suppose, et comme j'ai traversé l'Atlantique sur le *Mayflower*, ce nom est devenu une évidence. D'ailleurs, à ce sujet, l'Amérique du Nord est un continent très décevant, longtemps peuplé par des gens à peu près civilisés, il a été colonisé par de véritables sauvages, contrairement à ce que l'on croit d'habitude. La lie de l'Irlande, notamment, s'est déposée sur la côte est américaine, avant d'aller se répandre vers l'ouest.

— Et vous, Gwynplaine ?

— Je suis l'Elfe Qui Rit. Comment l'Ogre aurait-il pu m'appeler autrement que Gwynplaine ?

— À une époque où nous étions plus nombreux, Gwynplaine était notre plus grand guérisseur, précisa Mayflower, si grand que Dag…

— Mayflower ! »

Stoppée net dans son exposé, la petite créature s'excusa et baissa les yeux. Pour se faire pardonner d'avoir crié, Gwynplaine lui servit une larme de vin.

« Faites-le durer, l'ami, vous n'en aurez pas davantage. »

Le jeune homme à pied, les elfes en bicyclette, Judicaël, Mayflower et Gwynplaine quittèrent l'hôtel après avoir bu un bon café noir, parfumé d'une goutte de whiskey. Guernesey dormait sous un ciel gris opaque, dans les viscères duquel une pluie en attente se mélangeait à la brume de guerre. Saint-Pierre-Port, devenu le paradis des oiseaux de mer, ressemblait à une ville morte, figée juste après son dernier souffle.

Une vraie ville fantôme.

Ils remontèrent Esplanade jusqu'à l'église, tournèrent à gauche dans la rue du Cornet puis de nouveau à gauche dans Hauteville. La Bibliothèque, du moins le bâtiment originel, se trouvait au numéro 38. Il s'agissait d'un grand immeuble blanc de trois étages coiffé d'une excentrique terrasse entièrement vitrée.

Un vrai gâteau de mariage, pensa Judicaël.

Le jardin semblait à l'abandon ; des poules et un coq s'y promenaient en liberté. Derrière la maison, une vache pie disposait d'un abri et d'un champ immense, entièrement clos de murs.

Gwynplaine empêcha Judicaël d'entrer dans la maison en se mettant face à lui et en levant une main.

« Attention, en aucun cas vous ne parlerez de Mädchen.

— Pourquoi ?

— Il se pourrait très bien qu'il ne se passe rien, mais il pourrait en devenir fou, ce qui nous obligerait, Mayflower et moi, à le neutraliser. Et s'il y a bien une chose que nous voulons éviter, c'est celle-là.

— Il vous fait peur ?

— Disons qu'il a créé un monde, tolérable pour

nous au vu des circonstances, et tant que cette brume de guerre recouvre Guernesey nous souhaitons continuer à vivre dans ce monde tolérable, en paix avec son propriétaire.

— Vous êtes ses esclaves.

— Nous avons eu des maîtres beaucoup plus durs par le passé. »

Ils s'essuyèrent les pieds et entrèrent dans la maison.

« Il ne monte plus à l'étage, il reste au rez-de-chaussée ; il y a installé son lit sur mesure et son cabinet de travail. Allons-y. »

Gwynplaine frappa à la porte du bureau de l'Ogre et entra sans attendre de réponse. Mayflower et Judicaël le suivirent.

À moitié couché sur son plan de travail, lisant un livre et écrivant en même temps, l'Ogre grogna. Sa plume grattait un rouleau de papier qui se déroulait depuis un lutrin et s'enroulait sur un dispositif — en cuivre et en bois sombre — posé par terre.

« Que veux-tu, jeune Laënnec ? demanda le Bibliothécaire à Judicaël.

— J'ai ici les autres cahiers, les autres souvenirs de mon Papé.

— Des récits remarquables. Il y a des fautes évidemment ; une pensée un peu constipée parfois ; une narration besogneuse ici ou là. Mais ça reste remarquable. Mes compagnons de disgrâce me disent qu'en échange tu veux avoir libre accès à toutes nos bibliothèques médicales.

— C'est exactement ça, monsieur.

— Monsieur ? Il y a bien longtemps qu'on ne m'a pas appelé ainsi, bien longtemps. »

L'Ogre leva la tête de son travail. Ses cheveux blancs lui couvraient presque tout le visage, sa barbe lui descendait plus bas que la poitrine et disparaissait derrière son bureau. Il écarta sa chevelure de deux coups de plume et observa Judicaël.

« Pourquoi veux-tu consulter cette bibliothèque ? »

Surtout ne lui parle pas de Mädchen.

« Des enfants sont morts à Saint-Malo, tués par des rayonnements.

— J'ai en effet lu ça dans le journal.

— Je veux comprendre.

— Tu mens. »

L'Ogre se leva de son fauteuil. Son corps, pourtant voûté, culminait à plus de deux mètres cinquante. Il devait peser huit cents, mille livres. Il était vêtu d'une vieille robe de chambre épaisse, décorée à droite d'un lion et à gauche d'une licorne, brodés en fil doré. L'Ogre contourna son bureau et fit deux pas vers Judicaël.

« Tu ne t'es pas assez bien lavé. Je sens son odeur sur toi. Elle est très jeune ; vous avez presque le même âge. Malgré son manque de goût indéniable, sans lequel elle ne t'aurait jamais offert sa fleur, j'aimerais la voir.

— Non ! »

Aussitôt, Gwynplaine se cacha le visage dans les mains et Mayflower disparut sous un meuble.

« Tu sens le vin, petit, mon vin ; et je sens sur toi l'odeur d'une jeune fille, le plaisir qui vous a liés, dans mon hôtel. Je veux la voir. Tant que je ne la verrai pas, tu n'auras pas accès à mes précieuses bibliothèques. Maintenant laissez-moi ; je traduis la deuxième partie des *Âmes mortes* de Gogol. On la croyait perdue. C'est difficile. Sa langue me résiste et je voudrais que ce soit parfait. Comme toute tâche dont je me charge.

— Elle est malade et elle va mourir si je ne trouve pas un remède.

— Fauchée par les rayonnements ? Je vois... La médecine. » L'Ogre se toucha la tempe plusieurs fois. « Toute la médecine jusqu'à 1914 est là-dedans et je ne vois aucun remède contre les rayonnements. Ses cheveux vont tomber, son sang va se rebeller contre lui-même, ses os vont la faire souffrir terriblement, elle va maigrir et elle mourra.

— J'ai coupé ses cheveux, car ils tombaient. Et c'est vrai qu'elle a parfois mal aux os. Mais 1914, c'est loin... vous recevez des revues médicales.

— Toutes les semaines. Au pire, une fois par mois. Tu as raison : c'est un espoir. Maigre, mais un espoir quand même. Il y en a un autre ; mais il n'est pas de mon ressort. Amène-la-moi. Sinon, je demanderai à mes gens de vous chasser, ou pire ... »

Judicaël ne put s'empêcher de rire.

« Vos gens ? Vous parlez des korrigans ? Ils ne seraient même pas capables de chasser une souris... »

L'Ogre rit à son tour, ce qui fit trembler toutes les vitres de la pièce.

« Tu penses ça parce que tu te fies à leur apparence, à leur petite taille, pour les juger. Tu te trompes lourdement. Sais-tu que les hérissons tuent les vipères et les mangent ensuite ? Tout le monde se méfie des vipères, mais personne ne se méfie des hérissons. Amène-moi la jeune fille ou plutôt envoie-la-moi. Je ne lui ferai rien. Je ne la toucherai pas. Tu as ma parole. Je veux juste graver son image dans mon esprit ; dans une pièce particulière de la cathédrale de ma mémoire. Un panthéon où je suis sûr qu'elle a sa place.

— Elle a perdu le peu de beauté qu'elle a jamais eue. Elle est malade, elle n'a plus de cheveux, sa peau est claire comme celle d'une morte amoureuse. Elle va gâcher votre Panthéon.

— Comme un mauvais vin gâcherait une daube.

— Exactement ! »

L'Ogre retourna à son bureau, se rassit.

« Tu as de l'esprit et du courage, jeune Judicaël Laënnec. Ce qu'il faut de passion, aussi. Le portrait de toi dans *La Liberté de l'Ouest* n'oublie aucun de tes défauts, mais ne rend guère hommage à tes qualités. Ne me refuse pas ce petit plaisir. Et en échange tu auras toute mon aide. Toute. Dans le cas contraire, vous ne serez plus les bienvenus au Valjean ni sur mes terres. Je verrai alors en vous des vipères que chasseront mes hérissons. Maintenant, laisse-moi. »

De retour à l'hôtel, Judicaël prit une bouteille de vin à la cave et la monta dans la chambre où Mädchen lisait *Voyage au centre de la terre.*

« Il veut te voir, Mädchen.

— Est-ce vraiment un ogre ?

— J'en sais rien. Sa tête est comme une tête de bœuf, plus grosse même. Son corps, tout voûté, semble plus large que haut, même si ce n'est pas le cas. Il fait dans les deux mètres cinquante, si ce n'est plus. J'avais l'air d'une souris face à un éléphant.

C'est comme si, à un moment de sa vieillesse, il avait commencé à se développer, prendre de la caboche, du coffre et du lard. Sans parler de sa tignasse et de sa barbe blanche, une famille de lapins pourrait vivre là-dedans sans que personne s'en aperçoive, lui y compris.

— Et si je n'y vais pas ?

— Il nous chasse. Je veux rien t'interdire, mais je n'ai pas envie que tu ailles le voir. Il faut que je trouve une autre solution.

— Gwynplaine et Mayflower ne pourraient pas nous aider ?

— Ils sont sous sa coupe. Si tu n'y vas pas, les korrigans nous mettront dehors, je ne pourrai pas consulter les revues, les livres de médecine, et quand nous n'aurons plus de poudre de fée, tu retomberas malade. Et, si j'ai bien compris ce qu'a sous-entendu Gwynplaine, tu mourras très vite. »

Mädchen ferma son livre, le posa sur la table de nuit.

« Je pourrais faire comme Hans avec sa *blaue Energie*, Judicaël : décider que notre histoire a un début et une fin, que la fin est proche, mais qu'elle ne nous empêche pas de profiter de chaque instant passé ensemble.

— Quand Hans s'éteindra pour ne plus jamais se réveiller, je serai triste. Tu pourrais faire comme lui, faire ce choix, dit Judicaël en écrasant une larme. Mais je t'en supplie, lutte, reste avec moi. Hans a rempli sa mission, mais je suis sûr qu'il aurait pu faire un autre choix que celui de brûler la recette de son carburant. Je suis sûr que je peux encore le faire changer d'avis et lui faire accepter un plein supplémentaire de *blaue Energie*. Les Allemands savent la produire, les Français aussi. Je vais tenir la promesse que je t'ai faite : on va trouver une solution. Depuis que nous sommes ici, je vois briller deux lueurs d'espoir là où, il y a quelques jours à peine, il n'y en avait aucune… Juste ma conviction que je pouvais te sauver. Il y a les revues, les livres de médecine et il y a Gwynplaine. Il nous a donné de la poudre de fée et il sait où en avoir davantage.

— Pourquoi ne va-t-il pas la chercher, si c'est si simple ?

— Parce que je crois que c'est loin et que ce n'est pas simple, voire très dangereux. Je crois qu'il a calculé ce qu'il avait à y gagner et ce qu'il avait à y perdre. Mayflower pourrait m'en dire plus, mais il est toujours avec Gwynplaine.

— Faisons d'une pierre deux coups : j'irai voir l'Ogre avec Gwynplaine et, pendant ce temps, tu parleras à Mayflower. Mettons toutes les chances de notre côté.

— Tu n'as pas peur ? Mayflower a dit que le Bibliothécaire pourrait devenir fou en te voyant.

— Bien sûr que j'ai peur. Mais si on devait arrêter de vivre chaque fois qu'on a peur, on ne ferait rien de bon, tu ne crois pas ? Et puis quelque chose me dit qu'il ne se passera rien de mauvais, bien au contraire. Ça se passera bien.

— Tu ne le laisseras pas te toucher, tu t'enfuiras s'il se passe quoi que ce soit ?

— Bien sûr. » Mädchen sortit du lit, passa une robe d'hiver, enfila de hautes chaussettes. « Je suis allée me promener ce matin. Les oiseaux de mer m'ont attaquée pour avoir le morceau de pain que je tenais dans la main. À aucun moment je n'ai eu peur, malgré leur méchanceté. Je leur ai laissé le pain en me souvenant que tu cuisinais cette daube. Tout le monde peut maîtriser ses peurs, Judicaël. J'ai tellement traversé d'épreuves qui m'ont fait peur que je sais maintenant où se trouve le vrai danger : dans la peur, pas dans ce qui la suscite. Tu te souviens quand tu as eu le plus peur de ta vie ?

— Oui. C'était à la base militaire, le soir où je suis venu te chercher. J'étais dans la neige et le vent, face aux soldats vêtus de blanc, le visage caché derrière un masque à gaz. Je t'ai vue dans l'automitrailleuse et, presque au même moment, j'ai remarqué la menotte qui te liait au volant. Je te regardais, si proche, et pourtant hors de portée. Et le Colonel a ouvert la portière. À ce moment-là, mon cœur s'est arrêté de battre une seconde, peut-être davantage. Et toi ?

— Mon père venait de mourir, son corps reposait dans sa chambre où mes voisins m'avaient aidée à l'habiller pour l'enterrement. J'étais seule à la ferme, seule dans la maison. Je n'ai pas réussi à dormir de toute la nuit ; le moindre bruit me faisait hurler, le moindre cri de chouette, craquement de poutre. J'entendais des rires étouffés, malfaisants, mais c'était le vent dans les branches, rien d'autre. J'aurais aimé que ça ne dure que l'instant d'une portière qui s'ouvre. Que ferons-nous quand tu auras trouvé le moyen de me soigner ?

— Ben, on fera tout ce qui est possible pour te remettre sur pied.

— Et après ? Si ça marche…

— Je ne sais pas. Je prends les choses dans l'ordre, l'une après l'autre.

— Parfait. Continue comme ça… »

4

Guernesey, jeudi 26 janvier 1922

« J'ai trouvé ça dans l'arrière-boutique du coiffeur, dit Gwynplaine en tendant une perruque châtain clair à Mädchen. J'ai pensé que c'est celle qui irait le mieux avec la forme de votre visage.

— Elle est très belle. Merci. Tu sais, ami Gwynplaine, tu peux me tutoyer…

— Je viens d'une époque où seule la Reine pouvait être tutoyée. »

Mädchen s'assit en face de la coiffeuse, en alluma les lampes et positionna la perruque, avant de la peigner. D'un geste précis, elle arracha un cheveu rebelle.

« De quelle reine parles-tu, ami Gwynplaine ?

— Dagda, la reine des elfes, des fées, des bois, des lacs et des rivières… celle à qui je dois mon grand sourire. Elle était sous sa forme masculine quand c'est arrivé. Elle guérit sous sa forme féminine et guerroie sous sa forme masculine, chevauchant un torrent de lierre et de liserons. On l'appelle alors le Roi des Elfes, mais quelqu'un s'est trompé dans une traduction, un jour, et on le connaît maintenant plus volontiers sous le titre de Roi des Aulnes. Ce n'est pas le plus grand des guerriers du Sidh, Lug à la lance de lumière est bien plus puissant. Par contre, Dagda a toujours été la plus grande guérisseuse. C'est dans son chaudron qu'est confectionnée ce que j'appelle la poudre de fée, la poudre des elfes, les os de mon peuple, broyés et assaisonnés. Elle est ma reine. Lug est le roi du ciel, le roi des dieux, vous l'appelez Lucifer.

— Ton dieu du ciel est notre diable.

— Non, ni Lucifer ni Lug ne sont le diable. Vos livres se trompent, leurs erreurs résultent de mauvaises traductions et de mauvaises interprétations des croyances originelles. Lug est Lug, il est le bon dieu. Balor était le mauvais dieu. Géant, cyclope, Balor vivait sous terre, dans la montagne, près des fleuves et des lacs de lave. Il a été vaincu par Lug et enchaîné aux montagnes du Sidh qu'on surnomme l'Échine. Depuis trente siècles, Balor est le géant déchu, à la tête de l'Échine. Il est dit qu'un jour, il se relèvera.

« Aux époques où sont nées les religions, ces dieux, toujours en guerre, ivres de viols et de fêtes, ne se souciaient aucunement des hommes — situation intolérable pour celles et ceux qui voulaient être leurs messagers sur Terre et s'assurer le pouvoir qu'octroie d'habitude une telle position. Tous les livres anciens qui parlent des dieux sont faux, c'est comme ça. Et nous trouvons ça plutôt drôle, nous qui venons du Sidh. »

Mädchen se leva, se regarda une dernière fois dans le miroir.

« Cette Dagda, tu n'aimes pas parler d'elle…

— Elle a promis de me mettre en pot, et je sais qu'elle y parviendra.

— Comment ?

— Elle l'a vu dans un de ses rêves, et c'est grâce à ce rêve que je suis resté libre ces treize derniers siècles. Elle sait que je reviendrai à elle, un jour. Cette idée me gâche la vie et embellit probablement la sienne.

— Que lui as-tu fait, ami Gwynplaine ?

— Nous pouvons y aller, maintenant ? »

Mädchen se tourna pour regarder l'Elfe Qui Rit droit dans les yeux.

« Tu es pressé, demanda-t-elle, ou veux-tu mettre fin à cette conversation passionnante ?

— Je ne suis pas pressé.

— Toi et moi savons que tu en as désormais trop dit, alors peut-être le temps est-il venu de finir ton histoire. Ça pourrait peut-être même te soulager, tu ne crois pas ?

— En parler ne me soulagera pas, je le sais, j'ai déjà beaucoup raconté cette histoire…

— Mais à des elfes qui la connaissaient déjà, non ?

— J'ai trahi Dagda, amie Mädchen. J'ai volé certains de ses secrets et je les ai donnés aux hommes, à une époque lointaine où ils me faisaient pitié. À une époque où pour trois enfants qui naissaient deux mouraient avant la fin de leur premier hiver… » Gwynplaine marqua une pause. « Maintenant, allons-y. Il convient de se méfier de l'Ogre, ou plutôt de son désir qui pourrait avoir barre sur lui… Je serai derrière la porte, avec un fusil de chasse.

— Nous n'en arriverons pas là, ami Gwynplaine, n'est-ce pas ?

— Non. Mais je serai quand même derrière la

porte avec un fusil chargé. J'utilise des cartouches au gros sel ; on dit que ça fait un mal de chien et il a une peur bleue de la douleur physique. »

Se sentant prête, Mädchen alla embrasser Judicaël, occupé à cuisiner, et sortit de l'hôtel.

Elle monta sur la bicyclette que lui avait trouvée Mayflower. Gwynplaine s'assit derrière elle, sur le garde-boue et s'accrocha à ses hanches.

« Ça monte tout du long, dit-il.

— Je ne sais pas pourquoi, mais je m'en doutais », lui répondit Mädchen en donnant le premier coup de pédale.

Ils firent le trajet en dix minutes et sur les derniers mètres la jeune fille, à bout de souffle, descendit de vélo pour le pousser. Arrivée devant le numéro 38, elle regarda la maison blanche longuement.

« On dirait une maison hantée ; c'est le ciel bouché qui fait ça, non ?

— Elle est hantée ; une femme s'y est suicidée juste avant que l'Ogre en fasse l'acquisition. Elle s'est installée au dernier étage, maintenant qu'il n'y monte plus. Il a trop peur de passer à travers les escaliers. Le Fantôme et le Bibliothécaire se sont toujours détestés. Chacun clame haut et fort que le 38 Hauteville est sa maison et chacun refuse l'idée même de la partager. »

Mädchen mit le vélo à l'abri, monta les marches du porche et entra, talonnée par l'elfe en costume. À l'entrée du bureau, un fusil avait été posé contre le mur, le canon calé contre le chambranle de la double porte. Gwynplaine frappa et fit signe à la jeune fille qu'elle pouvait entrer.

« Votre ami mécanique, on ne le voit pas beaucoup ces derniers temps, s'inquiéta Mayflower alors que Judicaël cuisait des haricots en sauce pour accompagner un confit de canard.

— Il économise son énergie. Il pense que nous aurons à nouveau besoin de lui, bientôt. En attendant, il dort d'un sommeil sans rêves.

— Ah, très bien.

— Un verre de pomerol, Mayflower ?

— Vous avez fini *tout* le lafite-rothschild ?

— Beaucoup de bouteilles madérisées. J'ai décidé d'ouvrir les plus anciennes. L'Ogre a apprécié ma daube ?

— Énormément, il l'a dévorée. Il faudra néanmoins penser à en faire trois ou quatre livres de plus la prochaine fois. »

Judicaël attendit que Mayflower eût fini son verre de vin pour le resservir généreusement.

« Dites-moi, ami Mayflower, vous avez dit que Gwynplaine était le meilleur de vos guérisseurs…

— Il y a longtemps.

— Vous ne voulez pas m'en dire plus ? Comprenez ma curiosité, il pourrait peut-être sauver Mädchen.

— Mais il fait déjà tout ce qui lui est possible pour la sauver.

— Vraiment ? »

Mädchen regarda une dernière fois l'immense double porte qui commandait le bureau de l'Ogre et inspira un grand coup. La pièce sombre dans laquelle elle entra était longue de dix bons pas, haute de plafond ; l'Ogre se trouvait exactement en son centre, voûté sur son travail de traduction, ses papiers éclairés par deux petites lampes aux abat-jour céladon. Derrière lui se dressaient des piles de livres entre lesquelles zigzaguait un unique passage jusqu'au lit. Équipé d'un sommier épais et de deux matelas sur mesure, le meuble, en chêne et à baldaquin, aux colonnes sculptées de feuilles de vigne et de satyres, aurait pu accueillir les rêves d'une famille nombreuse.

L'Ogre, conforme à la description que Judicaël en avait faite, leva les yeux sur la jeune fille.

« Approchez, dit-il après s'être raclé la gorge.

— Je suis très bien là où je suis. J'ai certes beaucoup maigri, mais vous n'aurez pas besoin de jumelles pour repérer ma poitrine un peu à plat ces derniers temps… Je sais ce que vous voulez et je vais vous le donner. L'homme qui est en vous restera dans ce fauteuil de roi ; la bête qui est en vous essaiera de sauter par-dessus ce bureau. Mais parce que je fais un cadeau à l'homme et que j'accepte qu'il en profite comme bon lui semble, la bête, ignorée, restera derrière le bureau, en laisse. Nous sommes d'accord ? »

Après avoir tiré ses cheveux en arrière, l'Ogre s'humecta les lèvres et hocha la tête.

Mädchen commença à enlever ses vêtements.

« Et si l'homme se demande pourquoi j'agis de la sorte, je lui répondrai sincèrement : je le fais pour mon amoureux, Judicaël, même si je sais qu'il ne peut pas comprendre mon geste. Le comprenez-vous ?

— Je le pourrai peut-être plus tard. Mais pas maintenant, surtout pas maintenant. Ma mémoire a besoin d'un silence parfait.

— Comme toute œuvre d'art. »

Même après trois grands verres de vin, Mayflower continuait à éviter le sujet des dons de guérisseur de Gwynplaine : il tournait autour, lâchait parfois un indice sur la poudre de fée ou les blessures aux lèvres de l'elfe, mais n'allait jamais au-delà d'une ligne qui semblait particulièrement bien tracée.

À court de questions — il les avait déjà toutes posées sous deux ou trois formes différentes —, Judicaël mit la table pour quatre, goûta son canard et ses haricots.

Parfait.

Un ronflement d'une rare puissance l'obligea à se retourner. Les yeux clos, la joue gauche collée à son assiette vide, Mayflower dormait. Les pétales de son nez s'ouvraient et se fermaient au rythme de sa respiration.

Mädchen sortit du bureau dix minutes après y être entrée. Elle souriait.

« Allez-vous bien ? lui demanda Gwynplaine.

— Tout s'est très bien passé. Vraiment. Pardonne-moi de savourer ma victoire, ce n'est pas très poli.

— Il ne vous a pas... touchée ?

— Comme il l'avait promis ; il n'a même pas essayé. Je crois que sa mémoire photographique lui suffit à condition qu'il puisse prendre une photo de temps en temps. C'est parce qu'on ne donne pas assez que ce monde est si laid.

— Vous lui avez parlé ?

— D'amour, ami Gwynplaine. De Judicaël, aussi. » Mädchen caressa la tête de l'elfe. « Rentrons. J'ai faim. Judicaël a dû, comme à son habitude, nous mitonner un fricot à se damner. Mais j'y pense : si tes dieux existent, l'enfer n'existe pas ?

— Non, après la mort, l'esprit se noie dans les chairs du monde et s'y dilue jusqu'à l'annihilation totale. Il y a toutefois des exceptions.

— Des exceptions ?

— Certains passent de l'autre côté et renaissent dans le Sidh : elfes, laiteux, ogres et trolls. D'autres errent de par le monde, oublieux de ce qu'ils ont été, simples gaz malfaisants. Les plus puissants expulsent l'âme d'un nouveau-né les jours précédant sa naissance, prennent sa place pour entamer une nouvelle vie. Les plus remarquables deviennent experts en la matière, enchaînant les vies les unes après les autres ; ils sont vos génies et vos tyrans.

— Et l'Ogre ? Que lui est-il arrivé ?

— Perclus de douleurs, sentant venir sa fin, il a consommé trop de poudre de fée. Une prise massive qui a changé sa nature profonde.

— La même chose va m'arriver ?

— Pas la même chose, Mädchen. Je ne l'aurais pas permis. Mais votre nature profonde est déjà altérée.

— Je ne suis plus humaine ?

— Vous êtes humaine, et vous avez un petit quelque chose en plus. Rassurez-vous, vos contemporains ne brûlent plus ce que vous êtes devenue. »

5

Guernesey, dimanche 5 mars 1922

Gwynplaine et Mayflower se présentèrent à l'hôtel Valjean à neuf heures du matin précises. Judicaël et Mädchen étant encore au lit, ils préparèrent le petit déjeuner : café, croissants irlandais, ramequins de confiture. L'odeur du café réveilla Judicaël qui laissa Mädchen dormir et descendit rejoindre les elfes.

Tout le monde se dit bonjour et l'Apache s'assit devant un bol de café fumant.

Affamé, en confiance, il mordit dans un des appétissants croissants — il y avait quelque chose à l'intérieur —, mâcha le morceau que ses dents avaient détaché et s'obligea à avaler la bouillie ainsi produite.

« C'est quoi ça ? demanda-t-il après avoir réprimé un haut-le-cœur.

— Un croissant irlandais, ami Judicaël, répondit Mayflower, ma spécialité. Délicieux, n'est-ce pas ?

— Très bon ; je vais les laisser à Mädchen.

— Inutile de vous priver, j'en ai mis d'autres au four. »

Judicaël goûta le café avec une certaine appréhension ; il était bon.

En somme, un croissant irlandais, c'est comme un croissant français, mais immangeable. On dirait qu'il a oublié le beurre et mis une espèce de purée de pommes de terre à moitié cuite à l'intérieur. Quelle horreur !

« Et que me vaut le plaisir de votre visite, amis elfes ?

— Nous nous demandions si vos recherches avaient progressé ? »

Judicaël poussa un soupir de dépit.

« Non. L'Ogre avait raison. Il y a eu quelques articles sur les rayonnements dans *The Lancet* ; certains ont été traduits en français dans la *Gazette de l'École de médecine*. Mais ce sont des articles sur les symptômes, les soins d'accompagnement, c'est-à-dire comment crever en souffrant le moins possible... Aucun des articles que j'ai lus n'est d'une quelconque utilité pour Mädchen. Plus j'en lis, plus je déprime. » Judicaël se tourna pour vérifier que Mädchen ne s'était pas réveillée et n'était pas derrière lui. « Des fois, je me dis que c'est sans espoir, que quand nous n'aurons plus de poudre de fée...

— Je n'en ai presque plus, annonça Gwynplaine, avec d'infinies précautions dans le ton.

— Les croissants sont dégueulasses », répondit Judicaël, l'esprit ailleurs.

C'est comme si on venait de le frapper à l'estomac. Il n'avait pas oublié que Mädchen était malade, mais il avait oublié qu'elle risquait de mourir très vite.

Il se ressaisit. « Maintenant, vous allez me dire où on en trouve, de cette poudre ?

— Dans le Sidh, l'Autre Monde, le territoire des dieux. »

Judicaël ne put contenir son rire.

« Et ça se trouve comment, ce Sidh ?

— Nous devons vous montrer quelque chose d'abord... Mädchen peut venir.

— Elle voudra venir ; vous la connaissez aussi bien que moi : elle déteste être mise à l'écart.

— Hans aussi peut venir.

— Il lui reste très peu de *blaue Energie*. On ne doit le réveiller que si on a besoin de lui, c'est son souhait. Il a été très clair à ce sujet. Il m'a montré une manette dans sa poitrine. Je l'ai abaissée, car même en état de veille, il consomme un peu d'énergie. »

Gwynplaine fit mine de réfléchir.

« Alors seule Mädchen nous accompagnera, dit-il. Prenez de bonnes chaussures, des vêtements chauds. Nous devons être là-bas avant midi. »

Main dans la main, Mädchen et Judicaël suivirent les deux elfes jusqu'au bois aux Jacinthes. Ils quittèrent un chemin de terre et s'enfoncèrent dans la forêt aux senteurs de terre humide, de feuilles pourries. Ils contournèrent quelques bauges dans lesquelles ils auraient pu s'enfoncer jusqu'aux genoux et passèrent un petit cours d'eau en marchant sur de grosses pierres partiellement émergées mais humides.

« Je ne suis pas sûr que ça va arriver aujourd'hui, annonça Gwynplaine.

— Qu'est-ce qui ne va peut-être pas arriver aujourd'hui ? » demanda Mädchen.

Au lieu de répondre, Gwynplaine demanda

l'heure à Judicaël, mais le jeune homme n'avait pas remonté la montre de son grand-père depuis plusieurs jours.

« Nous ne sommes plus très loin de midi, dit Mayflower en regardant le ciel. Ça commence… vite !

— Qu'est-ce qui commence ? » demanda Mädchen, agacée qu'on ne répondît à aucune de ses questions depuis qu'ils avaient tous quitté l'hôtel.

Les elfes accélérèrent le pas, puis s'arrêtèrent soudain au centre d'une clairière de jacinthes non écloses. Autour d'eux les bouleaux, les frênes et les tilleuls n'avaient ni feuilles ni bourgeons. Dans le ciel, la brume de guerre se dissipa lentement, laissant apparaître des écorchures de bleu vif, puis de grands coups de pinceau. La brume de guerre quitta toute la moitié ouest du ciel et alors les rayons du soleil purent frapper la clairière, la colorer en vert.

« La couleur perdue, la couleur des yeux de Mädchen ! s'exclama Judicaël.

— Le vert, souffla la jeune fille. De l'herbe verte. Vraiment verte.

— Et des jacinthes.

— Comme c'est beau ! »

Elle se mit à pleurer de joie et serra très fort la main de Judicaël.

« Regardez le chêne mort », murmura Gwynplaine.

En bordure de clairière, plein nord, se dressait un immense chêne sec, aux branches cassées, à la silhouette torturée. Soudain, l'arbre retrouva sa splendeur. De loin en loin, tilleuls en bouquets, bouleaux et frênes dressèrent vers le ciel leurs silhouettes feuillues, pleines de vie. Les jacinthes fleurirent. Du chêne jusqu'aux extrêmes limites du regard, la vie se propagea plus vite qu'une marée d'exception, puis le paysage retrouva ses couleurs d'hiver sur le départ, de printemps imminent.

La bouche de Mädchen formait un O parfait et embrassait le silence.

« Tu l'as vu ? » demande-t-elle, après quelques minutes.

« Oui, dit Judicaël, c'était magnifique. Toutes ces couleurs qui changent du gris du ciel, du rouge du sang dans la neige. »

Il frissonna en se souvenant de la mort du Colonel.

Gwynplaine s'approcha du chêne mort, se colla contre son tronc, bras écartés, et l'enlaça. Il disparut une seconde, réapparut, les yeux pleins de larmes.

« Il est mort ? » demanda Mayflower, la voix brisée.

Gwynplaine ne répondit pas ; il frappa le chêne du poing et s'en éloigna.

« Rentrons, dit-il. On ne pourra pas passer par là.

— Il y a d'autres passages ? demanda Judicaël.

— Oui, Brocéliande, Glastonbury, Skye, la forêt de Volodine, les bois de Reverte, les Trossachs en Écosse. Et Killarney, dans le Kerry.

— Brocéliande ? Ce n'est pas très loin, mais nous ne pouvons pas revenir en France, c'est trop risqué.

— Nous en avons conscience et c'est pour ça que nous avons besoin de réveiller Hans, vous nous avez dit qu'il comprenait bien la mécanique ?

— Oui.

— Nous avons le bateau, nous avons le moteur. Mais l'un et l'autre ne sont pas au même endroit. Mayflower et moi-même ne pouvons faire de mécanique.

— Pourquoi ?

— Nous risquerions d'être souillés et de ne plus pouvoir retourner dans le Sidh. Nous lubrifions notre vélo à l'huile végétale, la selle est en cuir non traité, tanné à l'ancienne ; nous avons appris à contourner les problèmes que nous pose la mécanique. Mais certains problèmes ne peuvent pas l'être. Le diesel, le fioul sont des poisons mortels pour nous. Mädchen, Judicaël, revenez chaque jour de beau temps ici, dans cette clairière. S'il sent votre harmonie, le chêne vous donnera le peu de forces qui lui reste, vous vous sentirez attirés par lui, vous sentirez comme une marée dans vos corps qui va et vient. N'ayez crainte ; quoi qu'il arrive vous ne passerez pas de l'autre côté. Les couleurs, le soleil, l'arbre feront du bien à Mädchen. Nous n'avons pas le temps d'attendre la floraison des jacinthes... Vous verrez le spectacle une autre fois. En fait, vous l'avez déjà vu, durant une seconde, non ? »

Mädchen acquiesça.

« Gwynplaine, ce bateau, c'est pour aller où ?

— Dans le Kerry, évidemment ! Quelle question !

— On rentre chez nous ! s'exclama Mayflower.

— Et Dagda, Gwynplaine ?

— Elle me mettra en pot, je ne peux y échapper, mais si ça me permet de vous sauver, amie

Mädchen… alors le temps est venu de revenir chez moi, dans le Sidh.

— N'est-ce pas un trop grand prix à payer ? » demanda Mädchen.

Mayflower se mit à pleurer ; il tira un mouchoir de sa poche et se moucha bruyamment.

« C'est trop triste, dit-il. C'est trop tôt.

— C'est une balade irlandaise, ami Mayflower, dit Gwynplaine. Ça ne finira pas bien, mais d'ici là, dansons et chantons !

— Et buvons ?

— Ah ça, non ! Nous avons un bateau à mettre à l'eau. »

Ses gestes dictés par une musique qu'il était le seul à entendre, l'Elfe Qui Rit accomplit une danse irlandaise et entraîna Mädchen à sa suite. Elle se mit à rire, pour soutenir Gwynplaine, puis se mit à rire vraiment, vaincue par le plaisir d'apprendre une nouvelle danse.

Autour d'elle, les jacinthes étaient en fleur quand elle ne les regardait pas de face, mais du coin de l'œil.

Et le chêne semblait lui murmurer : *« Viens, sorcière, viens. J'ai tout à t'offrir. »*

6

Guernesey, samedi 11 mars 1922

Judicaël étala la nappe sur le tapis de jacinthes non écloses. Il posa ensuite la terrine, le vin, le pain qu'il avait cuit le matin. Les verres à pied ne tenaient pas debout sur la nappe ; il les coucha.

En bout de clairière, Mädchen enlaçait l'arbre mort. Depuis le dimanche précédent, elle avait recommencé à décliner : elle dormait plus longtemps, lisait Jules Verne avec moins d'intérêt, mangeait avec moins d'appétit.

De retour près de Judicaël, elle se contorsionna pour se débarrasser de sa culotte.

« Viens, dit-elle.

— Tu ne veux pas manger d'abord ?

— Je veux sentir l'herbe me piquer les fesses, ma peau contre la terre, je veux sentir le sol sous moi et ton poids contre mon cœur. Demain matin, nous serons en mer, en route pour l'Irlande. Je veux profiter de cet endroit une dernière fois.

— On peut en profiter en mangeant et en buvant un verre.

— Je n'ai pas assez faim pour le moment. Ne te fais pas prier. Viens.

— Je suis soucieux.

— Je connais un endroit où tes soucis vont disparaître comme paille au vent. C'est un endroit très agréable…

— Tu devrais garder des forces.

— Et toi, apprendre à te taire. C'est déjà assez dur d'être malade, si en plus les gens qui t'aiment ne peuvent te regarder autrement que comme un petit oiseau tombé du nid, condamné, cela devient insupportable. »

Autour des amants enlacés, les jacinthes fleurirent, les arbres se couvrirent de feuilles, à l'exception du chêne qui mêlait ses dernières forces à celles focalisées au centre de la clairière. Judicaël, allongé sur le dos, et Mädchen, qui le chevauchait, fermèrent les yeux en même temps, exhalèrent le même soupir et ne virent pas jaillir de terre l'arbre qu'ils venaient d'y planter : un immense frêne, dressé à la frontière du monde des hommes et du monde des dieux, un frêne magique qui, arraché au Sidh, les traversa de part en part, lui d'abord, elle ensuite, avant de disparaître.

Quand ils rouvrirent les yeux, essoufflés, sa maladie à elle n'avait pas disparu, ses soucis à lui non plus.

Et leurs âmes avaient déjà commencé à voguer vers l'Irlande.

7

Au large de l'Irlande, mardi 14 mars 1922

« Terre ! cria Mayflower. C'est l'Irlande ! »

Hans regarda l'île verte qui sortait de la mer devant lui. Il donna un nouveau cap à Gwynplaine qui le suivit ; peu à peu, l'île se mit à disparaître.

« Pas de jour, dit la machine. Nous approcherons Kenmare de nuit. Nous n'y sommes pas encore. Suivez ce cap trois heures, Gwynplaine, gardez la même vitesse. Réveillez-moi pour le changement de cap. »

Hans gratta un peu de sel sur le bastingage, il glissa les cristaux dans la poche de sa veste. Une fois descendu dans la coquerie, il ouvrit les vantaux de sa poitrine. Il ne restait dans ses réservoirs qu'un fil d'énergie bleue française, moins concentrée. Il avait tout dépensé pour réparer le moteur du bateau, le transporter, le mettre en place, le raccorder à la transmission qu'il avait ensuite dû adapter et réparer, elle aussi.

« Le moment est venu, dit-il en français.

— Quel moment ? » demanda Judicaël qui était descendu voir Mädchen.

L'*Überspion* se tourna vers l'Apache.

« *Blaue Energie* finie. Je ne saurai jamais si vous avez réussi.

— On va trouver une solution pour que tu saches. N'utilise pas ton énergie pour rien. »

Hans acquiesça. Il s'assit dans la coquerie, là où il gênerait le moins, et abaissa le levier de son alimentation générale.

Sur le pont, Gwynplaine ressassait les mises en garde de l'Ogre, réfléchissait à voix haute.

« On ne peut pas arriver à Kenmare comme ça, pas avec l'*Überspion*, ce bateau enregistré à Saint-Pierre-Port, l'Apache poursuivi par toutes les polices de France, sans parler de Mädchen Schwinderhammer, l'espionne allemande.

— Impossible, en effet. Nous pourrions mouiller dans la crique Noire de l'An Ros Mór.

— C'est à vingt kilomètres de Kenmare.

— Certes, mais nous y serions parfaitement à l'abri et ça nous laisserait du temps pour réfléchir à la suite des événements. L'équinoxe commencera dimanche, culminera mardi matin.

— La crique Noire ? Bonne idée, ami Mayflower. Mais il faudra offrir quelque chose au Naufrageur.

— Il prend les reconnaissances de dettes. Vous avez un encours, ami Gwynplaine ?

— Non. Et vous ?

— Non.

— Parfait, promettons-lui la tour Eiffel. Il en rêvait la dernière fois que nous sommes passés dans les parages. »

Le soleil se levait sur la crique Noire de l'An Ros Mór.

Une heure plus tôt, les elfes avaient monnayé leur passage au Naufrageur — un rocher à la forme vaguement humaine. La tour Eiffel ne suffisant pas pour un bateau à moteur, ils avaient promis en sus l'obélisque de la place de la Concorde et la Victoire de Samothrace. La passe s'était ouverte devant le bateau diesel et refermée juste derrière, sans un bruit.

Gwynplaine avait jeté l'ancre entre deux bateaux pirates du XVIIe siècle, déserts, en très mauvais état. Sûrement hantés.

Sur le pont, Hans regardait le soleil, la passe et les nombreux bateaux qu'elle abritait. Il s'assit au gouvernail, prit dans sa poche le sel qu'il avait récupéré la veille et le glissa sous ses paupières.

Mädchen le regarda faire et appela Judicaël qui cuisinait le petit déjeuner dans la coquerie.

« Hans », dit-elle.

Mais la machine ne lui répondit pas. Judicaël monta sur le pont et Mädchen lui prit la main.

« Regarde... Il veut nous faire comprendre quelque chose, je crois.

— Qu'il pleure et qu'il sourit ? demanda Judicaël.

— Il est heureux pour nous et malheureux de quitter ce monde. Embrassons-nous. Peut-être cette image restera-t-elle gravée quelque part en lui ou dans son âme, s'il en a acquis une à notre contact. Gwynplaine, Mayflower, venez ici. »

Les lèvres se joignirent, gerçures sur gerçures ; tendresse. Debout devant le couple enlacé, les elfes se mirent à murmurer des choses désagréables au sujet du rite de la photo de famille. Et le vent emporta en partie les larmes de l'*Übermensch*.

« Et maintenant ? » demanda Mädchen.

Ne m'abandonne pas, car moi je n'aurai pas besoin de me glisser du sel sous les paupières pour te pleurer.

TROISIÈME PARTIE

LE SIDH

« Cœur épuisé, en une époque épuisée,
Libère-toi des filets du faux et du vrai ;
Ris de nouveau, mon cœur, dans le gris crépuscule,
Soupire de nouveau, mon cœur, dans la rosée du matin. »

WILLIAM BUTLER YEATS
« Crépuscule celte »
1898-1899, extrait.

1

Kerry, vendredi 17 mars 1922

Parce qu'il n'y avait plus de bicyclette à réparer, de pièces détachées à ranger, de courriers à aller poster, et parce qu'il devait passer voir la veuve Jones, comme toujours en retard de deux semaines sur le crédit de son vélo, Patrick quitta le magasin en milieu d'après-midi.

Il remonta son col par habitude, avant de s'apercevoir que le vent d'ouest qui soufflait sur le port était aussi discret que doux, incapable d'agiter les bateaux accrochés aux pontons, dont les mâts bougeaient à peine. Interpellé par la langueur des éléments, il regarda le ciel — sans nuages, à l'est comme à l'ouest. La nuit allait probablement être glaciale, mais il ne pleuvrait pas.

Au lieu de se rendre directement chez la veuve, il retourna dans le magasin prendre une lampe-tempête et un petit bidon de pétrole. Il montra le tout à son patron en disant que la sienne était cassée et lui assura qu'il lui en rachèterait une neuve samedi.

« Tu peux tout garder, fils ! » se contenta de lui crier Cormac depuis son bureau.

Une fois sur son vélo, Patrick pédala jusqu'à la maison de la veuve, sise sur les hauteurs du port. Comme à chacun de ses passages, la femme — la quarantaine épanouie, la poitrine forte, mise en valeur — lui proposa une bière, puis de payer sa mensualité en nature, poses suggestives à l'appui. Comme les fois précédentes, il refusa poliment. Il savait qu'elle louait le bateau de pêche de son défunt mari et avait amplement les moyens de payer. Il empocha la petite monnaie de « madame Jones » qui ne changea pas d'attitude pour autant, l'invitant à nouveau à boire une bière. Honteux à l'idée de perdre son pucelage avec une femme plus âgée que sa mère, trop désireux de retourner en forêt, il déclina l'offre, non sans un sourire amical.

Enfin débarrassé de la dernière corvée de la journée, il pédala jusqu'à la route de Killarney, attiré par la vieille forêt. Jamais il ne s'était senti à ce point entraîné en direction des bois. Tout son corps agissait comme l'aiguille d'une boussole. L'Arbre faisait office de nord irrésistible.

Profitant des dernières lueurs du jour, il confia son vélo à une de ses cachettes éprouvées et se mit à la recherche du charme magique.

Pour la première fois de sa vie, il s'aventurait dans les profondeurs des bois à la tombée de la nuit. Au fur et à mesure qu'il avançait sous les arbres en bourgeons, contournait les fougères et les bauges, une peur irrationnelle monta en lui. Le soleil n'était plus visible, mais un peu de sa lumière continuait à parvenir jusqu'au sous-bois humide.

Après quelques minutes de recherches, vécues comme une marche dangereuse le long d'un gouffre rempli de panique pure, il trouva une des pierres moussues marquées d'un V qui donnaient la direction de l'Arbre. Il avait mis des mois à les remarquer — elles changeaient sans cesse de position, comme le charme magique. Et il lui avait fallu plusieurs heures pour comprendre comment les utiliser, car la direction qu'elles indiquaient était celle de leur partie gravée. Une fois face à elle, il fallait donc exécuter un demi-tour parfait pour partir dans la bonne direction.

Ce qu'il fit.

Peu après, un gazouillis, quinze pas devant lui, l'incita à se baisser, puis à s'allonger sur le tapis de feuilles mortes. Il continua sa progression en rampant, comme un soldat sous le feu de l'ennemi. Il ne comprenait rien de la conversation en cours, cela ressemblait à du gaélique, mais un gaélique à la grammaire concassée et aux images obscures.

« J'ai entendu quelque chose, ami Mayflower.

— Ça devait être un lapin, ami Gwynplaine.

— Cette odeur... de la graisse pour chaîne de vélo, du pétrole raffiné, indice aromatique faible. Il y a quelqu'un.

— Dépêchons !

— Puis-je vous rappeler que nous ne pouvons pas aller plus vite que le crépuscule ?

— Alors, revenons demain.

— Non ! Ça a commencé... »

Patrick, maintenant à cinq ou six mètres des voix, continuait à ramper dans leur direction, aussi silencieux que possible. Sa tête dépassa un talus et il aperçut deux petites silhouettes en costume.

Elles contournaient l'Arbre, dans le sens inverse des aiguilles d'une montre, en touchant son tronc du bout des doigts, toujours au contact. Il attendit de voir ces nains réapparaître de l'autre côté, mais à la place un silence étrange figea la forêt. Deux minutes plus tard, les nains n'avaient toujours pas reparu et Patrick alla voir l'Arbre. Il en fit le tour — il n'y avait plus personne dans les parages.

Il imita les créatures, suivant l'énorme tronc, dans le sens inverse des aiguilles d'une montre, les doigts de la main gauche au contact de l'écorce. Après un tour complet, il se sentit happé comme par une marée invisible, mais pas sa sacoche qui, au contraire, était repoussée avec force. Il la posa sur l'herbe à quelques pas de l'arbre et recommença à tourner, doigts au contact du tronc. Il se sentit attiré, plus fort que la fois précédente, et finit par se soustraire à cette attraction, terrorisé à l'idée de passer de l'autre côté.

Je ne suis pas encore prêt, pensa-t-il après s'être remémoré la mise en garde de son employeur.

Il alluma la lampe à pétrole et l'approcha de l'Arbre ; il sentit alors que le charme magique repoussait l'objet, tentait d'en éteindre la flamme.

Mais comment ? Je ne sens rien, ni souffle ni courant d'air…

Puis la nuit s'installa pour de bon et les phénomènes de répulsion et d'attraction diminuèrent jusqu'à cesser.

Il repensa aux deux silhouettes bavardes ; on aurait dit des nains. Il était impossible que des enfants de deux ans parlassent ainsi un gaélique très ancien. Et même pour des nains, ils étaient sacrément petits…

Un peu plus de deux pieds de haut ?

Sur le chemin du retour, il refusa l'évidence : il avait vu des créatures du Sidh, des créatures du monde des dieux qui étaient rentrées chez elle, au crépuscule.

Une fois dans son lit, il commença à accepter cette hypothèse et échafauda un plan.

Risqué.

Je vais essayer de te venger, Michael Collins.

Le vent d'ouest se leva alors et murmura à travers le toit de la grange en ruine : « *En toi coule le sang de Cú Chulainn, tu es à moi, car je suis l'Irlande véritable.* »

« Et maintenant que nous sommes là ? demanda Mayflower.

— Nous attendons l'aube et nous repartons.

— Sans prendre de poudre de fée ?

— Il faudrait la voler au pied du trône de Dagda. Ce qui ne servira à rien, la poudre ne guérira pas Mädchen… Nous devons conduire votre amie à la déesse guérisseuse.

— Elle est souillée ! Dagda sera furieuse.

— Je sais, mais il n'y a pas d'autre solution si nous voulons la voir guérie. Et même si Dagda accepte de nous aider, je ne suis pas sûr qu'elle puisse la sauver. Ce mal est si nouveau ; pourra-t-elle l'extraire en totalité ?

— Mais alors, pourquoi être venu ici, ce soir ?

— Je voulais prendre la mesure des marées d'équinoxe. Elles sont puissantes. Accrochée de toutes ses forces à Judicaël, Mädchen pourra passer de l'autre côté. »

Gwynplaine inspira l'air. Cette odeur, il connaissait cette odeur. Il se tourna vers l'est. Quelque chose bougeait dans l'obscurité de la forêt magique, quelque chose progressait.

« Non ! cria-t-il. Nous n'aurions jamais dû parler d'elle ici. Nous n'aurions jamais dû mentionner son nom, si près de sa clairière…

— C'est vous, ami Gwynplaine, qui avez commencé.

— Je sais, dit l'Elfe Qui Rit en se ruant vers le charme magique. Treize siècles passés dans le monde des hommes… J'avais oublié les règles du mien. Imbécile ! »

Gwynplaine toucha l'écorce et ne ressentit rien ; le portail venait de se fermer jusqu'à l'aube. Venus de l'est, du lierre, de la vigne vierge et des liserons en fleur déferlèrent, se transformèrent en un bras gigantesque qui saisit les pieds de la petite créature. Jetée à terre, elle commença à être tirée à travers la forêt des dieux. L'Elfe Qui Rit n'essaya même pas de saisir un arbuste ou une racine. Résister ne ferait qu'accroître la colère de Dagda.

Mayflower s'élança à la poursuite de son ami en courant à quatre pattes.

« Ami Mayflower ! lui cria Gwynplaine. C'est Dagda ! Fuyez ! Ramenez Mädchen, demain ou après-demain, pour l'équinoxe.

— Je ne peux pas vous abandonner.

— Il le faut ! Sinon, Mädchen mourra ! Vous

avez un talent, ami Mayflower, le moment venu servez-vous-en ! Ne faites pas comme moi, n'oubliez pas qui vous étiez dans ce monde ! Notre monde... Nous sommes revenus comme des étrangers, mais je mourrai comme un elfe.

— Non ! »

Mayflower s'arrêta de courir, non pas parce que son ami le lui avait ordonné, mais tout simplement parce qu'il venait de sentir la proche présence du Roi des Aulnes. Il se tourna en direction du dieu, se vida l'esprit puis se fraya un chemin à travers d'épais fourrés. Tout en progressant vers le Souverain à la hache, il s'obligea à penser à un mur de végétation impénétrable, un mur de bruyère, de lierre, de buis et de houx. Os d'animaux, andouillers, cornes et peaux tannées. Bois mort, mousses et épines. Rocs, sable, boue, mica, affleurements de quartz et galets de rivière.

À la faveur d'une trouée dans les fourrés, son regard tomba sur les retrouvailles de l'Elfe Qui Rit et du dieu aux deux visages qui l'avait mutilé d'un simple coup d'ongle. Souffle coupé, Mayflower s'arrêta, recula légèrement dans les fourrés pour profiter au mieux de leur couvert.

Là, il observa la scène.

Prisonnier d'une tresse de lierre et de liserons, Gwynplaine était suspendu tête en bas à sept pieds du sol. Face à lui, toute proche, se dressait une puissante silhouette armée d'une immense hache dont le long manche courbe avait été sculpté dans un andouiller de megaloceros.

« Traître, vous voilà de retour.

— Oui, mon Roi. On m'appelle désormais Gwynplaine…

— Un nom humain, pareil à un rire sombre, un nom d'équinoxe d'automne. Il fallait bien qu'ils finissent par vous récompenser. »

Témoin de la conversation, enseveli sous une vague d'émotions, Mayflower se mordit le poing pour ne pas crier. Des larmes inondèrent ses joues. Il s'en débarrassa d'un coup d'oreille.

Le Roi des Aulnes tourna la tête dans la direction de Mayflower, puis s'approcha de son prisonnier, presque au contact. Tout son corps était de lierre, de liseron, de vigne vierge et de houx. Une couronne de gui, évoquant les lauriers d'un césar, le coiffait.

« J'ai souvent rêvé de ce jour, annonça le dieu.

— Treize siècles ont passé, précisa Gwynplaine.

— Le temps n'a eu aucune influence sur ma détermination. J'ai promis de vous punir, vous serez puni. Vous ne verrez pas le prochain équinoxe d'automne. Mais il me manque quelque chose.

— Après-demain, vous aurez ce qu'il vous manque. Après-demain, au plus tard.

— Oui… Je sens la vérité dans l'odeur de tes mots. J'ai vu au-delà de cette vérité, mais une infime partie de ce que j'ai vu m'est incompréhensible. Un nuage de cendres et de poussière monte de terre, poussé par une étrange colonne de feu nauséabond, plus dévastateur qu'une explosion volcanique. Cette éruption m'aveugle, sa magie bleue me bombarde d'étranges lucioles sans vie qui me repoussent vers les temps anciens, celui du tigre à dents de sabre, et m'empêchent de voir le futur.

Se dresse face à moi une cascade de lumière impénétrable qui avance, me brûle les yeux, et dont le flot pourrait bien m'annihiler. »

La hache s'abattit. Mayflower mordit son poing plus fort. Du sang lui coula dans la bouche.

Le Roi des Aulnes jeta Gwynplaine sur son épaule, comme un marin son sac. Prisonnier de sa nasse végétale, l'Elfe Qui Rit fit un petit signe de la main à son vieil ami. Le dieu salua Mayflower avec sa hache aux deux tranchants en croissant de lune, se dressa sur une vague de végétaux et s'élança vers sa clairière, où se trouvait son trône d'os, où se trouvait le trône de bruyère mauve de sa reine, Dagda.

Mayflower sortit des fourrés à quatre pattes. Il s'essuya les mains, s'épongea les yeux et les joues avec le revers de ses oreilles. Il se donna le temps de recouvrer entièrement son souffle, de se calmer. Cela faisait des siècles qu'il n'avait pas été séparé de Gwynplaine plus d'une heure. Écrasé par un sentiment de solitude et d'abandon, il marcha jusqu'à un sanctuaire où il fut bientôt rejoint par un énorme sanglier au pelage clair qui, une fois dans le cercle de pierres dressées, se transforma en homme nu.

« Ça ne vous embêterait pas de me laisser seul ? » demanda Mayflower.

L'inconnu grogna quelques mots. Comprenant son erreur, l'elfe répéta sa supplique dans la Langue Ancienne.

« Ah ça, non ! répondit l'homme nu. Le plus proche sanctuaire se trouve de l'autre côté de la tranchée de Balor. »

L'homme gratta la vermine prisonnière de sa toison pubienne, croqua quelque chose, cracha par terre.

Ne pouvant en supporter davantage, Mayflower se leva et se mit en marche vers l'ouest. Il traversa la zone sans arbre que les elfes appelaient la tranchée de Balor. Le dieu pétrifié, vaincu par Lug, se réveillait parfois, mais jamais très longtemps. Il poussait sur ses bras, haussait les épaules et un système complexe de poulies et de cordes retroussait alors son unique paupière. Aussitôt, toute chose vivante se trouvant dans l'axe de son regard, dépérissait et mourait.

Des arbustes poussaient dans la tranchée large d'une centaine de mètres à sa base et de plusieurs kilomètres à l'horizon : des genévriers, des mimosas et des robiniers hauts de deux mètres. Balor n'avait pas ouvert l'œil depuis un an et demi, deux ans peut-être, évalua Mayflower en se basant sur la taille des acacias.

L'elfe trouva sans mal le sanctuaire mentionné par le changeforme. L'endroit était désert. Il s'y installa et fit du feu dans le cercle de pierre central, utilisant les silex et le bois sec laissés là pour cet usage. À cette heure-ci, Gwynplaine se trouvait dans les griffes de Dagda.

Combien de temps le Roi des Aulnes attendra-t-il pour confier Gwynplaine à sa forme féminine, la déesse-guérisseuse Dagda ?

Et combien de temps attendra-t-elle alors pour le mettre en pot ?

2

Kerry, dimanche 19 mars 1922

« Il nous faut réessayer ce soir, avec une corde peut-être, annonça Mayflower en tisonnant les braises sous le lapin.

— Ça n'a pas marché hier, pourquoi cela marcherait-il ce soir ? demanda Judicaël.

— À cause des marées d'équinoxe. Leur pic aura lieu mardi, après l'aube. Ça a presque marché hier ; vous êtes passé, mais pas Mädchen.

— Et pourquoi ne pas attendre lundi ?

— Gwynplaine est prisonnier de la Reine des Elfes depuis vendredi soir. Je ne peux pas attendre, c'est trop dur…

— Mais tu as dit que tu n'irais pas avec nous, que tu resterais au sanctuaire, de l'autre côté de la tranchée de Balor.

— Oui, c'est ce que j'ai dit.

— Mayflower, j'ai confiance en toi, mais il faut que tu m'en dises davantage.

— Je n'en sais pas davantage, se mit à pleurer la petite créature. Vous allez voir la Reine, vous négociez la guérison de Mädchen et, quand ce sera fait, vous reprendrez le chemin de l'Arbre, vous n'aurez qu'à y penser, vos pas seront guidés. Pendant ce temps, je chercherai un moyen de délivrer Gwynplaine.

— Et si ce moyen n'existe pas ?

— Alors, je ne reviendrai pas avec vous.

— Que va nous demander la Reine ?

— Je l'ignore, mais si elle accepte de soigner Mädchen, elle vous demandera quelque chose que vous serez en mesure de lui donner. »

Afin d'en faire leur quartier général dans le Kerry, le field-marshal French et ses plus proches officiers avaient réquisitionné Muckross House : une magnifique demeure construite en 1843 par William Burn, située à six kilomètres de Killarney, à l'orée de la grande forêt. Les soldats, des vétérans de la Grande Guerre pour la plupart, stationnaient non loin dans des baraquements de bonne qualité et des bâtiments réquisitionnés. Une demi-douzaine de blindés légers était parquée dans l'ombre de Muckross Abbey, sous des bâches vertes. Sur la rive orientale du lac Muckross, un hydravion de reconnaissance et deux petits vapeurs militarisés avaient leur ponton dédié.

Conscient des risques qu'il prenait, Patrick Dolan se présenta aux portes de Muckross House vers dix heures du matin et demanda à voir William Butler Yeats ou le field-marshal French. Sur leurs gardes, arme à la main, deux jeunes soldats anglais le fouillèrent puis le conduisirent jusqu'à un sergent qui vérifia ses papiers.

« William Butler Yeats ? On n'a aucun officier de ce nom-là en poste ici.

— Je n'ai jamais dit que c'était un officier. Savez-vous pourquoi certaines pierres de la forêt de Killarney sont marquées d'un V ?

— Ne joue pas au plus malin avec moi ! hurla l'officier.

— D'accord, puisque vous le prenez comme ça, je rentre chez moi.

— Gardes, arrêtez-le.

— Avant que vous ne fassiez quelque chose de regrettable, sachez que mon oncle et mon patron sont au courant de ma visite ici et que les informations en ma possession intéresseront beaucoup et monsieur Yeats et le field-marshal French.

— Et je te dis qu'il n'y a personne du nom de Yeats ici.

— Alors, c'est que vous êtes mal informé.

— Tu manques pas d'air, bouffeur de patates. »

Le sergent se leva et disparut quelques minutes, laissant Patrick sous bonne garde. Ses mains étaient moites. Son cœur emballé commençait à peine à ralentir.

Soudain les soldats se mirent au garde-à-vous et un officier de forte carrure apparut, accompagné du sergent qui était allé le chercher. Patrick mit un certain temps à reconnaître le field-marshal French qu'il n'avait vu qu'en photo dans le journal. En vrai, French ressemblait moins à un bouledogue constipé que sur le cliché qu'utilisait la presse locale. C'en était presque décevant.

« Comment t'appelles-tu ?

— Patrick Dolan.

— Tu n'as pas l'accent d'ici. Tu es originaire de la région ?

— Non, je viens de Cork.

— Escortez-le jusqu'à mon bureau. Et apportez-nous du thé. »

Le sergent resta debout près de la porte du bureau, une main sur la crosse de son arme. Le field-marshal ouvrit son tiroir et en sortit un lourd pistolet à chargeur qu'il posa sur un sous-main en cuir bordeaux. Patrick supposa qu'il s'agissait d'un Mauser — une prise de guerre.

« Tu peux t'asseoir, annonça l'officier.

— Je préfère rester debout, field-marshal.

— C'est tout le problème de l'Irlande, et des Irlandais, alors qu'on les invite à s'asseoir et à boire le thé, ils préfèrent rester debout, à tenir leur casquette mitée des deux mains comme si quelqu'un allait la leur voler. Je vais te poser trois questions. Si tu réponds mal à une de ces question, si tu me mens, je te colle une balle entre les deux yeux. Tu as bien compris ?

— Oui, field-marshal. Était-ce votre première question, field-marshal ? demanda Patrick.

— Foutre non ! Si y'avait un musée de l'Irlande à Londres, il faudrait t'exposer dans ce musée des horreurs, éviscéré, recouvert d'une bonne couche de cire. Dis-moi, toi qui as la langue si bien pendue : si tu es originaire de Cork, que fais-tu à Killarney ?

— Je suis venu explorer la forêt, trouver les pierres marquées du V qui mènent au Sidh. Vous savez ce que c'est ?

— Sergent, laissez-nous. Et faites venir Yeats, s'il est dans les parages. »

Patrick hésitait à s'asseoir maintenant, mais comme il lui faudrait se lever à l'arrivée du poète, il préféra rester debout. Quelques minutes de silence plus tard, Yeats apparut à la porte et la referma derrière lui.

« C'est ce gamin ? demanda le poète affublé d'un accent irlandais épais comme de la mélasse.

— Oui, répondit le field-marshal. Vous en plus jeune, moins poli, moins bien lavé. »

Le thé fut servi et une nouvelle fois French proposa à Patrick de s'asseoir. Il n'aimait pas trop le thé, mais accepta une tasse sans se faire prier, puis posa ses fesses dans un des deux fauteuils placés face au bureau de French. Il goûta le breuvage chaud, sucré, le trouva délicieux, comprenant qu'il n'avait jusqu'alors jamais bu de bon thé.

« Alors, jeune homme, dis-nous ce que tu sais sur cette forêt et ce monde invisible.

— Je sais où se trouve le portail, je sais à quoi il ressemble, je sais comment on le franchit. Dans les deux sens. Et toutes ces informations valent de l'argent… Ça fait un an que vous cherchez le point de passage, votre troupe dans le Kerry coûte environ quatre mille livres par jour à la Couronne. Je me contenterai de mille livres et d'un laissez-passer pour l'Angleterre, sous une nouvelle identité.

— Rien que ça ? Je pourrais t'arracher ces informations sous la torture ? »

Patrick but une nouvelle gorgée de thé.

« Délicieux… Teddy O'Sullivan, Padraic Ross, Michelain Rathaille, Ciarán O'Brien, eux aussi ont été torturés par les Anglais. Et aucun d'eux n'a parlé.

— J'ai connu certains de ces hommes. Tu te crois de leur trempe ?

— Non, au contraire, je suis de ceux qui acceptent de boire le thé avec les Anglais. Je veux cinq cents livres tout de suite. Vous me donnerez le reste et les papiers quand vous aurez trouvé ce que vous cherchez dans le Sidh.

— Si tu crois que je vais me laisser escroquer par un petit Irlandais qui s'y connaît un peu en folklore local, tu te trompes.

— J'ai vu la Reine… »

La veille, il était retourné à l'Arbre, il avait attendu le crépuscule et avait exécuté le rituel jusqu'au bout, passant du monde des hommes à celui des dieux.

Dans le Sidh.

Des traces profondes dans le sol et sur l'écorce des arbres, des arbustes cassés l'avaient mené à la clairière du Roi des Aulnes. Caché derrière un tronc d'arbre, il avait vu le dieu poser sa hache à deux tranchants contre son trône d'os humains et se transformer. Ses bras s'étaient retournés au niveau des épaules et des coudes, puis son corps avait fait demi-tour sur lui-même, changeant entièrement d'apparence. La couronne de gui s'était transformée en sept tresses. Des traits féminins étaient apparus, sur ce qui, l'instant d'avant, était l'arrière de la tête d'un guerrier à la chevelure en bataille.

La Reine des Elfes, à la lourde poitrine, au ventre bombé de femme enceinte, s'était alors tournée vers Patrick et l'avait fixé de ses yeux rouges comme les fruits du houx Maîtrisant sa peur, le jeune homme s'était caché afin de continuer à observer la Reine et son minuscule prisonnier.

Je ne l'intéresse pas, je ne suis rien à ses yeux.

Et c'est couché dans d'épais fourrés que Patrick avait élaboré un plan.

Un plan excellent, à défaut d'être parfait.

Insensé.

Dangereux.

« J'ai vu la Reine, répéta Patrick. La nôtre, pas la vôtre. Assise sur son trône de bruyère mauve. Juste à côté se trouvait le trône de son Roi, tout en os humains. La Reine est une créature aussi magnifique que terrifiante. Ses yeux sans pupille sont rouges comme le sang frais. Ses dents sont comme celles d'un poisson carnassier, fines, longues et pointues. Comme des aiguilles courbes. Son corps n'est que lierre, liseron et houx, ses cheveux sont de gui, disposés en sept tresses, trois de chaque côté de sa tête, une, plus longue, à l'arrière. Son domaine est marqué de son signe, on dirait un V ou un cinq romain, mais c'est le symbole du chaudron, du calice, le symbole de la féminité, de l'utérus et de la toison d'une femme. Un symbole très ancien. La Reine était là avant les Anglais, avant les Vikings, avant les chrétiens, avant les Romains, avant les Gaëles. Cette terre est sienne. Quand la Reine guérit, elle est reine, quand elle part à la guerre, elle devient roi. Vous l'appelez le Roi des Aulnes, mais c'est dû à un vieux problème de traduction : The Elf King, le Roi des Elfes, est devenu The Erl King. Ce que je sais vaut vraiment mille livres et un laissez-passer pour l'Angleterre, en fait l'Écosse, où j'aurai moins de mal à m'intégrer. Sur la route de Kenmare, trois kilomètres après la sortie de Killarney, part un sentier en direction du cœur des bois. Je vous attendrai là-bas, demain lundi, vers midi. Maintenant donnez-moi mon argent. »

Yeats hocha la tête et French sortit de son coffre une liasse de cinquante billets de dix livres.

« Si c'est une embuscade de l'I.R.A., tu mourras demain, gamin… Et ensuite, je m'occuperai personnellement de tous les membres de ta famille.

— Croyez-vous vraiment que l'I.R.A. compte assez de combattants pour tendre une embuscade à deux mille soldats anglais si loin de ses bases de Cork, Dublin et Kilkenny ? Moi, je ne le crois pas, et pourtant je suis irlandais… Le thé était délicieux, merci. »

Une fois Patrick raccompagné jusqu'à sa bicyclette, Yeats se resservit du thé.

« Ce gamin semble savoir des choses que j'ignorais, dit-il. Ainsi le Roi des Aulnes et la Reine des Elfes ne feraient qu'un ? Il est bien jeune pour en savoir autant sur le monde invisible et ses dieux ; il y a quelqu'un de plus âgé derrière lui, et ça ne peut pas être un de nos ennemis. Si vous le suivez demain au cœur de la forêt, vous devrez prendre la Relique avec vous. Vous la poserez sur le trône de bruyère. Aussitôt, autour de l'objet sacré la nature fanera, tout mourra et, ensuite, il vous faudra revenir au portail plus vite que ne progressera la Terre Gaste…

— Sinon ?

— Vous ne pourrez pas revenir. La Terre Gaste

fermera le portail en l'empoisonnant, de façon irréversible. Le choc provoqué sera équivalent à une infection foudroyante, à un incendie attisé par une tempête. »

French déglutit.

« Vous m'aviez dit que cette reine était comme un fantôme, un reflet de choses anciennes.

— Je le crois toujours, le monde invisible est une création de l'esprit de toutes les populations humaines. Il n'y a pas un monde invisible, mais plusieurs. Chaque territoire humain possède son monde invisible, régi par un roi, une reine ou un panthéon de divinités. Même si elle vous apparaît demain, la Reine des Elfes ne pourra pas vous blesser. C'est un reflet, le reflet d'un peuple vaincu.

— Cœur épuisé en une époque épuisée. » Yeats laissa un petit sourire d'orgueil déformer ses lèvres. « Et cette infection galopante, comme vous dites, elle sera décisive ?

— Que restera-t-il aux Irlandais si, d'un claquement de doigts, vous en faites des Anglais ?

— Dois-je déduire de cette conversation que vous ne viendrez pas avec nous ?

— Je repars sur Dublin, demain matin, et même si ça n'avait pas été le cas, je ne vous aurais pas suivi. Il m'est impossible d'être à Killarney le jour de votre triomphe. »

French lâcha un éclat de rire et alluma un des cigares que lui avait offerts Winston Churchill.

« Fumons à mon triomphe.

— Ce jeune ouvrier, vos hommes sont déjà en train de le suivre ? demanda Yeats.

— Bien entendu. On n'est jamais trop prudent. Pourquoi cette question ?

— Pour rien.

— Vous croyez qu'il ment ?

— Non, je crois qu'il a vraiment vu la Reine des Elfes et je me demande en fait ce qu'il a ressenti à ce moment-là… »

Yeats alluma son cigare.

« Vous auriez aimé être à sa place ?

— Si je la voyais, je crois que, contrairement au Thomas de la vieille ballade irlandaise, je ne saurais trouver le courage de revenir.

— Je vous ai toujours cru moins sentimental. Il me semblait que vous aviez laissé tout ce folklore derrière vous.

— Je m'apprête à le faire, mais ce n'est pas encore fait. On ne quitte jamais totalement l'ordre hermétique de la Golden Dawn.

— Je ne vois aucun rapport avec le Sidh… »

Yeats sourit.

« La Golden Dawn a disparu le jour où une preuve de l'existence du Sidh a rendu caducs ses rites et la moitié de ses sujets d'étude. L'Astrologie, le tarot, la talismanie, la Gnose, la magie énochienne, l'alchimie et l'hermétisme… aucune de ces disciplines n'est d'un quelconque secours pour se rendre dans le Sidh. Contrairement au Voyage Astral, à la géomancie, à l'étude du paganisme, des mégalithes et des religions européennes préchrétiennes.

— Quelle était cette preuve ?

— Devant témoins, sous une aube dorée, un homme est sorti d'un très vieil arbre dans le bois de Killarney. Le tronc de ce charme vénérable n'était pas creux et l'inconnu était habillé comme un troubadour et portait à l'épaule un crwth. Dès qu'il a posé le pied dans notre monde, son corps a commencé à vieillir, à se flétrir. Il a hurlé son prénom puis il est mort. Ensuite, son corps a commencé à tomber en poussière et a disparu.

— Qui vous dit que cette histoire était vraie ?

— J'étais le témoin. Et nous, Irlandais, savons tous qui était ce troubadour.

— Et vous n'avez jamais retrouvé l'Arbre ?

— Jamais. Et ce n'est pas faute d'avoir cherché. »

Après avoir pédalé sur cinq cents mètres, Patrick descendit de vélo et s'assit sur un rocher pour pleurer.

Un mauvais plan.

Insensé.

Dangereux.

Maintenant qu'il avait passé un accord avec le field-marshal French, il doutait de réussir. Son adversaire semblait méfiant, à juste titre, et impitoyable. Quant à Yeats, il ne savait pas quoi en penser. Il n'arrivait pas à le considérer comme un traître.

Si tu n'es pas un traître, William Butler Yeats, pourquoi passes-tu tant de temps avec ce field-marshal anglais ?

Patrick n'arrivait pas à oublier la Reine des Elfes qui l'avait davantage marqué que le Roi des Aulnes et sa hache aux tranchants en croissant de lune. Il l'avait vue et entendue : elle avait longtemps parlé à son minuscule prisonnier, dans une langue incompréhensible qui semblait plus vieille que le monde, puis elle avait roulé la prison végétale dans de la boue et avait commencé à faire cuire le tout au-dessus d'un feu, transformant peu à peu la nasse en un pot de terre — aéré. La chose prisonnière de l'argile et des végétaux avait hurlé de douleur. Une fois la nouvelle prison terminée, la Reine l'avait posée par terre, à côté de son trône. Elle avait ensuite apporté à manger et à boire à son prisonnier, avant de lui confier une petite bourse de cuir.

Un bruit sortit Patrick de ses souvenirs. Des soldats l'avaient suivi.

Il dissimula son vélo dans l'une de ses cachettes habituelles et sema ses poursuivants dans la forêt qu'il connaissait si bien.

Arrivé devant chez Cormac O'Hara en milieu d'après-midi, Patrick frappa à la porte.

Son patron lui ouvrit et parut surpris.

« Un problème avec le magasin ?

— Non.

— Tu m'as fait peur.

— Peut-on parler quelque part ? »

Cormac rassura d'un signe de la main sa femme et ses filles, puis emmena Patrick au bout du jardin.

« Que se passe-t-il, fils ?

— Monsieur O'Hara, vous avez été bon pour moi, aussi bon qu'un père. Et aujourd'hui je vous dois la vérité. Je m'appelle Patrick Dolan, sur ça, je ne vous ai pas menti, c'est mon vrai nom. Mais j'ai été envoyé dans le Kerry par Michael Collins pour espionner les troupes anglaises stationnées dans la région. Je suis sûr que vous l'avez toujours su. Aujourd'hui, d'une certaine façon, j'ai été démasqué…

— Tu es sérieux, là ? Parce que des gamins qui disent être de l'I.R.A., j'en vois passer un par semaine et ils sont nombreux à tomber pour s'être vantés auprès de la mauvaise personne.

— Je ne suis pas de l'I.R.A., mais je suppose qu'aux yeux des Black and Tans ça ne fera aucune différence. J'espère que ça ne vous mettra jamais dans l'embarras. Et si ça devait arriver, sachez que jamais je ne cesserai de le regretter. J'ai écrit une lettre pour ma mère ; j'ai mis l'adresse dessus, mais j'ai besoin que vous la lui portiez. J'ai de l'argent pour elle et j'en ai pour vous et votre peine. Voici cinq cents livres, donnez-en au moins la moitié à ma mère, dites-lui que je n'ai jamais compris, pour le prêtre, mais que je lui ai pardonné.

— Et toi ?

— Demain, j'aurai disparu. D'une façon ou d'une autre. »

Cormac grimaça et prit l'argent.

« Je sais quand quelqu'un va faire une bêtise. Une grosse bêtise.

— Merci d'apporter cet argent à ma mère. Adieu.

— Collins…

— Oui, monsieur O'Hara ?

— C'était un de mes amis d'enfance, Patrick. Un jour ce pays se souviendra de l'homme juste qu'il était. J'aimerais que cette nation n'ait pas à se souvenir de toi de la même façon, en te pleurant.

— Il est trop tard maintenant, monsieur O'Hara. Je crois que jamais ce pays ne saura ce que j'ai fait ou juste essayé de faire pour lui. Et c'est très bien comme ça », dit Patrick avant de disparaître.

Le soleil se couchait sur la forêt.

Mädchen perchée sur son dos, la main gauche au contact de l'écorce, Judicaël tournait autour de l'Arbre dans le sens inverse des aiguilles d'une montre, suivi de près par Mayflower.

L'attraction commença, se fit de plus en plus forte.

Mädchen était repoussée, Judicaël attiré.

« Accroche-toi de toutes tes forces, dit-il à Mädchen. Sinon, on utilisera la corde. »

Il fut à nouveau happé comme par une vague et se laissa emporter. Un craquement de tonnerre se fit entendre et le monde donna l'impression de basculer cul par-dessus tête.

Quand Judicaël rouvrit les yeux, Mayflower était en train de le secouer.

« Elle ne doit pas toucher le sol ! Soulevez-la, ami Judicaël. Je ne peux pas la toucher ici. Vite, au sanctuaire ! »

Judicaël se releva, aida Mädchen à remonter sur son dos. À l'endroit où la jeune femme était restée étendue quelques minutes, l'herbe sèche, comme brûlée, dessinait une tache elliptique longue de plusieurs pas. Autour du couple, la forêt était d'une luxuriance surnaturelle. Arbres, fougères, plantes fleuries, tous d'une taille inhabituelle, offraient à la faune une infinité de cachettes. Les bruits des animaux, le bourdonnement des insectes, les parfums des plantes épaississaient l'air jusqu'à le rendre légèrement écœurant.

« Ça ne s'étend pas, annonça Mayflower après avoir inspecté l'herbe morte. C'est déjà ça. »

Ils se mirent en route pour le sanctuaire.

Mayflower avait prévenu Mädchen et Judicaël avant de commencer à tourner autour du charme : « Tant que nous ne serons pas au sanctuaire, aucun de vous ne pensera à Gwynplaine ou à Dagda. Pensez à quelque chose d'autre. Moi, je penserai à un certain sanglier au dos argenté. Répugnant. »

Une fois arrivé au cercle de pierres, Mayflower se hâta de faire du feu.

« Nous sommes à l'abri, ici ? » demanda Mädchen, assise sur un rocher.

« Oui, cet endroit canalise tant d'énergie qu'il aveugle les dieux, lui répondit Mayflower. Des pierres ont été dressées là pour signaler l'endroit, mais l'énergie ne vient pas d'elles, elle vient de la terre, sous nos pieds. Un dieu, un dragon ou un géant a dû être enterré là, il y a plusieurs dizaines de siècles. Nous allons passer la nuit ici, vous ferez sans doute des rêves étranges. Et demain après l'aube, vous irez voir Dagda.

— Et toi ?

— Nous avons déjà parlé de ça. Je vous attendrai jusqu'en milieu d'après-midi… Passé ce délai, je partirai à votre recherche. N'ayez pas peur, Dagda ne vous fera aucun mal, elle ne le pourra pas.

— Pourquoi ?

— Parce que vous vous aimez. Et s'il y a bien une chose à laquelle elle est sensible, c'est l'amour. Elle a connu un amour d'une incroyable pureté avec le troubadour Thomas, et quand il est parti pour la seconde fois, en 1903, ça l'a anéantie. »

3

Sidh, lundi 20 mars 1922

Mädchen sur le dos, Judicaël se mit en route vers l'est. La jeune femme, plus grande que lui, accrochée à son cou, lui avait ceint les hanches de ses jambes pour équilibrer au mieux le fardeau qu'elle représentait.

Après une distance qui lui sembla supérieure à un kilomètre, désireux de reprendre son souffle, l'Apache laissa son amoureuse sur une longue échine rocheuse qui lui arrivait à hauteur de genou. Sur la pierre, le lichen prit la couleur de son support, s'effrita et se mêla à la légère brise qui agitait les arbres.

« Tu es prête ? » demanda Judicaël, après quelques minutes de silence.

Mädchen lui fit signe que oui et appela Dagda, à voix haute.

« Reine des Elfes, guérisseuse du Sidh, j'ai besoin de ton aide. Dagda ! Mon corps est souillé, débarrasse-moi de ce poison ! »

Elle s'égosilla ainsi plusieurs minutes et, enfin, quelque chose se mit à bouger au loin dans le sous-bois. Mädchen se tourna dans cette direction et vit approcher un immense serpent constitué de lierre et de liserons en fleur tressés. La queue de la chose se perdait dans la distance, loin en direction de l'est.

La jeune fille eut un petit mouvement de recul et Judicaël la saisit par les hanches pour l'empêcher de glisser du rocher.

« N'aie pas peur, lui murmura-t-il.

— Parce que tu n'as pas peur, toi ? »

Ils se sourirent.

Le serpent s'arrêta à leurs pieds et dressa la tête à hauteur de leur regard. Sa gueule s'ouvrit et une langue bifide frémissante en jaillit pour caresser la joue de Mädchen. La jeune femme tenta de se soustraire à ce contact, mais Judicaël la tenait toujours fermement par les hanches.

Le lierre dont était tressée la langue ophidienne mourut, se détacha et tomba dans l'herbe, y créant un cercle mort de la taille d'une petite assiette.

Le serpent donna deux coups de tête vers l'est et commença à reculer lentement.

Judicaël récupéra Mädchen sur son dos — bras autour du cou, jambes autour des reins — et suivit la créature végétale. En cours de route, le serpent s'arrêta pour déterrer un rocher. Il l'avala, puis reprit sa glissade en marche arrière. Le roc, de la taille d'un homme en position fœtale, déformait ses flancs.

Quelques minutes plus tard, Mädchen et Judicaël arrivèrent à l'orée d'une grande clairière, disque parfait au fond duquel se dressaient deux trônes : un de bruyère mauve, en fleur ; l'autre d'ossements humains. Près du foyer éteint, au centre de l'étendue d'herbe rase, se trouvaient serrés des chaudrons, des pots, des écuelles en bois, des bouteilles à la forme grossière et même des calices en or. Le serpent déglutit son rocher devant le trône de bruyère. Il se ramassa sur lui-même et se transforma en une femme de lierre, de vigne vierge et de liserons, aux sept longues tresses de gui, au ventre et aux mamelles énormes. Aux tétons gros comme des balles de revolver.

« Que la fille se tienne sur le rocher, ordonna la Reine à Judicaël, en français.

— Je viens pour…

— Je sais pourquoi vous venez. » D'un coup de menton, la Reine des Elfes montra une poterie dont la forme et la texture évoquaient celles d'un nid de guêpes maçonnes. « Le traître Gwynplaine m'a tout raconté. Votre amie est souillée et sa souillure est si puissante qu'elle pourrait détruire le Sidh. Je devrais vous annihiler pour avoir osé l'amener ici. Un jour, dans une vingtaine d'années, une souillure équivalente détruira en partie votre monde industriel. Le vent la portera jusque dans l'est de votre pays d'origine et, en moins de dix ans, vous compterez vos morts par milliers. Mais commençons par le commencement… »

La Reine saisit une coupe en or posée près du plus gros de ses chaudrons et s'approcha de Mädchen. Elle se pencha sur la jeune femme et la renifla. Le visage, le torse et enfin l'entrejambe.

« Je vais vous soigner, dit-elle, retirer tout le poison de votre corps. J'aspirerai ce qui est dans votre sang, j'aspirerai ce qui s'est mis à l'abri dans vos os. Mais je veux quelque chose en échange…

— Nous avons été prévenus.

— Bien sûr… Vous et votre amant rapporterez

dans votre monde souillé, et appelé à l'être davantage, les restes de Gwynplaine, quand j'en aurai fini avec lui. En attendant, vous le regarderez mourir.

— Les restes de… Non ! »

La Reine sourit.

« Alors, vous pouvez rentrer chez vous, y mourir… Inutile de perdre davantage de temps, vous êtes venus ici pour rien.

— Mädchen ! appela Gwynplaine depuis sa prison de terre cuite. Vous vous souvenez de ce que vous m'avez dit sur le monde… qu'il serait plus beau si nous donnions davantage… Je vous offre ma vie, pour sauver la vôtre. Acceptez ! »

La Reine des Elfes partit d'un grand rire et alla s'asseoir sur son trône de bruyère, avec lequel elle ne fit bientôt plus qu'un. Elle ferma les yeux.

« Acceptez ! » cria à nouveau Gwynplaine.

Mädchen se tourna vers Judicaël qui n'avait rien dit jusqu'ici. Il pleurait.

« Je vous donne ma vie, Mädchen. Je connais votre secret ! annonça l'Elfe Qui Rit.

— Quel secret ? Que je me suis mise nue devant l'Ogre ? Il y a longtemps que je l'ai avoué à Judicaël. Il a compris ; il ne s'est même pas mis en colère…

— Alors, il comprendra que vous preniez ma vie, une vie ancienne, usée, la vie d'un traître, pour en sauver trois.

— Trois ? » s'étonna Judicaël.

Mädchen, moi et… Mayflower, évidemment. Que je suis bête !

« Vous portez des jumeaux, Mädchen, ou des jumelles ! cria Gwynplaine. Il est trop tôt pour que je puisse vous informer de leur sexe, mais j'entends leurs cœurs battre, même de là où je me trouve. J'ai eu une belle vie, j'ai connu l'amour, j'ai connu la guerre, j'ai connu le plaisir et la souffrance. »

La Reine des Elfes se leva de son trône et s'approcha de Mädchen, sa coupe d'or à la main. Elle renifla le ventre de la jeune femme, hocha la tête deux fois.

« Des garçons... Ils seront morts dans quelques jours, sans jamais avoir vu leur mère, ou très puissants dans vingt ans. Ce choix est vôtre. »

Des lierres jaillirent de la forêt et emprisonnèrent Judicaël qui se mit à hurler et ruer. Une fois roulé dans un cocon ajouré, il fut soulevé par un bras de lianes et de liserons en fleur, puis accroché à une épaisse branche de chêne derrière le trône de bruyère. Il se contorsionna pour attraper son Opinel, mais l'arme lui fut aussitôt arrachée des mains par un tentacule de végétation fleurie.

La Reine des Elfes s'empara du couteau que lui tendait le pseudopode de lierre en fleur et le posa sur son trône. Puis elle marcha jusqu'à Mädchen.

« Vous connaissez les termes du marché, vous avez vu la réaction de votre amant, vous avez entendu le traître.

— Relâche-le, ordonna Mädchen en jetant un coup d'œil à Judicaël.

— L'elfe vous a dit que vous deviez me tutoyer pour être respectée... Il vous a bien préparée. Votre compagnon ne sera libre que quand Gwynplaine nous aura quittés. Vous n'imaginez pas la souffrance que je vais m'infliger pour vous soigner. Les dieux peuvent souffrir, les dieux peuvent mourir ; alors, jeune mère, n'hésitez pas trop longtemps. Je risque de changer d'avis.

— Acceptez ! cria Gwynplaine. C'est votre seule chance ! Il n'en existe pas d'autre.

— Accepte ! implora Judicaël. Je suis désolé, ami Gwynplaine !

— Ne le soyez pas. J'ai compris ce qui allait m'arriver le jour où je vous ai donné la poudre de fée pour la première fois, ami Apache. Quand vous reverrez Mayflower, dites-lui combien je l'aimais. Je ne pouvais rêver meilleur compagnon pour les treize siècles que nous avons passés loin du Sidh. Occupez-vous de lui. Il n'est pas très doué pour vivre seul. En échange, il vous protégera. Souvenez-vous de ce que l'Ogre a dit sur les vipères et les hérissons. »

Mädchen murmura : « J'accepte. »

Elle ferma les yeux et sentit aussitôt les mâchoires de la Reine se refermer sur sa gorge. Les dents pointues, effilées, déchiquetèrent sa peau et sa chair. Et la Reine commença à aspirer son sang, à aspirer et à le réinjecter, comme si elle le filtrait dans sa bouche. Un sang brûlant qui semblait entrer dans les os de Mädchen puis en sortir. À cause de la douleur — jamais elle n'avait autant souffert —, la jeune femme tenta de se débattre, mais les mâchoires la tenaient prisonnière. Elle souhaita perdre conscience, mais la douleur ou autre chose l'en empêchait.

Ne bouge pas, idiote, c'est presque fini, lui chuchota quelqu'un. Une voix d'homme dans sa tête.

La Reine vomit dans la coupe en or tout le sang qu'elle avait aspiré. Elle cracha le poison jusqu'à la moindre trace.

Mädchen s'effondra, libérée. Elle glissa de la pierre et se retrouva allongée dans l'herbe verte. Elle regarda la végétation autour d'elle, s'attendant à la voir jaunir, brunir et mourir, mais rien de cela n'arriva. L'herbe ne mourait pas, elle rougissait, éclaboussée de sang.

La Reine s'éloigna de la jeune femme qui, une main posée sur sa gorge déchiquetée, essayait d'empêcher la vie de la quitter.

Une vague de lierre se leva et brisa la prison de Gwynplaine, laissant apparaître un petit corps affreusement brûlé, à peine couvert par quelques lambeaux de costume roussis.

« Buvez tout, traître Gwynplaine, annonça la Reine en tendant la coupe. Jusqu'à la dernière goutte, léchez ce Graal pour le laisser plus propre qu'il n'a jamais été et, quand ce sera fait, alors je la soignerai. Vite ! Elle se vide de son sang. Ses enfants seront bientôt morts.

— Qu'il en soit ainsi, ma Reine.

— Aucune hésitation. Comme je vous ai mal jugé. Jamais je n'ai compris pourquoi vous aimiez tant les humains.

— Tu as bien aimé Thomas. J'avais oublié à quel point tu pouvais être cruelle.

— Bien que respectueux, vous me jugez cruelle, et pourtant je vais la sauver. Vous perdez du temps… Une seule goutte renversée et ce monde disparaîtra… et avec lui vos amis humains et votre ami elfe, le vif. Je sais qu'il n'est pas loin, il est sorti du sanctuaire. Cela m'a fait plaisir de le revoir. Vraiment plaisir. »

Gwynplaine marcha jusqu'au rocher recraché par le serpent. Il posa le Graal dessus, aida Mädchen à s'adosser à la pierre. Une fois debout sur le roc, l'elfe but le contenu de la coupe avant de nettoyer les dernières traces de sang avec le bout de ses longues oreilles qu'il suça ensuite. Une fois la coupe parfaitement propre, il la lança à la Reine. Dagda attrapa le Graal et le plongea dans un de ses chaudrons. Elle s'approcha de Mädchen et renversa le contenu de la coupe d'or sur la gorge ouverte de la jeune fille. Le liquide, pareil à une eau de source, coula en fumant, et ne laissa derrière lui aucune cicatrice, aucune marque, aucune douleur résiduelle.

Rien.

« Vous voilà guérie, jeune mère. Et même davantage : vous verrez mourir votre mari, vous n'aurez alors pas la moitié de l'âge qui vous verra le rejoindre, vous verrez mourir tous vos enfants, sauf vos aînés, et plus de la moitié de vos petits-enfants… Ne me remerciez pas. »

La Reine emprisonna Mädchen dans un cocon de lierre et la suspendit juste à côté de Judicaël.

« Et maintenant, nous allons tous attendre que Gwynplaine meure. Combien de temps, traître, cela prendra-t-il ? »

L'elfe toussa.

« Je serai mort avant l'aube.

— C'est parfait. Ni trop long ni trop court. Ce dénouement valait bien treize siècles d'attente. »

Pour la troisième fois de l'après-midi, Mayflower quitta sa cachette et y retourna. Il échouait à ne pas penser à Gwynplaine. Chaque fois que ça lui arrivait, la Reine le repérait, ce qui l'empêchait de tenter d'approcher la Clairière aux Deux Trônes.

Peu après le crépuscule, alors qu'il faisait griller un lapin dépouillé et vidé, il entendit un cri humain et sentit dans l'air l'odeur du sang répandu. Le sang d'un jeune homme.

Il s'élança dans la direction du blessé, redoutant de trouver Judicaël à l'agonie. La Reine pouvait être cruelle, il était bien placé pour le savoir. Vingt mètres devant Mayflower, un bruit de course se fit entendre. Aussitôt, l'elfe se cacha dans un bouquet de fougères. Quelques secondes plus tard, apparut un jeune homme qui courait vers l'ouest, vers la tranchée de Balor. L'inconnu se tenait le flanc et perdait du sang.

Mayflower l'appela en gaélique moderne.

« Venez ici, je vais vous aider.

— Toi ? Je t'ai vu passer de l'autre côté, vendredi soir, vous étiez deux.

— Je m'appelle Mayflower, je suis un elfe des bois, j'ai senti votre odeur de graisse pour bicyclette il y a quelques jours. Mon ami s'appelle Gwynplaine. Nous avons été séparés.

— Tu dois fuir, petite créature, des soldats anglais arrivent, nombreux, ils sont là pour empoisonner ce monde avec une relique. Je vais tout faire pour les en empêcher.

— Une relique ?

— Un bout de saint catholique ou… comment saurais-je ? C'est une chose très vieille dans une petite boîte en argent.

— Je sais ce qu'est une relique, mais je ne vois pas très bien comment elle pourrait servir d'arme ici. Seul un dieu peut tuer un dieu. Les humains ont créé un nouveau dieu en Allemagne et en France, je l'ai vu, c'est un dieu bleu. La pureté de sa formule ne cache que trop bien son incroyable capacité de destruction. » Mayflower renifla l'air, leva les oreilles. « Ils sont nombreux, vous avez raison, plusieurs centaines, mais ils sont loin, éparpillés et, pour le moment, égarés. Vous avez un peu de temps devant vous. »

L'elfe fouilla les herbes autour de lui et, au pied d'un arbre, déterra un tubercule qui ressemblait à une grosse femme. Il le nettoya, en supprima les radicelles et le donna au jeune homme.

« Elle ne vous soignera pas, mais si vous la mâchez, votre douleur s'envolera et vous y gagnerez du souffle. Vous devez en mâcher un tout petit peu. Et cracher ensuite. Si vous en mâchez trop d'un coup, vous perdrez connaissance, si vous avalez ce que vous mâchez, ça vous tuera. »

Mayflower observa la plaie du jeune homme : un coup de baïonnette au flanc. Les viscères avaient été touchés. Il chercha dans sa veste, prit la petite poche en cuir contenant sa poudre de fée et renversa tout le contenu sur la blessure.

« Je me sens mieux, annonça le blessé.

— Oui... Maintenant, j'aimerais que vous fassiez quelque chose pour moi, jeune homme.

— Patrick, je m'appelle Patrick Dolan. Je suis de Cork...

— Ces soldats anglais, Patrick, vous voulez qu'ils échouent dans leur mission ?

— Oui. Je suis là pour ça...

— Le portail va se refermer dans quelques minutes. Ont-ils laissé leurs armes à feu de l'autre côté pour pouvoir passer plus facilement ?

— Le poète leur a dit qu'ils ne pourraient pas passer avec, que ça pourrait les tuer. C'est ce que j'ai entendu dire. Le field-marshal a accepté de les désarmer, mais a gardé avec lui son pistolet.

— Nous sommes au cœur des marées d'équinoxe ; ils auraient pu passer avec des fusils en se les attachant au corps. Nous venons de faire passer bien pire que ça. Ce poète est sans doute de notre côté ; il n'a donc probablement pas dit aux Anglais comment détruire ce monde. Vous allez attirer ces soldats vers l'ouest en criant le nom de la Reine, en pensant à elle, ils s'imagineront que vous partez la rejoindre, et se mettront à votre poursuite.

— Je l'ai vue…

— Cela rendra vos pensées encore plus efficaces… Vous allez franchir la tranchée de Balor, vous comprendrez de quoi je parle quand vous y arriverez, puis vous continuerez vers la montagne de cristal, d'accord ? » Patrick acquiesça. « Il va les sentir et il va donner la chasse.

— Qui ?

— Je ne peux pas vous le dire, ça l'attirerait ici et c'est trop tôt. Beaucoup trop tôt. J'ai besoin d'un peu de temps. Il va les sentir, il va leur donner la chasse et il les tuera tous. Sans exception.

— Et moi ? »

Mayflower renifla Patrick.

« Vous, il ne vous touchera pas, vous n'avez aucune arme, vous ne tenterez pas de vous défendre contre lui. Je crois qu'il louera votre courage et vous ramènera à sa clairière pour que vous soyez soigné, mais je ne puis l'affirmer.

— Le sang de Cú Chulainn coule en moi ?

— Oui… mais désolé de vous décevoir, il coule dans les veines d'à peu près la moitié des habitants de votre île. Cú Chulainn a laissé derrière lui une véritable armée de bâtards qui ont pour moitié, la moitié mâle, hérité de la même vigueur. Les hommes le surnommaient le chien, pas pour son courage, mais parce qu'il montait tout ce qui passait à sa portée. Les femmes le surnommaient le lapin, tant il expédiait son affaire. »

Patrick mâcha un peu de racine, cracha la bouillie produite, et se sentit immédiatement mieux. Il se releva.

« Ils se rassemblent ! Maintenant courez ! cria Mayflower. Et ne vous arrêtez pas tant que la chasse n'aura pas pris fin ! Appelez la Reine ! Appelez Dagda ! »

Le jeune homme inspira un grand coup et s'élança vers l'ouest. Mayflower, lui, s'élança dans la direction opposée, vers le sanctuaire le plus proche de la clairière. Il ne lui restait plus qu'à attendre que la chasse commençât.

Attendre, il n'y avait rien d'autre à faire…

Combien de temps le Roi mettra-t-il à tuer tous les soldats ?

Donnez-moi du temps, petits soldats anglais.

La Reine se reposait, assise sur son trône de bruyère, soudée à lui, à moitié fondue en lui. Tout autour de la clairière, des loups tournaient. Des mâles se battaient à l'écart de leur meute. Dans les arbres, des oiseaux de nuit chantaient. L'herbe de la clairière grouillait de serpents, de grenouilles et de salamandres. Allongé sur son rocher d'agonie, Gwynplaine geignait.

Derrière le trône de bruyère, suspendus à trois mètres du sol, Mädchen et Judicaël avaient réussi à passer un bras hors de leur prison de lierre et se tenaient la main. Leurs nasses se balançaient de concert.

« C'est horrible, dit Mädchen.

— C'est merveilleux, lui répondit Judicaël. Nous allons avoir deux fils.

— Et Gwynplaine va mourir.

— Il a fait son choix, comme tu as fait ton choix quand tu as décidé de te montrer nue à l'Ogre.

— Ce n'est pas pareil.

— J'ai respecté ton choix ; il faut que tu respectes le sien.

— Mon choix n'a provoqué la mort de personne. Et durant les quelques minutes où j'étais nue, je me suis rarement sentie aussi vivante. »

La Reine ouvrit les yeux et s'arracha de son trône. Son brusque réveil fit fuir tous les animaux visibles. Une vague de silence poussée par quelques bruits très lointains, des cris notamment, traversa la forêt. Les bras de la Reine se déboîtèrent au niveau du coude et de l'épaule ; elle fit demi-tour sur elle-même et l'arrière de sa tête se transforma en un visage masculin, barbu.

Les yeux étrécis par la concentration, le Roi des Aulnes marcha jusqu'à son trône, ramassa sa lourde hache à deux tranchants.

Revenu au centre de la clairière, il cracha à terre et regarda se dresser hors du sol un immense destrier de racines et de boue. Le cheval d'un gris de cendre humide vomit deux pleines gorgées de vers de terre, d'insectes fouisseurs. Il déféqua une taupe et se dressa sur ses postérieurs tout en hennissant.

Le Roi des Elfes se fondit en lui au lieu de le monter et l'étrange chimère, quatre jambes, une tête de cheval, un torse et une tête d'homme, s'élança vers l'est.

« Tu as vu ça ? demanda Mädchen.

— Oui. C'était terrifiant.

— J'espère que ce n'est pas pour Mayflower.

— Tu crois qu'il aurait besoin d'une hache pour terrasser Mayflower ?

— Tu as raison, un pissenlit suffirait... Alors, si son ennemi n'est pas l'ami Mayflower, qui est-ce ?

— Tout à l'heure, j'ai entendu comme des cris.

— Moi aussi. »

Vingt ou trente minutes après le départ du Roi des Elfes — comment savoir ? —, Mayflower apparut en bout de clairière. Il se rua vers Gwynplaine, essaya de le serrer dans ses bras et bondit en arrière comme s'il avait été cueilli par un coup prodigieux. À un pas de distance, Mayflower parla longtemps à son ami souillé, dans une langue que ni Judicaël ni Mädchen ne comprirent. Finalement, Gwynplaine répondit d'une voix lasse, en séparant chacun de ses mots.

« Mayflower ! appela Judicaël après avoir attendu que Gwynplaine eût fini de parler. Fais-nous descendre ! »

L'elfe des bois leva les yeux vers Judicaël et Mädchen.

« Tout ça, c'est de votre faute ! » cria-t-il en français.

Il prit une coupe, la plongea dans le chaudron et l'apporta à Gwynplaine qui la refusa d'une gifle, faisant voler le récipient et son contenu à dix pas de son rocher.

« Gwynplaine va mourir et c'est de votre faute ! » cria Mayflower, avant d'éclater en sanglots.

« Fais-nous descendre ! »

Mayflower s'approcha du trône de la Reine, ramassa l'Opinel qui se trouvait là et le lança de toutes ses forces vers le sommet de la nasse qui emprisonnait Judicaël. Son attache coupée net, la prison et son contenu s'écrasèrent au sol. L'Opinel qui avait exécuté une grande courbe revint vers l'elfe des bois en entaillant légèrement la prison de Mädchen.

Mayflower saisit l'arme au vol et regarda la jeune femme descendre lentement vers le sol au fur et à mesure que sa nasse se défaisait.

« Foutredieu ! jura l'Apache en se libérant de sa prison. T'es un putain de tueur !

— Gwynplaine est le guérisseur. Je suis l'assassin, le vif. Vous nous avez toujours mal jugés et cela nous amusait. »

Mayflower rendit son couteau à Judicaël.

« Nous devons faire vite. Je vais nous conduire au sanctuaire qui se trouve près du portail des Trossachs, en Écosse. J'ai peur que la forêt de Killarney ne grouille de soldats anglais. Depuis le portail de l'Écosse, nous pourrons rejoindre Brocéliande ou Guernesey, une fois que la plupart de nos problèmes seront loin derrière nous.

— Mais le Chêne de Guernesey est mort.

— Oui, mais le frêne que vous avez planté à la place, Mädchen et toi, sera bientôt mûr. Désolé, je ne vois pas d'autre mot pour vous expliquer. Il se focalise entre les deux mondes, en ce moment même, et sans doute qu'au moment du solstice il se stabilisera. Judicaël, puis-je vous demander de porter Gwynplaine ?

— Bien sûr. Mais de quel frêne parlez-vous ?

— Plus tard... Mettons-nous en route, il n'y a pas de temps à perdre. »

Le Roi des Elfes aperçut le premier soldat alors que celui-ci s'apprêtait à franchir la tranchée de Balor. Il emballa sa monture, leva sa hache et faucha le jeune homme en uniforme, séparant son corps en deux morceaux de pareille grosseur.

Cette première victime était un éclaireur, et le gros de la troupe se trouvait juste derrière lui, massé dans les bois qui bordaient la tranchée de Balor.

Les proies étaient nombreuses, dispersées, paniquées, et le Roi des Elfes les abattit les unes après les autres, progressant vers le nord.

Après en avoir tué une bonne centaine, il s'arrêta devant une proie différente, qui tenait un pistolet automatique dans sa main droite et une boîte en argent dans sa main gauche. Dix balles s'enfouirent dans la boue, les racines et le lierre de la chimère.

Le Roi des Elfes descendit de monture. D'une simple pensée, il expulsa les morceaux de métal qui le souillaient, puis, d'un coup de hache, il empêcha sa proie de recharger son arme nauséabonde. La main et le pistolet automatique tombèrent à terre. L'homme mutilé hurla. Il lâcha sa boîte en argent pour essayer d'utiliser sa ceinture comme garrot.

La boîte contenait les trois os d'un doigt, des os très anciens. Le Roi des Elfes les prit, les croqua l'un après l'autre et rit. Il jeta le reliquaire à terre avant d'abattre sa hache sur son ennemi terrifié, en état de choc.

Puis il ramassa la boîte en argent et mit dedans, à l'aide d'une feuille morte en forme de cuiller chinoise, chacune des dix balles que son corps avait expulsées.

L'aube rosissait l'horizon, tous ses ennemis, sans exception, avaient succombé sous sa hache quand le Roi des Elfes trouva le jeune Patrick Dolan adossé à un arbre à quelques mètres des premiers mégalithes d'un sanctuaire. Le bras barrant son visage pour se protéger de la lumière douloureuse qui émanait des pierres dressées, le Roi des Elfes s'approcha du jeune homme, épuisé, qui pressait un morceau de vêtement gorgé de sang sur son flanc blessé.

« Laissez-moi vous aider, jeune homme.

— Vous les avez tués ?

— Oui. Aucun d'eux n'a survécu. Seul l'un d'entre eux avait une arme sale.

— French… Le poète a dit qu'elle passerait peut-être prisonnière de son holster en cuir, mais que ça le mettrait en danger. Le field-marshal ne l'a pas cru. Alors, j'ai réussi. Je peux mourir.

— Mais nous ne voulons pas que vous mouriez.

— Qui ça, nous ?

— La Reine et moi. Nous avons besoin de vous

pour prendre toute la souillure qui vient de s'accumuler dans le Sidh et la faire passer de l'autre côté. » Le Roi agita la boîte en argent qui contenait les dix balles. « En échange nous vous sauverons la vie.

— Je serai ravi d'accepter un tel marché », murmura Patrick avant de perdre connaissance.

Épilogue

Guernesey, mardi 20 mars 1923

Avec d'infinies précautions, Judicaël rangea dans sa sacoche la fiole que lui avait confiée Mayflower un an plus tôt, le lendemain de leur arrivée dans les Trossachs. Le minuscule objet contenait un trait, guère davantage, de *blaue Energie*.

« C'était dans le corps de Gwynplaine, ne me demandez pas comment je l'ai récupéré », avait précisé l'elfe des bois, les larmes aux yeux.

L'Apache se rendit dans la chambre de l'hôtel Valjean où il avait installé les deux berceaux récupérés dans des maisons abandonnées de Saint-Pierre-Port. Mädchen avait fini de préparer son petit sac à dos. Elle noua une grande écharpe, la donna à Judicaël, vérifia la solidité du nœud et allongea leur fils Gwynplaine dedans. Dans une seconde écharpe nouée, passée sur son épaule gauche et sous son bras droit, elle glissa Hans, le plus costaud des jumeaux.

Hans se mit à pleurer. Gwynplaine, lui, gazouillait.

Assis dans le fauteuil qui avait longtemps accueilli la masse imposante du Rémouleur, Mayflower attendait la petite famille dans le hall de l'hôtel.

Il ne restait guère qu'une heure avant le coucher du soleil. Tous se mirent en marche vers le frêne du bois aux Jacinthes, sous un ciel bleu, débarrassé des derniers filaments de brume de guerre.

Quelle ne fut pas la surprise de Mayflower, une fois le portail passé grâce aux marées d'équinoxe, de se retrouver face à un vieil Irlandais en costume. Le nez chaussé de lunettes de bonne qualité, l'inconnu était assis sur un rocher, au pied du Charme de Killarney, sa canne posée contre la jambe. Judicaël et Mädchen se matérialisèrent derrière l'elfe des bois et le contournèrent pour s'approcher du vieil homme.

« N'ayez pas peur, dit l'inconnu. Je m'appelle William Butler Yeats. J'attendais quelqu'un d'autre ; je crois qu'il est mort par ma faute… Ça fait maintenant un an que je viens ici avec l'espoir de le rencontrer. Depuis que j'ai compris comment utiliser les marques sur les pierres, le signe de la Reine, je viens une, deux fois, par semaine, et toujours aux solstices et aux équinoxes.

— Vous attendez Patrick Dolan ? demanda Mayflower.

— Vous le connaissez ?

— Je l'ai rencontré dans le Sidh. La nuit où le Roi des Aulnes a donné sa dernière grande chasse et a tué cinq cent sept soldats anglais. Le jeune homme était blessé au flanc. La Reine des Elfes l'a soigné, mais elle est sans merci quand elle est amoureuse : on raconte qu'elle a fait en sorte qu'il ne puisse plus jamais passer un portail. Je ne crois pas qu'il en souffre, du moins, c'est ce que j'ai entendu dire. Il explore le Sidh, une sacoche au côté. C'est un sac de peaux humaines tatouées, cousues entre elles hermétiquement, qui contient toutes les petites choses souillées laissées par les Anglais. Il faudra quarante siècles à Patrick Dolan pour faire le tour de son nouveau monde.

— Croyez-vous que je pourrais prendre sa place ? Il est si jeune et je suis un vieil homme.

— Je doute que la Reine soit intéressée par un tel échange et pourquoi feriez-vous ça ?

— La culpabilité. »

Yeats se leva, pesa sur sa canne. Judicaël, qui n'avait pas compris un mot de la conversation en gaélique, se pencha vers Mayflower et lui demanda un résumé.

« Demain au crépuscule, je passerai de l'autre côté, annonça Yeats dans un français parfait. Dans quelle direction dois-je aller pour trouver la Reine des Elfes ?

— Sa clairière se trouve à l'est de l'Arbre. Pensez à elle et vos pensées vous guideront », lui répondit Mayflower en français.

Mädchen calma Hans qui s'était mis à pleurer.

« Il a faim, dit-elle en souriant.

— Ma voiture se trouve non loin, chère madame, c'est une Rolls Royce Silver Ghost. Un indirect cadeau de l'académie Nobel. Confortablement installée dedans, vous pourrez lui donner le sein. Voulez-vous que je vous dépose quelque part, vous, votre mari et votre ami elfe ?

— Le plus près possible de la crique Noire de l'An Ros Mór, dit Judicaël. Nous avons un ami à voir.

— Un ami ?

— Oui. La dernière fois que nous l'avons vu, il s'était glissé du sel sous les paupières pour nous dire adieu.

— Ce doit être un ami précieux.

— Il n'en existe pas deux comme lui. »

Nous avons réussi, Hans, mon ami Überspion.

Mädchen va bien.

Un de mes fils porte ton prénom.

Mon autre fils s'appelle Gwynplaine, en hommage à l'Elfe Qui Rit, sans qui nous aurions échoué.

Dans une vingtaine d'années, le Marteau de Dieu *frappera l'Europe, le vent apportera ses poisons jusque dans l'est de la France, c'est ce que m'a dit la Reine des Elfes. J'aurais aimé que nous empêchions totalement cette maudite invention, mais visiblement ce destin-là était hors de notre portée.*

Mädchen et moi nous sommes installés à Saint-Pierre-Port où nous nous plaisons. Nous craignons chaque jour davantage la prochaine guerre, inévitable ; nous prions pour qu'elle prenne vite fin, tout en sachant que les dieux ont abandonné le monde aux hommes et ne s'en sont jamais souciés. Nous travaillons tous les deux à la Bibliothèque, l'Ogre est un patron dur quoique juste. Et la présence de Mädchen lui fait du bien.

Plus important que tout le reste, nous sommes heureux.

Et bien décidés à avoir beaucoup d'enfants.

REMERCIEMENTS

Comme il se doit, je tiens à remercier tous ceux qui m'ont été d'une grande aide alors que je finissais enfin ce roman commencé il y a plus de dix ans : Alice Monéger pour ses corrections germaniques ; Pascal Godbillon qui a rétrogradé Mongénéral en Moncolonel, à la réflexion : « Bien fait ! » ; Ugo Bellagamba qui attend toujours que j'explique ce qu'est d'un point de vue scientifique la « brume de guerre » (on s'en fout, non ?) ; Olivier Girard qui a dû faire un truc à un moment ou un autre, mais j'ai oublié lequel ; Judicaël qui, durant toute sa quatrième année, m'a demandé « c'est quand qu'il est fini mon livre ? ». Le voilà, fiston ; il ne me reste plus qu'à caviarder tous les passages interdits aux moins de six ans.

DU MÊME AUTEUR

Aux Éditions Gallimard

LA VOIE DU SABRE (Folio Science-Fiction n° 115), 2002

L'HOMME QUI VOULAIT TUER L'EMPEREUR (Folio Science-Fiction n° 206), 2005

L'AUTOMATE DE NUREMBERG (Folio 2 € n° 4667), 2008

LA MAISON AUX FENÊTRES DE PAPIER (Folio Science-Fiction n° 331), 2009

DU SEL SOUS LES PAUPIÈRES (Folio Science-Fiction n° 421), 2012

Aux Éditions Denoël

RESIDENT EVIL, 2002

Aux Éditions du Bélial'

SYMPATHIES FOR THE DEVIL, 2000

LES CINQ DERNIERS CONTRATS DE DÆMONE ERASER, 2001 (réédité, dans une version remaniée, en 2011, sous le titre DÆMONE)

L'ÉCOLE DES ASSASSINS (*en collaboration avec Ugo Bellagamba*), 2002

STAIRWAYS TO HELL, 2002

LA CITÉ DES CRÂNES, 2005

LE TRÔNE D'ÉBÈNE, 2007 (Folio Science-Fiction nº 370)

Aux Éditions Mnémos

RÊVES DE GUERRE, 2001

L'INSTINCT DE L'ÉQUARRISSEUR (Folio Science-Fiction nº 188), 2002

LE DOUBLE CORPS DU ROI (*en collaboration avec Ugo Bellagamba* — Folio Science-Fiction nº 278), 2003

Aux Éditions Baleine

N.OUS R.ÊVIONS D'A.MÉRIQUE, 2002

Aux Éditions ActuSF

THIS IS NOT AMERICA, 2009

WOMEN IN CHAINS, 2012

Dans la même collection

230. Michael Bishop	*Visages volés* (INÉDIT)
231. James Blish	*Un cas de conscience*
232. Serge Brussolo	*L'homme aux yeux de napalm*
233. Arthur C. Clarke	*Les fontaines du Paradis*
234. John Gregory Betancourt	*La naissance d'Ambre* (INÉDIT)
235. Philippe Curval	*La forteresse de coton*
236. Bernard Simonay	*Graal*
237. Philip K. Dick	*Radio Libre Albemuth*
238. Poul Anderson	*La saga de Hrolf Kraki*
239. Norman Spinrad	*Rêve de fer*
240. Robert Charles Wilson	*Le vaisseau des Voyageurs*
241. Philip K. Dick	*SIVA* (La trilogie divine, I)
242. Bernard Simonay	*La malédiction de la Licorne*
243. Roger Zelazny	*Le maître des rêves*
244. Joe Haldeman	*En mémoire de mes péchés*
245. Kim Newman	*Hollywood Blues* (INÉDIT)
246. Neal Stephenson	*Zodiac*
247. Andrew Weiner	*Boulevard des disparus* (INÉDIT)
248. James Blish	*Semailles humaines*
249. Philip K. Dick	*L'invasion divine*
250. Robert Silverberg	*Né avec les morts*
251. Ray Bradbury	*De la poussière à la chair*
252. Robert Heinlein	*En route pour la gloire*
253. Thomas Burnett Swann	*La forêt d'Envers-Monde*
254. David Brin	*Élévation*
255. Philip K. Dick	*La transmigration de Timothy Archer* (La trilogie divine, III)

256. Georges Foveau — *Les Chroniques de l'Empire,* I *(La Marche du Nord — Un Port au Sud)*
257. Georges Foveau — *Les Chroniques de l'Empire,* II *(Les Falaises de l'Ouest — Les Mines de l'Est)*
258. Tom Piccirilli — *Un chœur d'enfants maudits* (INÉDIT)
259. S. P. Somtow — *Vampire Junction*
260. Christopher Priest — *Le prestige*
261. Poppy Z. Brite — *Âmes perdues*
262. Ray Bradbury — *La foire des ténèbres*
263. Sean Russell — *Le Royaume Unique*
264. Robert Silverberg — *En un autre pays*
265. Robert Silverberg — *L'oreille interne*
266. S. P. Somtow — *Valentine*
267. John Wyndham — *Le jour des triffides*
268. Philip José Farmer — *Les amants étrangers*
269. Garry Kilworth — *La compagnie des fées*
270. Johan Heliot — *La Lune n'est pas pour nous*
271. Alain Damasio — *La Horde du Contrevent*
272. Sean Russell — *L'île de la Bataille*
273. S. P. Somtow — *Vanitas*
274. Michael Moorcock — *Mother London*
275. Jack Williamson — *La Légion de l'Espace* (Ceux de la Légion, I)
276. Barbara Hambly — *Les forces de la nuit* (Le cycle de Darwath, I)
277. Christopher Priest — *Une femme sans histoires*
278. Ugo Bellagamba et Thomas Day — *Le double corps du roi*
279. Melvin Burgess — *Rouge sang*
280. Fredric Brown — *Lune de miel en enfer*
281. Robert Silverberg — *Un jeu cruel*

282.	Barbara Hambly	*Les murs des Ténèbres* (Le cycle de Darwath, II)
283.	Serge Brussolo	*La nuit du bombardier*
284.	Francis Berthelot	*Hadès Palace*
285.	Jack Williamson	*Les Cométaires* (Ceux de la Légion, II)
286.	Roger Zelazny et Robert Sheckley	*Le concours du Millénaire*
287.	Barbara Hambly	*Les armées du jour* (Le cycle de Darwath, III)
288.	Sean Russell	*Les routes de l'ombre* (La guerre des cygnes, III)
289.	Stefan Wul	*Rayons pour Sidar*
290.	Brian Aldiss	*Croisière sans escale*
291.	Alexander Jablokov	*Sculpteurs de ciel*
292.	Jack Williamson	*Seul contre la Légion* (Ceux de la Légion, III)
293.	Robert Charles Wilson	*Les Chronolithes*
294.	Robert Heinlein	*Double étoile*
295.	Robert Silverberg	*L'homme programmé*
296.	Bernard Simonay	*La porte de bronze*
297.	Karl Schroeder	*Permanence*
298.	Jean-Pierre Andrevon	*Šukran*
299.	Robert Heinlein	*Sixième colonne*
300.	Steven Brust	*Jhereg*
301.	C. S. Lewis	*Au-delà de la planète silencieuse*
302.	Jack Vance	*Les langages de Pao*
303.	Robert Charles Wilson	*Ange mémoire* (INÉDIT)
304.	Steven Brust	*Yendi*
305.	David Brin	*Jusqu'au cœur du Soleil* (Le cycle de l'Élévation, I)
306.	James A. Hetley	*Le Royaume de l'été*
307.	Thierry Di Rollo	*Meddik*

308.	Cory Doctorow	*Dans la dèche au Royaume Enchanté* (INÉDIT)
309.	C. S. Lewis	*Perelandra*
310.	Christopher Priest	*La séparation*
311.	David Brin	*Marée stellaire*
312.	Ray Bradbury	*Les machines à bonheur*
313.	Jack Vance	*Emphyrio*
314.	C. S. Lewis	*Cette hideuse puissance*
315.	Frederik Pohl et C. M. Kornbluth	*Planète à gogos*
316.	Robert Holdstock	*Le souffle du temps*
317.	Stéphane Beauverger	*Chromozone* (La trilogie Chromozone, I)
318.	Michael Moorcock	*Le nomade du Temps*
319.	John Varley	*Gens de la Lune*
320.	Robert Heinlein	*Révolte sur la Lune*
321.	John Kessel	*Lune et l'autre* (INÉDIT)
322.	Steven Brust	*Teckla*
323.	Mary Gentle	*La guerrière oubliée* (Le livre de Cendres, I)
324.	Mary Gentle	*La puissance de Carthage* (Le livre de Cendres, II)
325.	Mary Gentle	*Les Machines sauvages* (Le livre de Cendres, III)
326.	Mary Gentle	*La dispersion des ténèbres* (Le livre de Cendres, IV)
327.	Charles Dickinson	*Quinze minutes*
328.	Brian Aldiss	*Le Monde Vert*
329.	Elizabeth Moon	*La vitesse de l'obscurité*
330.	Stéphane Beauverger	*Les noctivores*
331.	Thomas Day	*La maison aux fenêtres de papier* (INÉDIT)
332.	Jean-Philippe Jaworski	*Janua vera*

333.	Laurent Kloetzer	*Le royaume blessé*
334.	Steven Brust	*Les Gardes Phénix*
335.	Isaac Asimov	*Fondation* (Le cycle de Fondation, I)
336.	Isaac Asimov	*Fondation et Empire* (Le cycle de Fondation, II)
337.	Isaac Asimov	*Seconde Fondation* (Le cycle de Fondation, III)
338.	Isaac Asimov	*Fondation foudroyée* (Le cycle de Fondation, IV)
339.	Isaac Asimov	*Terre et Fondation* (Le cycle de Fondation, V)
340.	Jack Vance	*La vie éternelle*
341.	Guillaume Guéraud	*La Brigade de l'Œil*
342.	Chuck Palahniuk	*Peste*
343.	Paul Anderson	*Trois cœurs, trois lions*
344.	Pierre Corbucci	*Journal d'un ange*
345.	Elizabeth Hand	*L'ensorceleuse*
346.	Steven Brust	*Taltos*
347.	Stéphane Beauverger	*La cité nymphale* (La trilogie Chromozone, III)
348.	Gene Wolfe	*L'ombre du Bourreau* (Le livre du Nouveau Soleil, I)
349.	Robert Charles Wilson	*Blink Lake*
350.	Alain Damasio	*La Zone du Dehors*
351.	James Patrick Kelly	*Fournaise*
352.	Joëlle Wintrebert	*Le créateur chimérique*
353.	Bernard Simonay	*La Vallée des Neuf Cités*
354.	James Tiptree Jr	*Par-delà les murs du monde*
355.	Gene Wolfe	*La Griffe du demi-dieu* (Le livre du Nouveau Soleil, II)
356.	Gene Wolfe	*L'épée du licteur* (Le livre du Nouveau Soleil, III)

357.	Wayne Barrow	*Bloodsilver*
358.	Ted Chiang	*La tour de Babylone*
359.	Clive Barker	*Le royaume des Devins*
360.	Michael G. Coney	*Péninsule*
361.	Theodore Sturgeon	*Un peu de ton sang*
362.	Robert Charles Wilson	*Spin*
363.	Gene Wolfe	*La citadelle de l'Autarque* (Le livre du Nouveau Soleil, IV)
364.	Francis Berthelot	*Khanaor*
365.	Mélanie Fazi	*Serpentine*
366.	Ellen Kushner	*À la pointe de l'épée*
367.	K. J. Parker	*Les couleurs de l'acier* (La trilogie Loredan, I)
368.	K. J. Parker	*Le ventre de l'arc* (La trilogie Loredan, II)
369.	K. J. Parker	*La forge des épreuves* (La trilogie Loredan, III)
370.	Thomas Day	*Le trône d'ébène*
371.	Daniel F. Galouye	*Simulacron 3*
372.	Adam Roberts	*Gradisil*
373.	Georges Foveau	*L'Enfant Sorcier de Ssinahan* (INÉDIT)
374.	Mathieu Gaborit	*Bohème*
375.	Kurt Vonnegut Jr	*Le pianiste déchaîné*
376.	Olivier Bleys	*Canisse* (INÉDIT)
377.	Mélanie Fazi	*Arlis des forains*
378.	Mike Resnick	*Ivoire*
379.	Catherine L. Moore	*Les aventures de Northwest Smith*
380.	Catherine L. Moore	*Jirel de Joiry*
381.	Maïa Mazaurette	*Dehors les chiens, les infidèles*
382.	Hal Duncan	*Évadés de l'Enfer !* (INÉDIT)

383.	Daniel F. Galouye	*Le monde aveugle*
384.	Philip K. Dick	*Le roi des elfes*
385.	Poppy Z. Brite	*Contes de la fée verte*
386.	Mélanie Fazi	*Notre-Dame-aux-Écailles*
387.	J.G. Ballard	*Le monde englouti*
388.	Jean-Philippe Jaworski	*Gagner la guerre*
389.	Mary Gentle	*L'énigme du cadran solaire*
390.	Stéphane Beauverger	*Le Déchronologue*
391.	Robert Charles Wilson	*La cabane de l'aiguilleur*
392.	Christopher Priest	*L'Archipel du Rêve*
393.	McSweeney's	*Anthologie d'histoires effroyables*
394.	Robert Heinlein	*Marionnettes humaines*
395.	Norbert Merjagnan	*Les tours de Samarante*
396.	Jean-Philippe Depotte	*Les démons de Paris*
397.	Stephen Fry	*Le faiseur d'histoire*
398.	Kelly Link	*La jeune détective et autres histoires étranges*
399.	J.G. Ballard	*Sécheresse*
400.	Fabrice Colin	*Comme des fantômes*
401.	Ray Bradbury	*Les pommes d'or du soleil*
402.	Laurent Genefort	*Mémoria*
403.	Maïa Mazaurette	*Rien ne nous survivra*
404.	Foin Colfer	*Encore une chose... (H2G2, VI)*
405.	Robert Charles Wilson	*Mysterium*
406.	Serge Lehrman	*Le Haut-Lieu et autres espaces inhabitables*
407.	Isaac Asimov	*L'homme bicentenaire*
408.	Catherine Dufour	*L'accroissement mathématique du plaisir*
409.	Ian McDonald	*Brasyl*
410.	James Patrick Kelly	*Regarde le soleil*
411.	Alfred Bester	*L'homme démoli*
412.	Jack Vance	*Les chroniques de Durdane*
413.	Alfred Bester	*Terminus les étoiles*